警視庁アウトサイダー3

加藤実秋

角川文庫
23089

目次

主な登場人物

蓮見《はすみ》光輔《こうすけ》　二十七歳。本名、梶間直人。警視庁桜町中央署刑事課のホープ。実は、十年前に逮捕され服役中の元刑事の父・梶間優人の冤罪を晴らすために、「蓮見光輔」になりすまして警視庁に入庁している。観察眼と鋭い推理力が持ち味。

架《か》川《がわ》英児《えいじ》　五十二歳。本庁組織犯罪対策部組織犯罪対策第四課、通称・マル暴から刑事課に左遷され、光輔とコンビを組むことに。型破りな捜査で事件を解決に導く一方、光輔の秘密を知り、マル暴に返り咲くための点数稼ぎに協力させている。

矢《や》上《がみ》慶太《けいた》　光輔たちが所属する刑事課の課長。真面目で心配性。定年までのあと五年を平穏に過ごしたいと願っている。捜査のモットーは「基本に忠実に」。

桜町《さくらまち》三姉《さんし》妹《まい》　交通課の若手巡査の米光麻紀、警務課のベテラン事務職員の須藤さつき&倉間彩子の三人組。桜町中央署の名物署員。噂話が好きで架川に興味津々。

若井《わかい》美《み》波《なみ》　二十七歳。本庁警務部人事第一課、通称・ヒトイチ所属。一時期、架川の疑惑調査のため桜町中央署にいた。光輔と架川の親密な関係を疑っている。

羽《は》村《むら》琢己《たくみ》　三十五歳。若井と同じヒトイチ所属だが、実は光輔のなりすましの協力者。学生の頃、梶間優人に命を救われており、冤罪を晴らしたいと思っている。

第一話　聖夜に熱き攻防を

1

玄関のドアが開き、桜町中央署《さくらまちちゅうおうしょ》刑事課鑑識係の係員たちが現場の家から出て来た。それを確認し、蓮見《はすみ》光輔《こうすけ》と架《か》川《がわ》英児《えいじ》はセダンを降りた。前後に停車した他のセダンからも、桜町中央署刑事課の刑事たちが降りる。

鑑識係の係員たちは玄関の階段を下り、狭い駐車場に停められた黒いワンボックスカーの脇を抜けて通りに出た。そこに刑事課長の矢《や》上《がみ》慶太《けいた》が歩み寄り、一礼した。

「お疲れ様です。また例の、うかんむりですか？」

「現場の状況からすると、恐らく」

答えたのは、鑑識係長の山北《やまきた》勝茂《かつしげ》だ。うかんむりとは警察の隠語で、窃盗・空き巣といった意味がある。

「わかりました。後は引き継ぎます」

白髪交じりの七三分けの髪にスーツ姿の矢上が告げると、山北はメガネを老眼鏡からいつもかけているものに替え、「よろしく」と返して歩きだした。こちらは濃紺のキャップとシャツ、パンツの制服姿だ。

矢上を先頭に他の刑事たちが現場の家に入って行く。光輔も続こうとして、すれ違った鑑識係員の女に目を留めた。

「仁《に》科《しな》さん」

声をかけると、仁科素子《もとこ》は足を止めた。大柄ですっぴんの顔に黒縁のメガネをかけ、黒く長い髪を頭の後ろで無造作に束ねている。

「犯人《ホシ》は例のうかんむりだとして、他の現場との違いは？」

周囲を気にしながら、光輔は訊《たず》ねた。平日の午後一時前だが、通りの前後に渡された立入禁止のテープの向こうには、数人の野次馬がいる。

「ないね」

あっさりと、仁科は返した。白手袋をはめた手には、仕事道具の詰まったジュラルミンケースを提げている。

「インターフォンを押して、住人の留守を確認。マイナスドライバーを使った三角割《さんかくわ》りで窓ガラスを割って室内に侵入し、物色して逃亡。犯行時間約十五分ってところ」

空いた手で後ろの現場の二階屋を指し、仁科は答えた。話し方に無駄がなくてきぱきとしているが、声質は柔らかくしっとりとしている。三角割りとは、窓ガラスとサッシの枠の隙間にマイナスドライバーを勢いよく突っ込み、窓ガラスにヒビを入れて割る手法だ。普通のガラスなら一分足らずで割れる上ほとんど音がしないので、空き巣の侵入方法として急増している。

「確かに、他の被害者《マルガイ》宅と同じ手口ですね」

光輔の返事に、仁科は再度頷《うなず》こうとした。と、二人の後ろでぼそりとした声が問うた。

「指紋と足跡《ゲソコン》は？」

光輔と仁科が振り向いた先に、架川がいた。仁科が返す。

「指紋、毛髪、体液などは発見されず。ゲソコンは庭で一つ検出されたけど、これも他のマルガイ宅のものと同じ。二十五・五センチの革靴で、日本中に流通してる量産品」

「犯人《ホシ》は、スーツに革靴で犯行に及んでいますね。住民が見かけて、見慣れない人がウロついているなと思われても、怪しまれにくいですから」

「そう。振り込め詐欺の受け子しかりで、昨今はちゃんとしてそうなイメージのやつほど怪しい……逆にこれぐらい露骨にちゃんとしてない方が、信用されるのかも。どっちにしろ、世も末だね」

後半はぼそぼそとしたいつもの口調に戻り、仁科はくく、と笑った。「これぐらい」と言う時には、顎《あご》で架川を指していた。その架川はダークグレーに黒のストライプのダブルスーツに黒いワイシャツ、光沢の強い銀色のネクタイという格好だ。

光輔が返答に迷っていると架川は、「何か言ったか？」と仁科を睨《にら》んだ。仁科はしれっと「別に」と答え目をそらしたが、架川は「ウソつけ。聞こえたぞ」と顔を険しくして迫る。慌てて光輔が止めようとした矢先、

「蓮見くん、何やってんの。さっさと臨場《りんじょう》してよ。架川くんも」

と、玄関から矢上が顔を出した。光輔は「はい。いま行きます」と返して仁科に一礼し、架川とともに二階屋に向かった。

現場の塩原《しおばら》家は、南天町《なんてんちょう》の住宅街にあり、築五年ほどの建て売りだ。間取りは３ＬＤＫで、セキュリティーシステムは導入されていない。光輔は鑑識作業が終わるのを待つ間に得た情報を整理し、駐車場を進んで階段を上った。手袋やシューズカバーを装着し、玄関に入る。

玄関の先に、階段と廊下があった。架川とともに廊下を進み、奥のリビングダイニングキッチンに入る。広さ十五畳ほどで、奥に掃き出し窓があり、外は猫の額ほどの庭だ。この掃き出し窓が犯人の侵入口で、数人の刑事がカギの部分が割られた窓ガラスを確認している。掃き出し窓の手前には茶色の布張りのソファが置かれ、そこに男女が腰掛け、ローテーブルを挟んだ床の上に、矢上と刑事課係長の鳥越国明《とりごえくにあき》が座っていた。

「では、買い物から戻って異変に気づかれたんですね？」

女に向かい、矢上は問いかけた。

「はい。窓は割れてるし部屋の中はぐちゃぐちゃだし。すぐに泥棒だって気づいたんですけど、まだ家の中にいたらと怖くなって、外に出て夫に電話しました。警察に通報とか、すっ飛んじゃって。すみません」

うろたえきった早口で、小柄な女が答えた。この家の住人で事件の第一発見者、塩原美雪《みゆき》・四十一歳だ。声を柔らかくして、矢上は返した。

「いえいえ。犯人と鉢合わせしたら大変ですし、外に出たのは正解ですよ……ご主人は職場にいらしたんですね？」

「ええ。まず妻の無事を確認して、『俺が警察を呼ぶから、そのまま外にいろ』と言って急いで帰って来ました」

こちらも落ち着かない様子で玄関の方を振り向きながら、ソファの男が答えた。美雪の夫の一成《かずなり》、四十四歳だ。中背で腹の出たメタボ体型で、隣町の総合病院で事務職をしている。塩原家には他に小学校五年生の長女と三年生の次女がいるが、どちらも在校中だ。

「被害に遭ったのは、棚の中の現金五万円とタブレット端末、ゲーム機。二階の寝室にあった奥さんの指輪と、シャネルのバッグ」

手にしたメモを見ながら、今度は鳥越が口を開いた。小太りで、生え際がM字形に後退している。

「今わかっているのはそれだけで、落ち着いて調べたら増えるかもしれません」

美雪は返し、室内を見回した。一成もまた玄関の方を見る。

リビングダイニングキッチンの壁際には戸棚やサイドボードが置かれ、扉と引き出しは開けられていて、中身の書類やファイル、箱などがフローリングの床に散乱している。その中には家族写真が収められたフォトフレームや、飾り付けられたプラスチック製のクリスマスツリーもあった。

いや。多分盗まれたのは、鳥越さんが言ったものだけだ。ソファの脇に立ち、室内を見て光輔は思った。

扉と引き出しは複数開けられているが、背伸びをしたり、身をかがめたりしなくてはならない位置のものは手つかずだ。つまり使い勝手がよく、頻繁に出し入れするものをしまう位置の扉と引き出しだけを開けている。現金または換金しやすいもののみを、短時間で奪い立ち去る。典型的なプロの窃盗犯の犯行だ。恐らく二階の寝室も、似たような状況だろう。

ここひと月ほど、南天町を中心として空き巣の被害が続いている。どこも犯人は白昼堂々犯行に及び、現場に指紋や毛髪などは残されていない。さっき庭で検出されたというゲソコンも、量産品の革靴では犯人を割り出すのは難しいだろう。

この手のプロは念入りに下見をして、盗みに入る家を選ぶ。パトロールを強化して、下見中に職務質問《ばんかけ》して身柄《ガラ》を押さえるしかないな。そう光輔が頭を巡らせた時、また美雪が言った。

「空き巣が増えてるって、回覧板にも書いてあったのに……こういう泥棒って、一度盗みに入った家には何度も入るって、本当ですか？　どうしよう」

怯《おび》えたように身を縮め、俯《うつむ》く。すかさず矢上と鳥越が、

「落ち着いて下さい。全力で捜査しますから」

「まず窓を修理しましょう。防犯ブザーなどを設置するのもいいですよ」

となだめ、光輔も言葉をかけようとした。しかし一成の様子に気づき、口を閉じた。

一成は美雪には構わず、さっきと同じように玄関の方を振り返っている。光輔も倣うと、ソファの脇のダイニングテーブルと椅子、その先にあるドアとキッチンが目に入った。

「どうした？」

後ろから架川が声をかけてきた。それが聞こえたのか、一成もはっとしてこちらを見る。光輔は訊《たず》ねた。

「何か気になりますか？」

「いや」

そう答えて視線を前に戻した一成だったが、声も動きもぎこちない。ダイニングテーブルの上には何も載っていないので、キッチンか。そう推測し、光輔は「失礼します」と告げてキッチンに向かった。架川も付いて来る。

手前にカウンターがあり、その奥がシステムキッチンという造りだ。システムキッチンの後ろには、炊飯器や電子レンジなどが載った棚がある。と、棚の脇に置かれたものが目に留まり、光輔は歩み寄った。

高さ一メートル、幅四十センチほどの黒い金属製の箱で、ガラスの扉が付いている。ワインセラーかと思いきや、扉の奥の棚に並んでいるのは、一升瓶。日本酒セラーだ。

「おお。『村自慢《むらじまん》』じゃねえか」

光輔の脇から日本酒セラーを覗《のぞ》き、架川が声を上げた。棚の手前に置かれた一升瓶のラベルを読んだらしい。

「山形《やまがた》の地酒で、人気があってなかなか手に入らねえんだ。むかし一度だけ飲んだが、旨《うま》かったぞ。他の酒も、たぶん値打ちものだ」

「へえ……塩原さん。ひょっとして、この中の日本酒も盗まれたんですか？」

光輔は振り向き、こちらに歩み寄って来る一成に訊ねた。首を横に振り、一成は答えた。

「いえ。さっき確認しましたが、無事でした」

「そりゃよかったな。不幸中の幸いってやつだ」

架川は言い、一成の厚みのあるスーツの肩を叩《たた》いた。「はい」と頷《うなず》き小さく笑った一成だったが、その声と動きはまたしてもぎこちなかった。違和感を覚えるのと同時にある疑問も湧き、光輔は一成に訊ねた。

「さっき塩原さんは美雪さんからの電話に、『俺が警察を呼ぶから』と言って帰ったとおっしゃいましたよね。ちなみに帰宅されたのは何時頃ですか？」

「上司に事情を説明して勤め先を飛び出して、タクシーを拾って……十時過ぎだったと思います」

「そうですか。それで美雪さんを外で待たせ、家の中を確認して午前十一時に警察に通報されたんですね？」

「はい。どこかに犯人が隠れていたらと思うと怖くて、確認に時間がかかってしまいました。すみません」

身を縮めるようにして、一成は頭を下げた。「とんでもない。怖くて当然ですよ」と返して光輔が笑いかけると、一成はほっとしたように顔を上げた。

2

サイトを一通り見終え、光輔は握っていたマウスを手放した。

「何かわかったか？」

後ろから問われ、光輔は驚いて小さく声を上げた。反射的に手が動き、机上のノートパソコンの液晶ディスプレイを閉じる。

「驚かさないで下さいよ。まだ帰ってなかったんですか？」

振り向き、光輔は後ろに立つ架川に問い返した。「悪い悪い」と笑い、架川は椅子を引いて隣の自分の席に座った。午後十一時近くになり、桜町中央署三階の刑事課にいるのは光輔たちと、別の列の机に着いた当番、つまり当直の刑事だけだ。

「塩原一成が気になるんだろ。挙動不審だった上に、警察への通報までの流れがおかしいからな。美雪に外にいろというのはわかるが、普通は家に向かうタクシーの中で通報するだろ？　それにいくら怖かったとはいえ、あんな小さな家の中を確認するのに一時間近くかかったのは不自然だ」

「架川さん、鋭いじゃないですか。だんだん刑事課のデカらしくなってきましたね」

感心しつつもからかいのニュアンスも漂わせて返すと、案の定架川は「マル暴に戻るのが俺の目的なんだぞ。刑事課のデカらしくなってどうするんだよ」と不機嫌そうに睨《にら》んできた。しかしすぐに真顔に戻り、言った。

「しかしなんで、一成の件を捜査会議で報告しなかったんだ？」

「一成が空き巣のホシじゃないのは明らかだし、通報の件も『気が動転していたからだろ』でお終《しま》いですよ」

光輔が答えると架川は「まあな」と返し、机に片肘《かたひじ》を載せて頬杖《ほおづえ》を突いた。

塩原家での現場検証と聴取の後、光輔たちは手分けをして近隣住民への地取《ききこ》りを行った。夕方帰署すると南天町連続窃盗事件の捜査会議が開かれたが、光輔は昼間の一成の態度が引っかかり続けていた。

机上に広げた書類を指し、光輔は告げた。

「ざっと調べましたが一成に前科《まえ》などはなく、自宅近隣と職場の評判も上々。美雪や娘たちも問題なしです。ただし一成は相当な日本酒好きで、マニアと言っていいレベルのようです。日本酒セラーに並んでいた酒も調べましたが、架川さんが言った通り入手困難なレアものと、三万円とか五万円とかする大吟醸《だいぎんじょう》でした」

「だが、どれも違法に入手したものじゃねえんだろ？　美雪も『唯一の趣味だから』と容認してる様子だったし」

「ええ。ただ、一成のツイッターをチェックしたら気になる点を見つけました。つぶやきやアップしている写真は日本酒絡みのものばかりなんですが、一成は、ある日本酒マニアのサークルの会員だとわかりました……これです」

そう言って、光輔はノートパソコンの液晶ディスプレイを開いた。隣から架川が首を突き出す。

液晶ディスプレイの左上には洒落《しゃれ》た青い書体で「SAKE JOURNAL」と記され、下に一升瓶と切子《きりこ》の猪口《ちょこ》の写真が表示されている。その下には赤丸の中に白文字で「TOPICS」と書かれたマーク付きの四角い枠が並び、「クリスマスディナーに合う日本酒って？」「速報！　今シーズンの新酒」「幻の名酒『彼方《かなた》』を特別販売!!」といったタイトルと写真が配されている。右端には「日本酒の基礎知識」「イベントのお知らせ」「メンバー募集」といったサイドバーも並んでいた。

「似たようなサイトやサークルはいくらでもありそうだが、どこが気になるんだ？」

液晶ディスプレイを眺め、架川が問う。光輔は返事の代わりに画面を下にスクロールさせた。すると右端に、「SAKE JOURNAL主宰者《しゅさいしゃ》プロフィール」と記された大きめの枠が現れた。枠の中には、ショートボブの髪にきつめのパーマをかけた小太りの中年女の写真があり、下に「SAKEオーガナイザー高倉穂《たかくらほ》波《なみ》」と書かれていた。眉間《みけん》にシワを寄せ、架川はさらに問うた。

「SAKEオーガナイザー？　何者だ、この女は」

「元はフリーのライターのようです。日本酒好きが高じて雑誌やネットニュースに書いた記事が話題になり、売れっ子に。高倉が紹介した日本酒や酒蔵には注文が殺到するそうで、いわゆるインフルエンサーというやつですね。今では日本酒のコンクールの審査員をしたり、町おこし目的の酒造りのプロデュースなどもしています。加えて高倉はこのサイトの他にオンラインサロンも主宰していて……ちなみにオンラインサロンというのは」

光輔が説明しようとすると架川はむっとして、「それぐらい知ってる」と遮り、こう続けた。

「実業家や芸能人がやってるやつだろ？　会費を払って主宰者と交流したり、ビジネスやら自己啓発やらの情報を得たりする。ただし、詐欺まがいのものもあってトラブルも起きてる」

「ええ。ＳＡＫＥ　ＪＯＵＲＮＡＬのサークルには、登録すれば誰でも無料で入会できます。でも、オンラインサロンは会費の月額が六千円と高めで、このサイトで通販している日本酒も、オンラインサロンに入会しないと買えません。ちなみに一成はサークルとオンラインサロン双方の会員で、高倉とも親しいようです」

「なるほど。調べてみる価値はありそうだな」

「ええ。でも、大丈夫ですか？」

光輔の問いに、架川は怪訝《けげん》そうに答えた。

「無許可の独断捜査なら、前にもやっただろ。課長には、被害者《マルガイ》の鑑取《かんど》りだとかなんとか言っときゃいい。状況や立場に拘《かか》わらず、臭いと感じたら捜査するのがデカってもんだ」

きっぱりと返し、架川は身を引いた。そして、

「それに、マル暴に返り咲くための点数稼ぎもしねえとな。頼むぜ、相棒」

と光輔の肩をばしんと叩き、最後に顎《あご》を上げてがははと笑った。

マル暴に返り咲くどころか、警視庁を解雇される可能性さえあるのにこの態度。尋常じゃない度胸と自信の持ち主、あるいは開き直り？　驚くのを通り越して脱力し、光輔は「はあ」と返してため息をついた。

3

翌朝。光輔は矢上に「塩原家の鑑取りをしたい」と説明して許可を取り、高倉穂波に連絡を取った。一成が空き巣の被害に遭ったことは既に本人から聞いていたらしく、捜査協力を申し出ると承諾した。

高倉の事務所は、麻布《あざぶ》のタワーマンションの二十三階だった。部屋を訪ねるとマネ

ージャーだという若い女が出て来て、廊下の先のリビングに通された。広さは二十畳以上あり、奥の大きな窓の向こうには、冬の日射しに照らされた六本木《ろっぽんぎ》ヒルズのビル群が一望できた。時刻は午前十一時前だ。

マネージャーの女に「高倉はオンラインで打ち合わせ中なので、少しお待ち下さい」と告げられたので、光輔は架川とともにガラス製の大きなテーブルに着き、室内を観察した。

テーブルと椅子、棚などは凝った造りと色柄からして、輸入物のデザイナーズ家具。壁には日本酒や酒造メーカーのポスターを収めたパネルが飾られ、棚の上にも日本酒の瓶や小型の酒樽《さかだる》、グラスなどが並んでいる。出入口のドアの脇には机がいくつか置かれ、その隣のフローリングの床に、事務所のスタッフと思《おぼ》しき若い男が二人、座り込んでいた。紙箱に入った日本酒を緩衝材でくるみ、段ボール箱に収めている。通販の商品の発送作業をしているのだろう。壁際にも、別の日本酒の名前が書かれた段ボール箱が積まれていた。

「羽振りがよさそうだが、コーヒーは安物だな」

隣で架川が言い、鼻を鳴らした。さっきマネージャーの女が出してくれたコーヒーを飲んでいる。男たちを気にして光輔が「聞こえますよ」と囁《ささや》いた時、ドアが開いて高倉とマネージャーの女が入って来た。高倉は小柄で、丈が膝《ひざ》まであるたっぷりしたつくりの白いシャツに黒いパンツという格好だ。

「お待たせしてすみません。高倉です」

手にしたスマホと蓋《ふた》付きのタンブラーグラスをテーブルに置き、高倉は名刺を差し出した。光輔は立ち上がり笑顔で、

「こちらこそ、お忙しいところ申し訳ありません。桜町中央署の蓮見です」

と返して名刺を受け取った。そこに記された名前は高倉穂波だが、本名は高倉紀恵《のりえ》といい、四十六歳で独身なのは確認済みだ。架川も名刺を受け取り、「架川です」とだけ返した。高倉がテーブルの向かいに着き、光輔も着席して話を始めた。

「あらゆる方向から捜査をするために、被害者の友人知人の方にもお話を伺っています。ご協力下さい」

「近所の家も空き巣の被害に遭っていると、塩原さんに聞きました。怖いですね。何でも訊《き》いて下さい」

眉根《まゆね》を寄せ、高倉が言う。丸顔で、そこに載った目と鼻も丸い。

「ありがとうございます。塩原さんも日本酒が好きで、ＳＡＫＥ　ＪＯＵＲＮＡＬの運営に関わられているようですね。いつ頃からのお知り合いですか？」

「二年前です。うちのサイトを見てくれて、ツイッターでやり取りするようになりました。うちは動画サイトにもチャンネルを持っているんですけど、塩原さんは撮影が

巧《うま》くて『こんなのを撮ったら？』とアイデアも出してくれるので、すごく助かっています」

「そうですか。では主要メンバーの一人ということですね。最近、塩原さんはトラブルに巻き込まれたりしませんでしたか？」

光輔の問いかけに高倉は、「ないです」と即答して首を横に振った。しかし少し考えるような顔になり、こう付け足した。

「私が知っている範囲では、ですけど。でも塩原さんは温和で真面目な人だから、みんなに好かれていますよ」

そして、意見を求めるように横を向く。机でパソコンに向かっていたマネージャーの女が「はい」と応《こた》え、男たちの一人も振り向いて頷《うなず》いた。二人に答えを強要されたような様子はなく、一成が温和で真面目というのは昨日の地取りでも聞いた。

頭を切り替え、光輔はさらに質問した。

「わかりました。ところでＳＡＫＥ　ＪＯＵＲＮＡＬのオンラインサロンの会員は、二百七十名ほどで、増加中らしいですね。試飲会などのイベントも人気なようですが、会員の大半の目当ては日本酒の通販でしょう？」

「そうですね。会員のみなさんは私のセレクトを信用してくれていて、地方の隠れた名酒を紹介したりもしているので」

急に話が変わっても怪訝に思う様子はなく、高倉は答えた。よし。ここからだ。光輔が身を乗り出した矢先、架川が口を開いた。

「あの酒は、新潟《にいがた》の『雪之誉《ゆきのほまれ》』だろ？　わずかな本数を地元の限られた店にしか卸《おろ》さない、いわゆる幻の名酒だ。一本四千円程度のはずだが、高値で転売する輩《やから》も多いそうだな」

「あの酒」と言う時には男たちが梱包《こんぽう》している紙箱を顎で指し、鋭い目で高倉を見て訊《たず》ねる。光輔は「ちょっと」と架川の脇を突《つ》いたが、高倉は「ええ」と頷いた。

「個人がフリマやオークションサイトに出品するだけじゃなく、プロにも四万円、五万円という値で売る業者がいて、問題になっています。あの雪之誉は、私が酒蔵の社長さんと古いお付き合いなので、特別に譲っていただいているんです。社長さんに通販の許可は得ているし、価格も定価です。もちろん、私は一般と通販の酒類小売業免許も持っています」

落ち着いた様子で笑みも浮かべ、高倉は説明した。てっきり怒りだすと思っていたので、光輔はほっとして「ご丁寧にどうも」と頭を下げた。一方架川はあてが外れた様子で、無言でそっぽを向いている。酒類小売業免許とは、その名の通り酒類を小売りする際に必要な免許で、酒店やコンビニなど店頭で酒類を販売するための一般酒類小売業免許と、ネットやカタログで販売するための通販酒類小売業免許がある。本人が言った通り、高倉が双方の免許を所持しているのも確認済みだ。

4

「申し訳ありませんでした。失礼します」

頭を下げながら挨拶《あいさつ》し、光輔は事務室のドアを閉めた。体を起こして振り向くと、架川は不機嫌丸出しの顔で身を翻し、廊下を歩きだした。光輔も続き、二人で塩原一成が勤める総合病院を出て駐車場に向かった。

「何で俺らが頭を下げなきゃならねえんだよ。正当な聴取だっただろ」

ポケットから出したレンズが薄紫色のサングラスをかけ、架川がぼやく。

「頭を下げたのは、僕だけですけどね……仕方がないでしょう。一成に抗議されちゃったんだから」

呆《あき》れて返し、光輔は駐車場に停めた署のセダンに歩み寄ってドアを解錠した。助手席に乗り込みながら、架川はさらにぼやいた。

「そもそも、腹が立ったならその場で言い返しゃいいじゃねえか。あの高倉とかいう女、さっき俺が鎌を掛けた時は平然としてたぞ」

「その場は平然とやり過ごして、後でＳＮＳに本音をぶちまける。今時のパターンですよ。とくに高倉はネットの世界では有名人で、影響力もありますから」

「そんなもん、本当の影響力じゃねえ。ただの陰口、卑怯《ひきょう》者じゃねえか。ヤンキーの世界じゃ、『タイマンを張れねえやつにケンカする資格はねえ』が常識で」

「それ、前にも聞きました。ヤンキーを引き合いに出す意味がわからないし、こうやって謝罪に来る羽目になったんだから、十分影響力はあるでしょう」

　ぴしゃりと返し、光輔は運転席に乗り込んだ。架川が何か言い返そうとしたので、素早くシートベルトを締めてエンジンをかけ、セダンを出した。

　さっきは一時間ほど話を聞き、高倉の事務所を辞した。エレベーターで一階に下りてタワーマンションを出て通りに停めたセダンに戻り、光輔はスマホの電話とメッセージの着信を確認した。ついでに高倉のツイッターを覗《のぞ》いたところ、刑事の聞き込みに協力したのに無関係なことを訊かれ、あらぬ疑いをかけられたと、怒りも露《あら》わに訴えていた。光輔たちと別れた直後にアップしたようだ。

　驚いてツイッターの動きを追うと、まず一成が自宅の空き巣の件だと察して謝罪し、オンラインサロンの会員を中心としたその他大勢が、聞き込みに来た刑事、ひいては警察について非難し始めた。その直後、矢上から光輔に「塩原一成さんから抗議の電話があった」と連絡があり、光輔は慌てて高倉の許《もと》に戻ろうとしたが、マネージャーの女に拒否された。そこでこの総合病院に向かい、一成に高倉への鑑取りの言い訳と謝罪をした。

セダンが通りを走りだしてしばらくしても、架川はぶつくさと言っていた。しかし光輔が、

「でもまあ、お陰で収穫もありましたよ。高倉たちには裏の顔があるようです」

と告げると架川は口を閉じて振り返った。ハンドルを握りながら、光輔はこう続けた。

「高倉の訴えへの反応です。ほとんどが同情と僕らへの非難ですけど、『自業自得』『実際、詐欺師みたいなもんだろ』というネガティブなものもありました」

「だが、ネットの情報は鵜呑《うの》みにできねえぞ」

「ですから、裏を取りに向かっています。ネガティブな反応をした者の中に、自分と店の名前を公表している酒店の店主がいました」

光輔の説明を聞き、架川は「やるじゃねえか」と笑ってスラックスの脚を組んだ。嬉《うれ》しさを覚えた光輔だったがすぐに思い直し、

「それはそうと、課長にはちゃんと頭を下げて下さいよ。署に戻ったら、百パー叱られますから」

と告げた。すると架川はまた不機嫌顔になり、ぶつくさ言い始めた。

5

午後五時。桜町中央署に戻った架川は、光輔とともに捜査会議に出た。二人を見るなり顔を険しくした矢上だったが、会議中に光輔が「塩原家を再訪し、美雪と室内を捜索したところ、盗まれたシャネルのバッグの保証書を発見しました」と報告すると、「よくやった。さすがは蓮見くん」と態度を一変させた。

いわゆるブランドバッグの多くは持ち手の部分などにシリアルナンバーが刻印されているが、そこからわかるのは、どこの工場でいつ頃製造されたか程度だと言われている。しかしシャネルだけは、ほぼ全ての商品と保証書に固有のシリアルナンバーが記されている。警察は古物商許可を持つリサイクルショップや質店に「品触《しなぶ》れ」という盗難届や紛失届が出された品のリストを送っているので、窃盗犯が塩原家のバッグをリサイクルショップなどに持ち込めば、逮捕できる可能性がある。お陰で捜査会議のあと矢上に高倉と一成の件を謝罪した際も、さして叱られずに済んだ。

「つくづく、お前の要領の良さと課長の単純さはすげえな」

架川は言い、缶のブラックコーヒーを一口飲んで椅子の背もたれに体を預けた。隣の席でノートパソコンを弄《いじ》りながら、光輔が呆れて返す。

「なんで素直に、『助かった。ありがとう』って言えないんですか？　高倉たちの件をチャラにしようと、必死だったんですよ」

「わかってるって。それもあって、塩原家を再訪したんだろ？」

「まあそうですけど」

ノートパソコンの液晶ディスプレイに顔を向けたまま、光輔はため息をついた。動画を見ているらしく、話し声や音楽が聞こえる。時刻は午後十一時を回り、今夜も刑事課に残っているのは架川と光輔、当番の刑事だけだ。

昼間は、一成の勧める総合病院から新宿区の落合《おちあい》に移動し、高倉の訴えにネガティブな反応をした酒店を訪ねた。店主は神山《かみやま》という五十代の男で、架川たちが訴えの対象の刑事だと知るとひどく驚いていた。しかし光輔が訳あって高倉とそのオンラインサロンを調べていると告げると、ネガティブな反応をした理由を話した。

高倉は酒蔵や酒店、居酒屋などの経営者を対象に日本酒ビジネスのセミナーを開いており、神山は一万円の料金を支払ってそれに参加した。しかしセミナーの内容は高倉の個人的な成功譚《たん》や自慢話ばかりで、「さらにハイレベルなノウハウが知りたければ、オンラインサロンに入会を」と告げられたそうだ。加えて、セミナーで知り合った地方の酒蔵の経営者によると、高倉は「オンラインサロンに入会すれば、あなたの酒蔵の商品をマスコミで紹介してもいい」とも言っているらしい。

　その後、架川と光輔は空き巣事件の追加聴取という名目で塩原家を訪ね、美雪から一成とSAKE JOURNALの関わりについても聞いた。

　高倉が言った通り一成は動画撮影のスタッフで、イベントの手伝いなどもしているという。しかしそのせいで帰宅が遅くなったり、家族サービスが疎《おろそ》かになったりすることも多く、美雪は架川たちに「日本酒を買ったり飲んだりするのはいいけど、SAKE JOURNALには迷惑してます」と断言した。

「お前の言う通り高倉には裏の顔があり、一成もそれに関わっている可能性が高い。だがセミナーの内容が自慢話だったり、オンラインサロンに入会すればマスコミに商品を紹介してやると言うのは、犯罪じゃねえ。雪之誉も、本当に定価で売ってたしな」

　缶コーヒーを机に置いてスラックスの脚を組み、架川は言った。

「ええ。でも高倉たちには、必ず何か――あれ？」

　光輔も言い、液晶ディスプレイに見入った。ノートパソコンからは、さっきと同じように話し声と音楽が流れている。

「どうした？　お前、さっきから何を見てるんだ？」

　そう問いかけながら、架川も首を突き出して液晶ディスプレイを覗いた。

「SAKE JOURNALの動画チャンネルですよ。高倉が日本酒を紹介したり、業界の関係者をインタビューするといった内容なんですが、高倉とオンラインサロンの会員が参加する旅行のレポートもあって」

そう説明し、光輔は液晶ディスプレイに表示された四角い枠を指した。

枠の中では高倉がこちらを見て何か話し、その周りには一成を含めた四、五人の男女がいた。高倉たちはどこかの酒蔵にいるらしく、背後には日本酒を仕込むための大きな木桶《きおけ》が並び、杜氏《とうじ》らしき白いキャップに作業服、ゴム長靴姿の男もいた。

「地方で地酒を飲んだり酒蔵を取材したり、隠れた名酒を探したりしています。旅行にはSAKE JOURNALが設立された四年前から毎年行っているらしいんですが、なぜか去年の分の動画だけが見当たりません。去年の高倉や一成のツイッターには旅行が中止になったと書かれていないので、アップしたあと削除したのかもしれません」

「当然、理由があって削除したんだろうな……探れるか？」

架川の問いに光輔は「もちろん」と即答し、右手でマウスを握った。

その後、光輔はノートパソコンの操作に没頭した。脇から見守る架川は時々「そりゃ何だ？」と訊《き》いたり、二本目の缶コーヒーを飲んだりしたが、眠気を覚えあくびが出た。結局寝込んでしまい、「架川さん」と光輔に肩を揺すられ、はっとして目を開けた。

「いま何時だ？」

体を起こし反射的に訊くと光輔は、

「夜中の一時前です。これを見て下さい」

と早口で答え、ノートパソコンの液晶ディスプレイを架川に向けた。まばたきで視界をクリアにしてから、架川は液晶ディスプレイを見た。

ゴシップニュースのサイトらしく、上に派手で品のないデザインのサイト名が表示され、左右にアダルトサイトの広告が並んでいる。そして中央には「日本酒インフルエンサーが密造酒で宴会？　動画大炎上の顚末《てんまつ》」と見出しがあり、下に記事が表示されていた。

「去年の三月にアップされたあと削除されたようですが、誰かが取ったＷＥＢ魚拓《ぎょたく》を見つけました」

興奮気味の声で光輔が言う。ＷＥＢ魚拓の意味はわからなかったが、架川は記事を読み始めた。それによると去年の二月下旬、高倉とＳＡＫＥ　ＪＯＵＲＮＡＬの主要メンバー五名が徳島《とくしま》県を旅行し、帰京後その模様を動画サイトにアップしたらしい。内容は地酒を飲んだり酒蔵を訪ねたりと概《おおむ》ね例年通りだったが、問題は旅の終わりに出会った男だ。

男は徳島県南部の小さな町で農業を営んでおり、道を訊《たず》ねた高倉たちの旅の目的を知ると、「うちにも旨《うま》い酒があるぞ」と誘った。高倉たちは男の自宅を訪ね、そこでふるまわれた酒の旨さに感動し、それをビデオカメラに向かって熱く語った。ところが「旨い酒」は酒店などで買ったものではなく、男の手作りのもろみ酒、いわゆる「どぶろく」だった。

日本の法律では、どぶろくの醸造には国税庁への許可申請が必要で、これを怠ると酒税法違反で十年以下の懲役、または百万円以下の罰金刑に処される。ゆえに動画にはアップされた直後から「どぶろくは違法です」「許可を得て作られたものなんですか？」「犯罪に加担して大はしゃぎかよ」等々のコメントが付き、高倉や旅行に参加した他のメンバーのＳＮＳにも非難の書き込みが殺到。また、男の身元を特定して告発しようという動きも見られた。

この事態に高倉は動画を削除した上で、「責任感と自覚に欠けていました」と謝罪し、男に関しても「違法行為であることを伝えると反省し、二度とどぶろくを造らないと約束してくれました」というコメントを発表した。

「こんなことがあったのか」

記事を読み終え、架川は言った。ノートパソコンを自分の前に戻し、光輔は頷《うなず》いた。

「ええ。ネット内には謝罪後も高倉たちを糾弾する動きがあったようですが、大手のニュースサイトで取り上げられることはなく、今では、なかったことになっています。だから高倉の情報を集めた時に、引っかからなかったんですね」

記事には、動画を撮影した写真も添えられている。写っているのは、男の自宅と思《おぼ》しき和室で車座になって盛り上がる男女。高倉以外の顔はぼかされているが、どぶろくの入ったグラスと淡い水色の一升瓶を抱える一成の姿が確認できた。

「記事には、高倉たちはどぶろくを『これまで飲んだ日本酒の中で最高』『まさに幻の名酒』と絶賛していた、とありますね。そこまで旨かったのなら、なかったことにしても忘れられないんじゃないでしょうか」

「そりゃそうだろうな」

「架川さんが居眠りしている間に考えたんですけど、男は今もどぶろくを造り続けていて、高倉たちはそれを買っているんじゃないですか？　で、一成も購入者の一人で自宅で飲んでいたら空き巣が入った。警察が来ると知ってどこかに隠したけど気が気でなく、つい、いつも保管している日本酒セラーを振り返ってしまった」

一気に語り、光輔は強い目で架川を見た。「居眠りしている間に」は余計だが、光輔の推測には可能性とリアリティを感じた。「それだな」と頷き、言った。

「酒の密造に密売となりゃ、立派な違法行為。犯罪だ」

「ですね。さっそく朝になったら、課長に報告します。徳島の所轄署に連絡して、男の自宅を捜索してもらいましょう」

酒税法違反は犯罪だが、国税庁の管轄だ。なので、もし男の自宅からどぶろく造りの証拠が発見された場合も、警察官は所轄の税務署に連絡するはずだ。その後は税務署の酒類指導官が男を摘発し、悪質と判断した場合は検察官に告発して公訴を提起する。

「いや。それじゃダメだ。自宅でどぶろく醸造の証拠が見つかれば男はアゲられるが、高倉たちが言い逃れをする方法はいくらでもある」

「じゃあ、どうするんですか？」

光輔に問われ、架川は顎《あご》を上げて答えた。

「幸い、今は新酒の時期だ。高倉たちは、男から頻繁にどぶろくを買ってるはずだ。その過程を監視して証拠を押さえ、男も含めて一網打尽にするんだ」

「えっ。まさか泳がせ捜査、コントロールド・デリバリーをやるつもりですか？　組対の銃器薬物対策係が、違法薬物《ヤク》の組織を摘発する時に使う捜査手法ですよね？　だけどコントロールド・デリバリーが認められてるのは、ヤクの捜査だけですよ。そもそもどぶろく造りの摘発自体、僕らの仕事じゃないし」

光輔が戸惑う様子を見せたので、架川は「わかってねえな、お前は」と顔をしかめ、こう続けた。

「とにかく誰かが高倉をアゲりゃ、やつが裏でやってることも明るみに出て、一成と他の連中がどの程度関与してるかもわかるだろ。むしろ狙いはそっちだ。それに多少イレギュラーなことをしても、結果オーライなのが警察って組織なんだよ」

「イレギュラーどころか、明らかな規律違反ですけど……でも、確かに上手《うま》くいけば高倉や一成たちの正体を暴けますね。当然無許可の単独捜査になるので徳島の所轄署に協力は仰げませんが、どうやって男を調べます？　僕らには、連続窃盗事件の捜査もありますよ」

「それなら問題ねえ。俺らには、あいつがいるだろ」

再び顎を上げ、そう答えた架川の頭には、ある男の顔が浮かんでいた。

6

スマホの写真と見比べ、前方にいるのが目当ての男だと、秋場《あきば》圭市《けいいち》は確信した。スマホをポケットにしまい、圭市は身を翻して男に背中を向けた。俯《うつむ》いて目を閉じ、両手を顔に当てる。演じる役の仮面をかぶっているつもりだ。架川には「どうせマンガかドラマの受け売りだろ」と揶揄《やゆ》され、実際その通りなのだが、役者としての圭市のルーティンだ。

「よし」

と呟《つぶや》いて顔を上げ、圭市は狭い農道を歩きだした。周りは見渡す限り田んぼと畑で、その奥には山が連なっている。曇天で気温は五度ほどしかないが、無風なのが救いだ。

少し進み、圭市は傍らの畑に入った。前方に古いトラクターが停められ、荷台の木箱に年配の男が大根を積み込んでいる。年配の男は短く刈り込んだ髪に日焼けした顔で、青いナイロン製の作業服と軍手、黒いゴム長靴という格好だ。足下の地面には、畑から収穫したと思しき葉付きの大根が積まれている。

「すみません」

歩み寄って声をかけると、男は手を止めて振り向いた。髪と同じく白く太い眉《まゆ》と、大きく色素が薄めな目が印象的だ。

「仕事を手伝わせてもらえませんか？　で、もしよければ、大根を一、二本分けてもらいたいんですけど」

「間に合っとるけん。こん先《さき》の無人販売所に行ってきいよ。こんなもん、一本百円で」

訝《いぶか》しげな顔で言いかけて止め、男は圭市の全身に視線を走らせた。ぼさぼさの髪で無精ヒゲを生やし、身につけているのは着古したダウンジャンパーとジーンズ。寝袋が載った大きなリュックも背負っている。男が訊ねた。

「あんた、金がないんか？」

「はい。色々あって、働きながら旅をしています。このあたりは米作りが盛んだと聞いたんで来たんですけど」

「色々あって」は意味深に、しかし明るく若者らしい口調で答え、圭市は左右を見た。大根畑の隣には田んぼがあるが稲は全て刈り取られている。周囲の田んぼも同じだ。

「遅すぎだ。収穫も脱穀《だっこく》も、もう終わっとる……ここと、あっこの畑の大根を抜くのも手つどうて。なら、うちで飯を食わしてやる」

　隣の大根畑を指し、男は告げた。「ありがとうございます！」と即答し、圭市はリュックサックを地面に下ろしてポケットから軍手を出した。心の中でガッツポーズを作りつつ、圭市は大根を荷台に積み込む作業に取りかかった。

　架川から「仕事だ」と連絡があったのが、二日前。高倉という女とＳＡＫＥ　ＪＯＵＲＮＡＬについて聞かされ、徳島県南部の小さな町に住むある男に接近しろと命じられた。その後男の氏名と住所、顔写真がＬＩＮＥに送られて来て、圭市はバイトを休み、ここに来た。

7

スマホが鳴った時、架川は桜町中央署一階の当直室にいた。目覚めると暗闇の中でスマホを摑《つか》み、布団をめくって起き上がった。

「圭市か？」

問いかけながら二段ベッドの下段を降り、ドアに向かう。後ろから「うるせえな」という、半分寝ぼけた男の声が聞こえた。当直室には二段ベッドが向かい合って二台置かれているので、他部署の当番の誰かだろう。桜町中央署の刑事課では六日に一度当番があり、三人が交替で五時間ほどの仮眠を取りながら勤務に当たっている。

「はい。遅くにすみません」

「今どこだ？　首尾はどうだ？」

廊下に出て腕時計を覗《のぞ》き、架川はさらに問うた。時刻は午前三時前だ。

「室屋《むろや》の家にいます。農作業を手伝ったらここに呼ばれて、メシを出されました。料理は好きらしくてメシは旨《うま》かったけど、家はボロくて荒れ気味ですね」

潜めた声で圭市が答える。コントロールド・デリバリーをすると決めてから光輔がさらにネットで調べ、どぶろくを造った男は室屋正富《まさとみ》・七十二歳で、自宅の住所も判明した。

「そうか。で、どぶろくは？」

「あれこれ話して打ち解けると『飲むか？』となったんですけど、出されたのは市販の焼酎《しょうちゅう》でした。でもがんがん飲ませて盛り上げたら、どぶろくの話題になりました。動画の炎上は怒ってましたけど、高倉たちに絶賛されたのは相当嬉《うれ》しかったみたいです。『じゃあもう、幻の名酒は飲めないんだ。残念だなあ』と鎌を掛けたとたん、『誰にも言うなよ』と念押しして、どぶろくの一升瓶を持って来ましたよ……あ、もちろんフリだけで飲んでません。俺はもう、善良な市民ですから」

　後半はむきになって主張する圭市に架川は、「わかってる」と返した。

　二十七歳の圭市は元不良少年で、ある暴力団の構成員になりかけたが架川に説得され、更生した。今は新橋《しんばし》の居酒屋でバイトをしつつ小劇団の役者として舞台に立つ一方、架川の捜査協力者《エス》もしている。架川は質問を続けた。

「証拠は押さえたか？」

「もちろん。室屋が寝込むのを待って一升瓶の写真を撮り、台所も調べたら出るわ出るわ。いま写真を送ります」

　そう告げられ、架川は一旦《いったん》スマホを降ろした。すぐにＬＩＮＥに写真が届いた。一枚目は、白く濁ったどぶろく入りの淡い水色の一升瓶。二枚目は台所の棚に入った白米と米麹《こめこうじ》、ドライイーストの袋。さらに生成り色をした粥《かゆ》状の、醸造中のどぶろくが入ったホーロー製の寸胴鍋《ずんどうなべ》の写真もあった。

証拠としては十分で、架川はねぎらいの言葉をかけようとスマホを耳に当てた。すると、圭市は言った。

「でも、どぶろくを高倉たちに売っているかは聞き出せなかったので、ここに居座ります。居酒屋のバイトでメシ作りは慣れてるし、家の掃除や修理もすれば、しばらくは置いてもらえるでしょう」

「ああ。クリスマスやら正月やらも近いし、高倉たちは必ずどぶろくを注文するはずだ」

「ですよね。また報告を入れます」

気合いの感じられる声で、圭市が応《こた》える。満足し、架川は「よくやった。頼りにしてるぞ」と告げて電話を切ろうとした。すると、圭市は言った。

「ありがとうございます。でも、大丈夫ですか？」

「心配するな。室屋や高倉をアゲても、お前の名前は出ねえようにする」

「そうじゃなくて、俺は架川さんが心配なんです」

「俺が？　なぜだ？」

怪訝《けげん》に思い訊《たず》ねると圭市は一旦口をつぐみ、思い切ったように答えた。

「この事件とは別に、ヤバいことに関わってませんか？　いや、それが仕事なのはわかってます。でも、組対にいた頃のヤバさとは種類が違うっていうか。上手《うま》く言えないけど、嫌な予感がするんです」

「なにを言ってる。お前は」

笑い飛ばそうとした架川を遮り、圭市は続けた。

「俺がそう感じるようになったのは、架川さんが所轄に異動してから――ぶっちゃけ、蓮見さんと組むようになってからです。あの人、信用できるんですか？　組対の定村《さだむら》ってデカと、うちの店でこそこそ話してますよ。生意気《ナマ》言ってすみません。だけど藤《ふじ》原《わら》さんのこともあったし、架川さんに一生付いて行くって決めてるからこそ、心配なんです」

口調と息づかいから、圭市が覚悟を持って告げたのだとわかった。加えて圭市は、かなり前から不安と葛藤《かっとう》を抱えながら自分と光輔に接していたと、想像もできた。架川は動揺し、同時に圭市の想いに応えたいと思った。しかし、言葉が出て来ない。何かを察したのか、圭市は「ナマ言ってすみません」と繰り返した。それから、

「でも俺、ビビってる訳じゃありませんよ。架川さんのためなら、何でもしますから」

と誰かと張り合うようなニュアンスで続け、「失礼します」と言って電話を切った。

8

その日、架川は非番だったが、午後から光輔と麻布に向かった。二人で高倉の事務所が入っているタワーマンションの正面玄関以外の出入口や、宅配業者が配達に来た時の動きなどを確認した。

「今回もお前の読み通りだったな。室屋はどぶろく造りをやめていなかった」

通りの端に停めた署のセダンに戻ると、架川は言った。

「証拠を掴めたのは、圭市さんのお陰ですよ。前に本人も言ってましたけど、圭市さんは架川さんの情報提供者《エス》というより、舎弟って感じですね」

光輔もセダンに乗り込み、返す。笑顔で冗談めかしていたが、架川は今朝電話で圭市に言われたことを思い出し、複雑な気持ちになった。何も応えずにいると、フロントガラス越しに通りの向こうのタワーマンションを見ていた光輔が振り返った。

「どうかしました？　当番明けの張り込みはキツいでしょう。動きがあれば起こすので、後ろで寝て下さい」

「年寄り扱いするんじゃねぇよ……親父さんの事件はどうなってる？」

話を変えて頭も切り替え、架川は返した。助手席でスラックスの脚を組み、窓枠に肘《ひじ》を乗せて頬杖《ほおづえ》をつく。光輔は視線をタワーマンションに戻し、答えた。

「羽村《はむら》さんが情報を集めてくれています。長野県警から払下げられた土地については落札した暁《あかつき》リゾートが廃業した後、いくつかの会社を経て、八年前に東京の英都地所《えいとじしょ》が購入しています」

「英都地所？　丸《まる》の内《うち》に本社がある、大手の不動産会社じゃねえか。そんなところが、なんだって山奥のだだっ広いだけの土地を」

驚く架川に、光輔は「僕もそう思いました」と頷《うなず》いて答えた。

「英都地所は土地をキャンプ場にしましたが、繁盛しているとは言えません。ただし、『Ecstic《エクスティック》 JAPAN《ジャパン》』という音楽フェスが行われる八月の三日間だけは別。毎年海外からも含め、一万人近い客が押し寄せるそうです」

「そのエステなんとかが始まったのはいつだ？」

「エステじゃなく、エクス……七年前。英都地所が土地を購入した翌年です。しかも、エクスティックジャパンを主催している『リズムファング』というイベント企画会社は、英都地所の関連企業です」

そう聞くなり、架川は鼻を鳴らした。

「音楽フェスの開催の会場になるとわかった上で土地を買ったってことか」

「怪しいですよね。羽村さんがさらに調べてくれるそうです。また歌川《うたがわ》チカの息子、涼牙《りょうが》の件ですが、十年前の春に複数の工事現場から電気ケーブルや銅線、電動工具を盗み、チカ殺害事件が起きた当時は警察に追われていたとわかりました」

「そりゃ穏やかじゃねえな。で、涼牙は今どこで何をしてるんだ？」

「わかりません。なので羽村さんは、『やっぱり俺が春蘭市《しゅんらんし》に行くしかない』と」

そう言った光輔は前を向き低い声で、「三代子《みよこ》が亡くなってから、じきに十日ですね」と付け加えた。光輔の気持ちが読めず、架川は「ああ」とだけ返して隣を見た。

「今になって三代子が殺されたのは、僕たちが捜査を始めたからなのか……。だとすると、僕たちの動きが敵側にバレているのか」

そう言いながら光輔は、視線を窓の外に向けた。

「あれ？」

「なんだ？」

そう問い返し、架川はタワーマンションの玄関を見た。すると光輔は、

「いえ。そっちじゃなく、あっち」

と告げて傍らの歩道の先を指した。庇《ひさし》の付いたバス停があり、その下にベンチが置かれている。ベンチの端には男が一人腰掛け、俯《うつむ》いてスマホを弄《いじ》っていた。

「あの男がどうかしたのか？」

「ここに車を停めた時に、あそこにいるのを見ました。バスを待ってるんだろうと思

ったんですけど、まだ座ったままです。僕らがタワーマンションを調べて戻って来るまで、一時間以上かかってますよ」

「待ち合わせか、ひま潰《つぶ》しをしてるんじゃねえのか？」

「でも今日は、外で待ち合わせるには寒すぎますよ。それに、あの男もタワーマンションの方をちらちら見ているような」

「本当かよ」

光輔の注意力と観察力は認めながらもそう返し、架川は改めて男を見た。

歳は三十代半ばだろうか。これといった特徴のない顔立ちで、中肉中背。身につけているのは濃紺のハーフコートにベージュのチノパン、黒いスニーカーだ。が、男が顔を上げてタワーマンションの方を見て、さらに高倉の事務所が入っている二十三階のあたりを凝視するのを確認し、気持ちが一変した。男に気づかれないように身を引き、言った。

「確かに見てるな。警察関係者で他に高倉を調べてるやつはいねえはずだし、やくざ者にも見えねえ。ストーカーか？」

「どうでしょう。高倉に反感を抱く人間がいるのは事実ですけど。でも、下手にばんかけすると逆ギレして高倉を襲ったりしかねないので、取りあえずは様子を見ましょう」

そう返し、光輔はジャケットのポケットからスマホを出した。男がまたスマホを弄りだしたのを確認し、カメラのレンズを向けて男の写真を撮った。

9

引き戸を開け、定村修斗《しゅうと》が新橋の居酒屋に入って来た。奥のテーブル席に着いた光輔が手を挙げて合図すると、きょろきょろしながら歩み寄って来た。

「いつもの店員さんは、お休みですか？」

「圭市さんなら、劇団の公演じゃないかな。あまり売れてないけど、役者なんですよ」

「えっ、そうなんですか⁉　明るくて感じのいい人ですよね。僕好みの酒を薦めてくれるし」

驚き、定村が黒いプラスチックフレームのメガネをかけた目を見開く。別の店員が来たので、バナナサワーとつまみ数品を注文した。時刻は午後七時過ぎで、広い店内はサラリーマンを中心とした客で賑《にぎ》わい、その間を揃いの黒いTシャツにジーンズ姿の店員たちが行き来している。圭市が小劇団の役者なのは事実だが公演はウソで、今も徳島の室屋の家に潜入中だ。

店員が去ると、光輔は笑顔で返した。

「圭市さんと架川さんは、長い付き合いみたいですよ。その架川さんなんですけど、今夜も来られないんです。張り込み中で、このあと僕が交替するのでウーロン茶で失礼します」

　グラスを手に説明すると、定村は「そうなんですか。大変な時にすみません」と会釈した。光輔は首を横に振り、言った。

「とんでもない。呼び出したのは僕だし、この前も途中で帰ってしまいましたから。この前は、後から秋吉《あきよし》さんも来る予定だったんですよね。大丈夫でしたか？」

「ええ。この近くまで来てたみたいですけど、『蓮見さんは急用で帰ったよ』と連絡したら、『じゃあ、行かない』と返事がありました。『二人で飲もうよ』って誘ったんですけど、『有楽町《ゆうらくちょう》で買い物したいの』って断られちゃいました。三年も付き合ってると、冷たいもんですよ」

　最後はお得意のグチになり、定村はため息をついた。秋吉玲未《れみ》は定村の恋人で、本庁の総務部所属だ。光輔は「大変ですね」と同情しながら心の中で、「やっぱりそうか」と呟《つぶや》いた。

　元コフレのママ・小浜《こはま》三代子は、歌川チカの事件の口封じで殺害された可能性が高い。しかし光輔は三代子と接触したことを架川と羽村にしか伝えておらず、なぜ敵側に知られたのかがわからない。しかし記憶を辿《たど》ると、最初に三代子が経営していた新《しん》小《こ》岩《いわ》のスナックを訪れた夜、その前にここで定村と会っていたと思い出した。

二十日ほど前のあの夜。急用を理由にこの店を出た光輔を、定村は密《ひそ》かに尾行していたのではないか？ さっき圭市にLINEで確認したところ、あの夜定村は、光輔の五分ほど後に店を出たらしい。その後、玲未と合流していないのなら、ますます光輔を尾行した疑いが高まる。つまり定村は敵の下部《しもべ》、スパイだということだ。

　バナナサワーが運ばれて来たので乾杯し、光輔は「時間もないし、さっそく本題を」と話し始めた。

「このまえ十年前のコフレの顧客データを見せてもらった時、土地の払下げの担当者だった折原大悟《おりはらだいご》は、リゾート開発会社の社長・中屋敷篤宏《なかやしきあつひろ》や、信濃《しなの》一家の関係者と来店することが多かったと言っていましたよね」

「ええ。その通りです」

「でも暁リゾートは、九年前に廃業しているんです。理由は中屋敷の持病による隠居らしいんですが、当の中屋敷は七十四歳の今も元気で、ゴルフ三昧《ざんまい》だとわかりました。廃業した理由は、別にあるんじゃないでしょうか」

　声を潜め極力丁寧に説明したが、定村はあっさり「いいえ」と答えた。

「当時中屋敷は、本当に治療が難しい心臓病を患っていたようですよ。でもその後、長野市の病院で手術を受けて奇跡的に回復した。担当医はすごい名医で、何十人という患者が手術の順番待ちをしていたそうです。ところが中屋敷はすぐに——これは噂ですが、信濃一家の当麻《とうま》が裏で病院に手を回したとか」

　後半は定村も声を潜め、説明する。「そういうからくりでしたか」と納得し、光輔はさらに言った。

「つまり当麻は中屋敷に恩を売ったってことですね。見返りは何だったんでしょう。当時中屋敷は、春蘭市のリゾート開発業者や不動産業者のボス的な存在だったと聞いているけど」

　途中から独り言めかして鎌を掛けたが、定村は「さあ」と首を傾げた。とぼけたのではなく、本当に知らない様子だ。と、定村は言った。

「しかし蓮見さんは、本当に折原の件に熱心ですね。亡くなった藤原さんが調べていたと聞きましたけど、藤原さんは架川さんの元上官でしょう？」

「折原の件は、架川さんも調べていますよ。それに僕も藤原さんとは面識があって、架川さんのことを『よろしく頼みます』と頭を下げられたんです。本庁の警部が、僕みたいな所轄のペーペーにですよ？　すごい人だなと感動しました。だから遺志を引き継ぎたいんです。とはいえ、何かわかったら定村さんの手柄にしてもらって構いませんから」

　実はその藤原こそが架川が所轄署に飛ばされた元凶だったのだが、すごい人だと思ったのは事実で、光輔があの時受けた感動にも変わりはない。

「そんなことがあったんですか。なら納得です」

頷《うなず》いて、定村は箸《はし》を取って刺身を口に運んだ。それを見ながら、光輔は話を変えた。

「架川さんと言えば、最近様子が変なんですよ。まあ、もともと相当変わってはいるんですけど」

「どんな風に変なんですか？」

刺身を咀嚼《そしゃく》しながら定村が目を輝かせたので、光輔は「ここだけの話ですよ？」と念押しし、また声を潜めて答えた。

「このまえ架川さんは休暇を取ったでしょう？　長野に行っていたそうなんですけど、途中で用があって僕に電話してきたんです。ちょうどコフレの顧客データを見た時だったので僕はその話をして、『有働《うどう》さんの名前もありましたよ』と伝えました」

「有働さんって、警務部長の有働弘樹《ひろき》警視監ですか？　十年前は、長野県警の警務部長だった」

「ええ。そうしたら休暇のあと架川さんに、『気になることがあったから、長野で県警時代の有働を調べた。あいつは椛島《かばしま》や船津《ふなつ》も知らない、とんでもないことをしでかした可能性がある』と言われました。でも『とんでもないことって何ですか？』と訊《き》いても、答えてくれなくて」

「有働さんは未来の警視総監と言われてる超エリートで、警察官の鑑《かがみ》みたいな人ですよ。それに、なんで船津さんや椛島さんの名前が出て来るのか」

そう返し、定村は首を傾げた。椛島寿夫《ひさお》は本庁組織犯罪対策部部長の警視長、船津成男《なるお》は、本庁組織犯罪対策部第四課課長の警視正だ。そして三人は鹿児島の同じ高校の出身で、とくに有働と船津には、剣道部の先輩・後輩という関係がある。

「ですよね。僕も何かの間違いだと思うんですけど、架川さんは確信を持ってて、何か調べてるみたいです。こんなこと初めてだから、戸惑っちゃって」

横を向いてため息をつきつつ、目の端でしっかり向かいを窺《うかが》う。この話こそが、今夜定村を呼び出した本当の本題だ。すると定村は、「ふうん」と呟いた。

「想像も付きませんね。有働さんは雲の上の存在で、僕なんか挨拶《あいさつ》する機会すらないと思いますよ。ましてや、組対に飛ばされた身だし」

前半は怪訝《けげん》そうに、後半はふて腐れたような表情と口調で言い、刺身をバナナサワーと一緒に飲み込む。白々しいことを言うなと思った光輔だったが、定村の様子に不自然さはない。これが芝居なら、大したものだ。

しかし、俺の読み通りなら定村は今の話を敵側に伝え、有働は何らかのアクションを起こすはずだ。そう自分に言い聞かせると、闘志が湧いて怒りも収まった。

「そんなことはないでしょう。定村さんはもともと優秀だし、事務方に戻って要職に就く可能性は十分ありますよ。お世辞じゃなく、本気でそう思います」

「蓮見さんが言ってくれると、本当にそうなりそうな気がする。ありがとうございます」

嬉《うれ》しそうに応《こた》え、定村はテーブルに両手をついて頭を下げた。

「いや、本当にそうなりますって」と定村に笑いかけながら、光輔は胸に冷たい敵意と、これからの成り行きへの期待を感じた。

10

同日同時刻。架川は六本木の高級ホテルにいた。宴会場のフロアで、ベージュのカーペットが敷かれた廊下に、大きく重たそうな木製のドアが並んでいる。廊下の中ほどにはエレベーターとエスカレーター乗り場があり、脇にソファが置かれている。架川はそのソファに座り、時折廊下の奥にあるトイレに行くふりもしながら、宴会場の一つを見張っていた。場内ではパーティが開かれており、高倉穂波が出席しているのだ。他の宴会場でもパーティやイベントが開かれており、廊下を出席者と料理や飲み物を運ぶホテルの従業員が行き交っている。

ここには、組対時代にも来たことがあるな。ソファの背もたれに上半身を預け、架川は思った。二〇一一年の暴力団排除条例、通称・暴排《ぼうはい》条例施行後、都内の主立ったホテルの大半が宿泊約款《やっかん》に暴力団の構成員とその関係者の宿泊及び施設の利用を拒否する旨を記載するようになった。しかし身分を偽ってホテルを利用する暴力団構成員と関係者もおり、情報を得ると組対の捜査員が逮捕に向かう。

当時の緊張と興奮、熱意が胸に蘇《よみがえ》った架川だが、いま自分が追っている事件との落差に虚《むな》しさを覚えた。しかしすぐに、「どっちも犯罪には違いねえ。それに、どぶろくのコントロールド・デリバリーを言い出したのは俺だ」と思い直した。

と、ジャケットのポケットでスマホが振動し、取り出して見ると娘の愛理《あいり》からＬＩＮＥにメッセージが届いていた。愛理は高校二年生で、架川の離婚した妻と暮らしている。

「パパ、明後日《あさって》の土曜日は仕事？　うちでクリスマスパーティをするんだけど、ママがパパも呼んでいいって言ってるの。一人じゃ来づらかったら、蓮見さんを誘ってもいいよ」。サンタクロースやトナカイのスタンプも交え、メッセージにはそう書かれていた。

愛理の気持ちは嬉しかった。しかしすぐに「『誘ってもいいよ』じゃなく、目当ては蓮見だろ」と浮かび、架川は鼻を鳴らして返事を打たずにスマホをポケットに戻した。二カ月ほど前、架川と光輔は愛理の友人の家族が関係した事件を捜査した。事件は無事に解決したが、愛理は光輔に惚《ほ》れ込んでしまった。

週末はクリスマスか。愛理のメールで初めて気づき、架川は改めて廊下を見た。行き交う男女の中にはプレゼントと思《おぼ》しき箱を抱えたり、サンタクロースの帽子をかぶっている者もいる。さらに高倉のいる宴会場のドア脇に置かれた看板には、「日本酒で祝う聖夜　パーティ会場」と書かれていた。

だとすると、今夜あたり何かあるな。そう予感し、架川は立ち上がった。廊下を進み高倉のいる宴会場の手前まで行くと、ドアが開いた。出て来たのは数人の若い女で、その肩越しに場内が見えた。立食パーティらしく、赤と深緑色のクロスがかかった円卓が並び、そこに料理の皿や日本酒の瓶などが載っている。円卓を囲む参加者の中に高倉の姿はなかったが、数時間前にマネージャーの女とこのホテルに入るのを確認済みだ。

宴会場のドアが閉まり、架川は廊下の奥のトイレに入った。と、またポケットの中でスマホが振動した。今度は電話で、圭市からだ。トイレ内に視線を巡らすと、手前の小便器の前で男が用を足していた。架川はその後ろを抜け、奥の個室に入った。

「どうした？」

電話に出て囁《ささや》き声で問うと、圭市も抑えた声で答えた。

「室屋が高倉に宅配便を発送しました」

「確かか？」

「はい。今朝買い物を言いつけられたんで外で見張ってたら、宅配業者のトラックが来ました。でも伝票の控えを探すのに手間取って、連絡が遅くなりました。宅配便の届け先は高倉の事務所で、品名はジュースになってますけど、どぶろくで間違いないですよ。後で伝票の写真を送ります」

「わかった。もう東京に戻っていいぞ。よくやった」

予感が的中したのが嬉しく、声が弾んだ。しかし圭市は力のない声になり、「ありがとうございます」と返した。怪訝に思い架川が「なんだ？」と問うと、圭市はこう答えた。

「仕事をやり遂げられたのは嬉しいんですけど、室屋に申し訳なくて。酒飲みでいい加減だけど、根はいいじいさんなんですよ。三年前に奥さんに先立たれて、子どもはいるけど滅多に帰って来ないそうです。俺を気に入ったらしくて、『好きなだけいていいぞ』なんて言ってくれて」

　圭市が室屋宅に潜入して、間もなく一週間。圭市もノリは軽いが気のいい男なので、情が移るのも無理はない。しかし敢《あ》えて口調を厳しくして、架川は告げた。

「自分の立場を忘れるな。それに、人柄がどうであれ相手は犯罪者だ」

「……わかりました。すみません。室屋には適当な言い訳をして、明日東京に戻ります」

気持ちを切り替えたらしく、いつもの口調に戻って圭市は返した。架川は「ご苦労さん」と言って電話を切った。

ドアを開けて個室を出ると、小便器の前にいた男が洗面台で手を洗っていた。架川は今後の動きを算段し、まずは光輔に連絡だと考えながら男の後ろを抜けてドアに向かった。と、その途中で何気なく洗面台の向かいの壁に取り付けられた鏡を見て、足が止まった。

鏡には、手を洗う男の上半身が映っている。俯《うつむ》き加減ではあるが、その顔は五日ほど前に張り込みを始めた時、高倉の事務所が入っているタワーマンション前のバス停で見かけた男のものだ。あの日以来張り込み中に男の姿は見かけず、光輔の勘違いだと思っていたので、驚きは大きい。

とっさに、架川は男に声をかけようとした。が、偶然居合わせたという可能性もあり、「下手にばんかけすると逆ギレして高倉を襲ったりしかねない」という光輔の言葉が頭に浮かんだ。

架川は顔を前に戻し、トイレを出た。そのまま足早に廊下を戻ってエレベーターに乗り、一階に下りてホテルを出た。通りの端に停めた署のセダンに乗り込み、改めてホテルの玄関を見る。そしてそのまま、張り込みを再開した。

パーティが終わったらしく、一時間ほどで淡い黄色のコートを着た高倉とマネージャーの女がホテルの玄関から出て来た。二人はそのまま玄関前で客待ちをしていたタクシーに乗り、タクシーは走りだした。しかし架川はセダンを出さず、それを見送った。

フロントガラス越しに見ていると、すぐにトイレで見かけた男がホテルの玄関から出て来た。男もタクシーに乗り、タクシーは高倉たちが向かったのと同じ方に走りだした。架川はセダンを出し、男の尾行を開始した。

五分走ったか走らないかでタクシーは停まり、男は降りた。架川も距離を空けてセダンを停め、傍らの歩道に目をこらした。そこには先にタクシーを降り、事務所のあるタワーマンションに向かう高倉とマネージャーの女の姿があった。男も高倉たちに目を向けたが、反対方向に歩いて通りを渡った。

架川は、男はまたバス停に向かうと思った。しかし男が足を止めたのは、その手前だった。雑居ビルの玄関脇で、タワーマンションの真向かいだ。

驚きと戸惑いを覚えながら、架川は男の視界に入らずに張り込める位置にセダンを移動させた。男は前回見かけた時と同じ濃紺のハーフコートとベージュのチノパン姿で、手ぶら。両腕を体の脇に垂らし、高倉たちが入って行ったタワーマンションを見ている。街灯の明かりに照らされた顔は無表情で覇気《はき》もないが、眼差《まなざ》しはまっすぐで妙に力強い。

ありゃ、ストーカーでも高倉に反感を持ってるやつでもねえな。だが、デカじゃねえし……ひょっとして、公安警察《ハム》か？ 閃《ひらめ》きを覚え、架川は身を乗り出した。

公安警察とは警察庁及び都道府県警察の公安部門の俗称で、テロリストや極左暴力集団、カルト教団などを捜査している。捜査対象者を徹底的に監視し、必要と認められれば潜入捜査や盗聴、盗撮なども行う。警視庁には公安部という部署として存在するが、所属していることを伏せられている者も多い。

ハムの捜査員が、あんな間抜けな監視をするとは思えねえが、何か理由があるのかもしれねえ。

「よし」

心を決め、架川はドアを開けてセダンを降りた。男に歩み寄り、取りあえず通常のばんかけのやり方で声をかける。

「こんばんは。警察の者ですが、どうされました？」

「いえ。別に」

振り向いて、男は答えた。架川がかざした警察手帳を見ても、動じる様子はない。

「前にもあそこのバス停から、向かいのマンションを見ていましたね。何か御用ですか？」

「いいえ」

「すみませんが、身分を証明するものを見せて下さい」

「お断りします」

表情を動かさず静かな口調で、しかしきっぱりと男は拒否した。

やっぱりハムか。だとしたら一旦《いったん》見逃して、うちの署の公安係経由で本庁に確認するか。そう架川が思い至った時、隣で男が言った。

「署に連行して下さい」

「はい？」

つい声を大きくして訊《き》き返した架川に、歩道を通りかかった年配の男女が振り向く。開き直るかヤケになったのかと思ったが、男は至って冷静だ。訳がわからず、架川は言った。

「いや、しかし」

「いいから、連行して下さい」

言い含めるように告げ、男はタワーマンションをちらりと見た。

11

ことの成り行きを聞き終え、光輔は「訳がわかりませんね」と首を傾げた。隣の架川は「だろ？ 俺もそう思ったんだよ」と返し、助手席の窓枠に肘《ひじ》を載せて頬杖《ほおづえ》をついた。

昨夜ばんかけした男は架川が何を言っても、「署に連行して下さい」と繰り返すだけだったそうだ。やむを得ず架川は所轄署である六本木署に連絡し、男はやって来たパトカーで連行された。そこまでは昨夜張り込みを交替した時に聞いたのだが、さっき架川が男がどうなったか六本木署に問い合わせたところ、新たな事実が明らかになった。

連行された男は、地域課の警察官から聴取を受けたらしい。しかし、「あなたでは話にならない。課長、もしくは署長を呼んで下さい」と答えたというのだ。その後は押し問答になり、男は留置所に一泊したそうだ。

「俺はてっきりあいつはハムだと思ったから、確認したんだよ。ところが、本庁の公安部が『該当する捜査員は在籍せず、捜査もしていない』と断言したそうだ。だとするとあいつは、いわゆる精神状態が不安定なやつか？ だが俺は、あの男からそういう印象は受けなかった」

「僕が見かけた時も同じですよ。でも、男が高倉を監視していたのは間違いない。僕らが気づかなかっただけで、ずっとこの辺にいたんでしょう」

そう言いながら、光輔はフロントガラスの向こうを見回した。十二月二十四日の午前九時。今日も光輔たちは署のセダンに乗り、麻布のタワーマンション前の通りにいる。頷《うなず》き、架川はため息交じりに「だろうな」と応《こた》えた。

「じゃあやっぱりあいつはハムで、超トップシークレットな事案を捜査してる……さもなきゃ、内閣情報調査室《ないちょう》の調査官か？」

「それはどうかなあ。高倉や塩原一成だけじゃなく、ＳＡＫＥ　ＪＯＵＲＮＡＬの主要メンバー全員を洗いましたけど、テロや極左集団に関わっている様子は微塵《みじん》もありませんでしたよ」

光輔が呆《あき》れて返すと、架川はむきになって首を突き出した。

「だからこその、超トップシークレットなんだろ。その証拠に、あの男は大真面目で迷いもなかったぞ。あのド下手な監視も、高倉にさえ気づかれなきゃ構わねえという覚悟の表れなのかもしれねえ」

「だとしても、僕らがどうこう言っても仕方がないですよ。男の正体は六本木署に任せて、捜査に集中しましょう。宅配業者に確認したところ、昨日の朝徳島から発送した荷物がここに到着するのは、早くても今日の午後二時頃だそうです。SAKE JOURNALのブログや主要メンバーのSNSによると、レアものの酒が手に入ると必ず試飲会をしています。主要メンバーの大半は既婚者なので、明日《あした》の土曜日はクリスマスを家族と過ごすために一人では出かけにくい。だとしたら今夜試飲会をやり、主要メンバーたちは購入したどぶろくを持ち帰るはずですよ」

さっきから考えていたことを一気に告げ、光輔はタワーマンションの高倉の事務所のあたりを指した。それを聞いて気持ちを切り替えたらしく、架川も「確かにそうだな」と言って窓枠から腕を下ろし、助手席に座り直した。

しかし、午前十時過ぎに高倉が事務所に出勤するのを確認した後、動きはなかった。光輔たちは張り込みを続けながら交替で休憩し、途中で電話をしてきた矢上には光輔が、「盗品の換金場所なども考慮して、六本木界隈《かいわい》を捜査中です」と報告した。ちなみに南天町連続窃盗事件は、塩原家を最後に犯行が途絶えている。犯人は狙いを別の町に移した可能性が高いが、「捜査は続行する」というのが矢上の方針だ。

「また怒られたくないので報告しますが、昨夜休憩中に定村と会いました。目的は二つ。一つは暁リゾートの廃業のいきさつ」

じきに午後二時という時、光輔は言った。黒いワイシャツの袖《そで》をめくり腕時計を覗《のぞ》いていた架川が振り向く。前を見たまま光輔は、当麻が中屋敷に心臓の手術の件で便宜をはかったことと、長野県警の管理地の入札が無関係ではなさそうなことを伝えた。

「そうだったのか。確かにそりゃ、無関係な訳はねぇな」

　架川が応え、光輔は「ええ。で、二つ目の目的は」と続けようとしたが一旦口を閉じた。架川の視線を感じながら呼吸を整え、改めて口を開く。

「僕が小浜三代子に接近したと敵側に報《しら》せたのは、定村かもしれません。つまり定村は敵の犬で、総務部から組対への異動も、やつを僕らに接近させるためだったんです」

「お前、自分の言ってることが――」

「わかっているし、根拠もあります。根拠は後で説明しますが、とにかく定村には注意しましょう。急に態度を変えると疑われていると気づかれるので、証拠を摑《つか》むまでは今まで通りに」

「どうやって証拠を摑むんだ？」

　訊かれると思っていたので、光輔は振り返って即答した。

「これから考えて、報告します」

　最後にいつものクセで笑いかけそうになったが、はっとして真顔をキープした。本当は既に証拠を摑むために手を下したこと、そのために架川を利用したことは悟られてはならない。

　架川も真顔で光輔を見返し、車内に沈黙が流れた。と、架川が「おい」と言って光輔の肩越しに通りを見た。つられて光輔も振り向くと、セダンの脇を宅配業者のトラックが走り抜けて行った。荷台に白い犬のイラストが描かれたそのトラックは、室屋が高倉に荷物を送った宅配業者のものだ。

二人で視線を前に向けて見守っていると、宅配業者のトラックはタワーマンションの敷地に入り、玄関前で停まった。

「あれだな」

「はい」

言葉を交わしながら架川と光輔はセダンを降り、通りを渡ってタワーマンションに駆け寄った。玄関前の車寄せに着くと、宅配業者のドライバーの若い男がトラックから出した荷物を台車に載せているところだった。

「すみません。このマンション宛ての荷物ですよね？ ちょっと見せて下さい」

警察手帳をかざして声をかけた光輔に、若い男が驚いて振り向く。若い男の返事を待たず、架川は台車に載った荷物の伝票を調べ始めた。

「あったぞ」

そう言って架川が指したのは、積まれた荷物の一番下の大きな段ボール箱。歩み寄り光輔も覗くと、伝票の荷物の依頼主は室屋で、届け先は高倉だった。スマホで伝票の写真を撮り、光輔は若い男を振り返った。

「ありがとうございました。このまま配達して下さい。ただし、僕らのことは言わないように」

「わかりました」

うろたえつつも急いでいるらしく、若い男は台車を押して玄関の中に入って行った。それを見送り、光輔たちはセダンに戻った。

緊張と期待を胸に、ひたすら前方を注視すること一時間。事態は動きだした。

まずマネージャーの女と、前に事務所を訪ねた時に見かけた若い男二人がタワーマンションから出て来た。高倉が「もう帰っていい」と言ったのだろう。

すると間もなく、動画チャンネルにも映っていたSAKE JOURNALの主要メンバーの年配の男が現れ、タワーマンションに入った。続いて同じく主要メンバーの中年女の二人組もタワーマンションに入った。そしてその直後、タワーマンション前の通りにタクシーが停まり、スーツにベージュのビジネスコート姿の一成が降りた。いそいそとタワーマンションに向かうその背中を見つつ、呆れたように架川は言った。

「一成のやつ、仕事を早退して来たな。年末のクソ忙しい時期に、何やってんだ」

「試飲会の時は、いつも早退してたみたいですよ。一成が試飲会に加わったところで証拠を押さえ、所轄の税務署に通報すれば一網打尽。いよいよ大詰めですね」

気を引き締めつつ言い合いながら光輔はセダンを出し、タワーマンション前の車寄せに停めた。架川とともに降車して玄関の自動ドアからマンションに入ろうとした矢先、後ろで車が停まる音がした。足を止めて振り返った光輔の目に、光輔たちのセダンの後ろで二台のセダンが停まり、そこから慌ただしく降りる五、六人の男の姿が映った。全員スーツを着てビジネスバッグを提げ、表情は厳しい。縦一列に並び、光輔たちの方に近づいて来る。

「何だ、あいつらは」

架川も足を止め、男たちを見る。と、いきなり「おい！」と声を上げて片手で光輔の肩を叩《たた》き、もう片方の手で男たちを指した。

「前から二番目の男」

何ごとかと、光輔は架川に言われた通りの位置にいる男を見た。

これといった特徴のない顔立ちで、中肉中背。身につけているのはダークスーツだが、間違いなくこのタワーマンションを監視していた男だ。

驚き、うろたえている間にスーツの男たちは光輔たちの前を通り、マンションに入ろうとした。

「おい、待て」

そう言って、架川が前から二番目の男の前に身を乗り出した。前から二番目の男が振り向いて足を止め、他の男たちも倣った。

「いつ釈放されたんだ？　お前は一体――」

「東京国税局査《さ》察部《さつぶ》の長谷《はせ》山元基《やまもとき》です」

　表情を動かさずに淀《よど》みなく告げ、長谷山というらしい男はジャケットのポケットから出した身分証をかざした。そこには確かに長谷山の顔写真が貼られ、「国税査察官主査《しゅさ》」と記されていた。

「あなた、国税局査察部《マルサ》だったんですか⁉」

　驚き、光輔も身を乗り出すと縦一列の先頭にいる男が「なんだ？」と会話に入ってきた。歳は五十過ぎで、長谷山の上司だろう。長谷山は架川を指して、

「昨夜《さくや》、僕に職務質問をした刑事です」

　と答え、上司の男は「ああ」と頷《うなず》いて架川と光輔に向き直った。

「これより嫌疑者の強制捜索に着手します。事情説明は後ほど」

　そう事務的に告げ、上司の男は再び歩きだした。縦一列の男たちも続く。「強制捜索⁉　ちょっと待って下さい！」と呼びかけ、光輔は男たちの前に飛び出した。

「つまり僕らが見た長谷山さんの行動は、内偵調査だったんですね。高倉穂波には、脱税の疑いがあるということですか？」

「お答えできません。急ぎますので」

　平然と返し、上司の男は再び歩きだそうとした。その前に、今度は架川が立ちはだ

かる。

「急ぎはお互い様だ。俺らは十日近くかけて高倉と関係者を捜査して、これから証拠を押さえられるかどうかの正念場なんだ」

眼差《まなざ》しは鋭いが丁寧に、架川は説明した。すると誰かが、「十日？」と小馬鹿にするように呟《つぶや》いた。光輔と架川が同時に呟きの主に目を向けると、長谷山だ。たちまち架川が顔を険しくして長谷山に詰め寄ろうとしたので、光輔は慌てて押しとどめた。

「そちらの捜査については、聞いています。だからこのタイミングでの強制捜索を決めたんです」

そう告げたのは、上司の男だ。架川はさらに顔を険しくし、すごんだ。

「ホシを横取りする気か？　ふざけるな」

「権力を振りかざすつもりですか？　そもそも、酒税法違反は我々の管轄ですよ」

上司の男も顔を険しくし、問い返す。場に緊張した空気が流れ、マンションから出て来た住人が何ごとかと見て行く。光輔は言った。

「やめて下さい。法に基づき職務を遂行するのが公務員の義務で、争いは無意味です。双方が、やるべきことをやる方法があるはずです」

「どんな方法だ？」

すかさず架川に問われ、光輔は必死に頭を巡らせた。しかし上司の男は、

「確かに争いは無意味だ……行くぞ」

と後ろに告げて歩きだした。縦一列の男たちが続き、そうはさせまいと架川が何かわめく。焦りながらも架川を止めようとした光輔の目に、自分の脇を通り過ぎる長谷山の手が映った。その左手の薬指には、真新しい銀色のマリッジリングがはめられている。

次の瞬間、光輔の頭の中で火花が散り、ある映像が蘇《よみがえ》った。十日ほど前、窃盗犯に荒らされた塩原家の床に落ちていた、家族写真入りのフォトフレームだ。続いて、その晩に聞いた、「いくら怖かったとはいえ、あんな小さな家の中を確認するのに一時間近くかかったのは不自然だ」という一成の行動に対する架川の疑問。同時に少し前の、「今夜試飲会をやり、主要メンバーたちは購入したどぶろくを持ち帰るはずですよ」という自分の発言も思い出した。とたんに、これからどうすべきかが見えた。片手を挙げ、光輔は言った。

「方法を見つけました！」

12

光輔は自分のプランを上司の男に伝え、「長谷山を同行させ、タイムリミットは二十分」を条件になんとか承諾させた。その場に査察官の男たちを残し、光輔と架川、長谷山はマンションに入った。

エントランスの脇にカウンターがあり、中に制服姿の中年男のコンシェルジュがいた。光輔はコンシェルジュに警察手帳を見せ、詳細は告げずに捜査協力を依頼した。戸惑い気味ながらもコンシェルジュは従い、自分のセキュリティーカードを使って玄関ホールに通じる自動ドアを開けた。

四人で大きなクリスマスツリーが飾られた玄関ホールを抜け、エレベーターに乗った。二十三階で降り、左右にドアが並んだ広い廊下を進む。高倉の事務所の前まで行って立ち止まり、コンシェルジュはドア脇のインターフォンのボタンを押した。

「はい」

間もなく、インターフォンのスピーカー越しに高倉が応《こた》えた。

「コンシェルジュの大原《おおはら》です。急ぎ、お伝えしたいことがございます」

緊張の面持ちでコンシェルジュが告げると、高倉は怪《け》訝《げん》そうに「はい」と返し、インターフォンのマイクを切った。光輔が礼を言ってコンシェルジュを解放した直後、事務所のドアが開いて高倉が顔を出した。

「桜町中央署の蓮見です。ＳＡＫＥ　ＪＯＵＲＮＡＬのメンバーが室内にいますね？確認したいことがあります」

早口だが明確に告げ、光輔は片手で縁を摑《つか》んでドアを大きく開けた。その勢いでドアノブを摑んだまま前のめりになった高倉が、

「えっ。ちょっと！」

と声を上げる。しかし光輔は構わず高倉の脇を抜けて玄関に入り、架川と長谷山も続いた。三人とも土足のまま廊下に上がり、まっすぐリビングに向かった。何かわめきながら、高倉が追いかけて来る。

ドアを開け、光輔を先頭にリビングに入った。真っ先に目を向けたのは、部屋の奥。外に東京のビル群が広がる窓の前にガラステーブルが置かれ、さっき見た年配の男と中年女の二人組が着いている。その傍らには一成が立ち、テーブルの上には白濁した液体が入った淡い水色の一升瓶が四、五本と、切子の猪口《ちょこ》が載っていた。

「いきなり何なんですか。出て行って下さい！」

高倉はわめき続けながらテーブルに駆け寄ったが、他の四人は無言。よく見れば、一成は開栓済みの一升瓶を胸に抱いている。と、架川が光輔の隣に進み出て来た。

「そのどぶろくは徳島の室屋正富に醸造させ、送らせたものだな。お前ら全員、酒税法違反の現行犯だ」

睨《にら》みを利かせて告げられ、一成と年配の男、女の二人組は目を見開き、みるみる頰を強《こわ》ばらせた。しかし高倉だけは架川を見上げ、反論した。

「言いがかりです。何の証拠があって、そんな」

想定内の反応だったので、光輔はジャケットのポケットからスマホを出して高倉の眼前に突き出した。画面に表示されているのは圭市が撮影し、架川から転送してもらった室屋の自宅の台所で撮影した一升瓶と、どぶろくの材料の写真。それを見て高倉も目を見開いたので、光輔は画面をスワイプしてさっき撮った宅配便の伝票の写真も見せた。息を呑《の》む気配があり、高倉は沈黙した。

「ぐうの音《ね》も出ねえか？　ただし、お前が犯した罪はこれだけじゃねえ」

鋭い目を高倉に向けたまま言い、架川は顎《あご》を動かして後ろに控えていた長谷山に合図した。高倉の視線が、静かに進み出た長谷山に移動する。

「国税局査察部の長谷山です。高倉穂波、本名・高倉紀恵さん。あなたは国税犯則取締法に基づく調査により、脱税の嫌疑があります。これより、立入調査を行います」

高倉に身分証と裁判所が発行した令状を突き付け、無表情に淡々と告げる。

「えっ⁉」

と最初に声を上げたのは、高倉ではなくテーブルに着いた女の二人組の一人だった。

慌てた様子で、高倉は女を振り返った。

「違う。信じて。私は脱税なんかしてない」

「あなたは定価をアピールし、ＳＡＫＥ　ＪＯＵＲＮＡＬのサイトで日本酒を販売しています。しかし仕入れ時には酒造会社に大幅に値引きをさせ、利益を得ていますね？　さらにテレビや雑誌などで紹介することを条件に、複数の酒造会社から金銭を受け取っている。そして、それらの収入は全て無申告です。証拠は揃っており、他の査察官も待機していますよ」

　やや口調を強め、長谷山は切り札を切った。

　なんだ。このまま雪之誉の件で架川さんが追及した時、「定価です」なんて胸を張ってたけど、そんな裏があったのか。腹立たしさを覚えつつも、光輔は合点がいった。架川も同感だったらしく、高倉を睨み続けながら鼻を鳴らした。

　反論も言い訳もできなくなり、高倉は呆然《ぼうぜん》となった。赤いニットのワンピースを着たその背中を、一成と他の三人も呆然と見ている。

　さあ、ここからが俺のプランの肝《きも》だ。緊張と高揚感を胸に、光輔は改めて高倉に向けて話しだした。

「脱税に関してはどうなるかわかりませんが、酒税法違反での摘発は免れません。無論、一成さん他の三人も同様です」

「摘発って、冗談だろ」

「私たちは、高倉さんに誘われただけなんです」

「そうそう、そうなの」

席を立ち、年配の男と女の二人組が主張した。どぶろくのせいか少し赤らんだ顔で、一成も訴える。

「蓮見さん、勘弁して下さい。家で妻と子どもたちが待ってるんです」

光輔は振り向かず、心の中で「知ってるよ」と返した。頭には、このプランが閃《ひらめ》くきっかけとなった塩原家の家族写真と、長谷山のマリッジリングが浮かぶ。

高倉だけを見て、光輔は話を続けた。

「あなたは有名人だ。逮捕となればマスコミも報道せざるを得ず、一成さんと他の三人もネットなどで身元を突き止められるでしょう。その結果どうなるかは、僕が言うまでもないですね？」

光輔は去年の動画の炎上騒動を匂わせ、問いかけた。

「おい。脅すつもりか？」

年配の男が声を尖《とが》らせ、一成は追い詰められた様子で俯《うつむ》き、その場に座り込んだ。首を横に振って「いいえ」と返し、光輔は自分を呆然と見ている高倉に告げた。

「調べたところ、どぶろくの醸造と購入を主導したのはあなたです。一成さんと他の三人はそれに乗った訳ですが、守らなければならない家族や仕事がある。あなたが酒税法違反を認め、脱税についても真実を述べ、調査に協力するなら一成さんと他の三人は厳重注意で済ませ、あなた方の名前がマスコミに出ないように取り計らいましょう……高倉さん。どうします？」

「蓮見さんの言うとおりにして下さい！」

　顔を上げ、真っ先に叫んだのは一成だ。他の三人も「そうよ！」『はい』って言って！」「高倉さん。頼むよ！」と声を上げた。高倉が振り向き、一成たちを見た。無言のままだが抵抗や躊躇《ちゅうちょ》ではなく、混乱している様子だ。そこで光輔は高倉の目を覗《のぞ》き、小さく微笑んでこう続けた。

「過ちは犯しましたが、あなたには人を惹《ひ》きつける魅力とリーダーシップがあるんでしょう。それにあなたはもともと物書きだ。罪を償い自由の身になった時、また何か書きたくなるんじゃありませんか？　その時のためにも、周囲の人たちやマスコミとの繋《つな》がりは維持しておくべきだと思いますよ」

「……はい」

　細い声だが答え、高倉は頷《うなず》いた。光輔の言葉に加え、眼差《まなざ》しと微笑みに引き込まれたようだ。

「よかったー！」と女の二人組が同時に言い、一成は心からほっとした様子で息をついた。真顔に戻り、光輔は隣の長谷山を振り向いた。

「上手《うま》くいきましたね」

　そう囁《ささや》きかけたが、長谷山は前を向いたまま、

「ええ。しかし高倉を連行するのは、我々の立入調査に立ち会わせた後ですよ」と返した。とりつく島もない態度に呆《あき》れつつ光輔は、「わかりました」と頷いた。

その直後、ずっと黙っていた架川が口を開いた。

「物書きに戻るのは勝手だ。だが、酒の世界には二度と近づくなよ」

「えっ？」

思わずと言った様子で高倉が問い、一成と他の三人も架川を見た。

「これから室屋も、地元の税務署に摘発されることになる。自業自得だが、室屋がどぶろくを造ったのは、金が欲しかったからじゃねえ。お前らに喜ばれ、『また飲みたい』と言われたのが嬉《うれ》しかったからだろう。いくつになっても、人は誰かに必要とされたいと思うもんだ。お前らはその気持ちにつけ込み、利用したんだ。その罪の重さを受け止め、心から反省しろ」

「……はい」

また高倉が頷いた。しかし今度は大きなショックを受け、架川の気迫と真剣さにたじろいでいるのがわかった。

「お前らもだぞ。酒の世界と縁を切れとは言わねえが、性根を入れ替えてルールとマナーを守れ。つまり、筋を通せってことだ。いいな？」

一成と他の三人の顔も見据え、架川は告げた。年配の男と中年女の二人組が「はい」と答え、一成は「わかりました。申し訳ありませんでした」と頭を下げた。そして抱え続けていたどぶろくの一升瓶を、名残惜しそうに見てからテーブルに置いた。

13

架川が聞き耳を立てていると、隣の光輔は、

「――はい。では、そういうことで。諸々《もろもろ》よろしくお願いします」

と頭を下げ、電話を切った。スマホをジャケットのポケットにしまい、架川を振り向く。

「矢上課長からで、室屋宅の所轄の税務署にどぶろく造りの捜索を依頼したそうです。それと国税局への取りなしと、マスコミに高倉たちの名前を伏せる根回しも承諾してもらえました」

「承諾どころか、上機嫌の二つ返事だったじゃねえか。タイミングよく、南天町連続窃盗事件のホシが挙がって助かったな。しかもきっかけは、ホシがリサイクルショップに持ち込んだ塩原家のシャネルのバッグ。さらに空き巣に入られた日に通報が遅れた理由は、『警察が来たらどぶろくを見つけられると思って、駐車場の車の中に隠していたから』だと、さっき一成がゲロした。ほぼ、お前が描いた絵《え》のとおりだ」

スマホから漏れ聞こえてきた光輔と矢上のやり取りを思い返し、架川は言った。南天町連続窃盗事件の犯人はリサイクルショップからの通報を受け、数時間前に逮捕されたという。ちなみに絵を描くというのは暴力団の隠語で、思惑どおりにことを運ぶという意味だ。光輔は「ええまあ」と応《こた》え、架川は続けた。

「また株を上げたな。俺も点数稼ぎができたし、コントロールド・デリバリーは大成功でお咎《とが》めなしだ。言ったろ？　結果オーライなのが、警察って組織なんだよ」

　そう言って顎《あご》を上げ、架川は胸の前で腕を組んだ。と、こつこつと運転席の窓ガラスがノックされ、光輔はパワーウィンドウを下ろした。架川と光輔が乗ったセダンは、二時間ほど前にここに来た時と同じように、タワーマンションの玄関前に停車中だ。間もなく日没で、周囲のビルや街灯には明かりが点《とも》り始めている。

「高倉は素直に脱税の証拠書類などを提出しているようです。立入調査は間もなく終わるはずなので、我々が署に連行します。この度は摘発にご協力いただき、ありがとうございました」

　運転席の外に立ったスーツ姿の若い男は言い、一礼した。「我々」と言った時には立てた親指の先で、後方を指す。そこにもセダンが停まり、助手席には別の男のシルエットが見える。どちらも、この地域を管轄する税務署の酒類指導官だ。

「とんでもない。こちらこそ越権捜査を認許していただき、感謝しています。ところで、高倉以外の四人の処分はどうなりそうですか？」

「全員初犯ですし、始末書と厳重注意で済むはずですよ」

「徳島の室屋正富は？」

架川も訊《たず》ねると若い男は首を捻《ひね》り、

「動画の炎上騒動があった時に一度注意を受けているので、処罰は避けられませんね。それでも罰金で、実刑を受けることはないでしょう」

と答えた。架川が無言で頷くと、光輔はほっとしたように「そうですか」と応えた。その顔にはいつもの、架川が「能面」と呼ぶ笑みを浮かべている。

腹の中じゃ、「こういう結果になると予想した上で長谷山の上司を説得して、高倉に取引を持ちかけたんだよ」とでも考えていやがるな。そう思った架川だが、光輔の笑顔からこれまでにはない、冷え冷えとした凄《すご》みのようなものが漂っているのに気づいた。

「表と裏の相棒」を自負する二人だが、ひと月半ほど前に諍《いさか》いがあり、架川は服役中の光輔の父親・梶間《かじま》優人《ゆうと》と面会し、光輔の故郷の長野県春蘭市を訪ねた。

春蘭市では優人と光輔のゆかりの人々と会い、大きな情報も得た。結果、デカとして優人の事件の真相を究明したいという想いは、光輔と共有できた。しかし、殺人犯の息子という十字架を背負った光輔の心の傷と怒りは理解し得るものではない。それは初めからわかっていたが、敵の姿が見え始め、対決の日も近いと感じるにつれ、架川の緊張と光輔を案ずる気持ちは強まっている。

視線に気づいたらしく、若い男が自分たちのセダンに戻るとすぐ、光輔は「なんですか？」と振り返った。これもいつものことだが架川は胸騒ぎを覚え、話を変えた。

「しかし、長谷山がマルサだったとはな。しかも高倉の査察の責任者なんだろ？」

「ええ。僕も驚きました。でも長谷山さんがマルサなら、これまでの行動に合点がいくんですよ」

「どういう意味だ？」

架川の問いを待っていたように、光輔は話しだした。

「前に調査中の査察官は、相手が誰だろうと絶対身分を明かさないと聞いたことがあります。ばんかけで連行された場合は、その署の幹部から査察部の上司に連絡してもらい、そこで初めて事実を伝えるらしいです。昨日長谷山さんもそうしようとしたんですが、トラブルがあって査察部の上司と連絡が取れず、六本木署に一泊する羽目になったと矢上さんが教えてくれました」

「高倉にさえ気づかれなきゃ構わねえという俺の印象も、当たりだったってことだな。しかし長谷山のやつ、俺が十日近くかけて高倉と関係者を捜査したと言ったら、『十日？』と鼻で嗤《わら》いやがったぞ」

「それも無理はないですよ。長谷山さんは一年近く、高倉の監視をしていたそうです。で、ようやく脱税の嫌疑が固まって今朝から立入調査をするつもりで令状を取ったのに、昨夜架川さんのばんかけで六本木署に連行された。国税通則法では、嫌疑者への捜索や差し押さえなどができるのは、日の出から日没までと定められています。ところが、責任者の長谷山さんが釈放されたのは今日の午後。タイムリミットは迫るし、僕らが別件で高倉をアゲようとしているという情報も得て、大慌てで駆けつけたというところでしょう」

「だとしても、あいつの態度は……まあ、あの意志の強さと腹の据わり具合は認めるけどよ」

　口調は渋々になったが、長谷山に対する気持ちは本当だ。あれが、あの男流の筋の通し方なのだろう。そう架川が結論づけた矢先、ＬＩＮＥのメッセージの着信音がして光輔がスマホを出した。

「愛理ちゃんからクリスマスパーティのお誘いですよ。もう五、六回、メッセージをくれてます」

　画面に目を落としたまま告げられ、架川は声を大きくして返した。

「五、六回⁉　俺には昨日の夜に一回だけだぞ……蓮見はやめとけと言ったってのに、あのバカ娘」

後半は独り言になって顔をしかめると、光輔は怪訝《けげん》そうに訊ねた。

「どうかしました？　せっかくのお誘いだし、一緒に行きますか？　事件も無事解決して、明日は久しぶりに休めそうですし」

「いや。行かねえ」

そう即答してから架川は、

「愛理とお前のことだけじゃねえぞ。敵側が俺らを潰《つぶ》すつもりなら、家族も標的になる。当分の間は距離を置き、愛理とも会わねえつもりだ」

と付け加えた。「愛理ちゃんと僕のこと？」ときょとんとした光輔だったが、すぐに表情を引き締め、言った。

「確かにそうですね。僕も気をつけます」

「てな訳で、署に車を置きに行った後、飲みに行くか。圭市がバイトに復帰してるはずだから、徳島での仕事をねぎらってやらねえと。野郎三人で、クリスマスパーティだ」

笑いながら、架川は告げた。てっきり嫌がると思った光輔だが、「いいですね。そうしましょう」と笑い、シートベルトを締めた。「おう」と返しシートベルトを締めながらも、架川の胸は再び騒ぎだす。しかし、

「でも、愛理ちゃんにメリークリスマスのメッセージぐらいは送ってあげて下さい。

僕が愛理ちゃんが喜びそうなスタンプを探しますよ」

と提案され、胸は鎮まり気持ちも変わった。

「仕方がねえな。ただし、スタンプは無料のやつだぞ」

「はいはい。そう言うと思ってました」

「文句あんのか？　それに、『はい』は一回だ」

言い合いながらも光輔はセダンを出し、架川は助手席の窓枠に肘《ひじ》を乗せて頬杖《ほおづえ》をついた。二人を乗せたセダンはタワーマンションの敷地を出て、街路樹のイルミネーションが輝く夕暮れの通りを走り始めた。

14

その頃、警視庁警務部部長の有働弘樹も麻布にいた。

しかし捜査ではなく、予約したクリスマスケーキを洋菓子店に取りに行くためだ。洋菓子店は地下鉄の麻布十番《あざぶじゅうばん》の駅前にあり、今日応対するのは予約客のみと聞いていたにも拘《かか》わらず、店の前には十人ほどの列ができていた。列に並んでいるのは若い女とカップルばかりで、ダークスーツ姿の有働は抵抗と気恥ずかしさを覚えたが、仕方なく列に加わった。前方に見える洋菓子店の淡い黄色に塗られた漆喰《しっくい》の壁と、ピンク色の木製のドアも、有働の抵抗と気恥ずかしさを増大させる。

日頃、有働が自宅にみやげ物を持ち帰ることはめったにない。十歳の長女と八歳の長男を甘やかしたくないという気持ちが強く、二人へのプレゼントも誕生日とクリスマスだけと決めている。クリスマスケーキも自宅近くで買えばいいと考えていたのだが、妻の日菜乃《ひなの》に「予約しちゃったし、子どもたちも食べたがってるから」とこの店のものをせがまれた。しかし子どもたちにそんな素振りはなく、本当に食べたがっているのは日菜乃だろう。二回り近く歳が離れているということもあり、有働は時折日菜乃に若さを通り越して幼さを感じる。「未来の警視総監」と称される身としては不安を覚えなくもないが、その幼さが日菜乃に惹《ひ》かれた理由の一つだ。

居心地の悪さを感じながら並ぶこと十分。ようやくいま店員からケーキを受け取っている女が店を出れば、入れ替わりで有働が入れる状況になった。すると、

「有働警視監」

と後ろから囁《ささや》きかけられた。振り向くと、藤原要《かなめ》亡き後の下部《しもべ》がいた。有働は直ちに顔を前に戻し、周囲を確認した。その上で首をわずかに後ろに回し、低く小さな声で問うた。

「どういうつもりだ？」

「申し訳ありません。お話があるんですが、船津さんや椛島さんにはお聞かせしない

方がいいと思います。警視監が本庁を出られてから、お声がけするタイミングをはかっていたんですが――」

　片手を挙げ、有働は下部を黙らせた。強い緊張と畏怖《いふ》の念は伝わって来たが、その言葉にウソはないと感じた。そこで有働は身を翻し、歩きだした。列の脇を抜け、最後尾に戻る。後を追ってきた下部が、その後ろに着いた。列の中には二人の行動を怪訝そうに見る者もいたが、すぐに洋菓子店の方に向き直った。下部は囁き声で話しだし、有働は前を見たまま耳を澄まし、それを聞いた。

「そうか」

　五分ほどで話を聞き終え、有働は言った。そして間を置かず、こう訊《たず》ねた。

「一点だけ確認させろ。蓮見光輔は架川英児が、何らかの確信を持って俺を調べていると言ったんだな？」

「はい」

　下部は即答し、有働は「わかった」と頷《うなず》いた。片手を挙げて軽く上下させ、「もう行け」と命じる。深く頭を下げる気配があり、下部は歩き去った。

　架川が休暇中に梶間優人と面会したことも、春蘭市を訪ねて人捜しに一役買ったことも報告は受けている。だが、俺に関する動きについては聞いていない。考えられるとすれば、十年前のコフレの顧客名簿だ。蓮見経由で架川も閲覧しているはずなので、何か嗅《か》ぎつけたか。

頭を巡らせると、記憶も蘇《よみがえ》った。春蘭署の警務部長室の光景、十年前で止まったままの折原大悟と当麻秀和《ひでかず》の姿。そして、彼らと重ねたいくつもの密談とその結果。気持ちは全く動かなかったが、この先の計画を思うと切迫感を覚えた。

いや、これはチャンスだ。思考を入れ替え、有働は背筋を伸ばした。

始末しようと考えていた相手が、自ら近づいて来た。飛んで火に入《い》るなんとかだ。

それに昔から、間合いを詰めてからの一本勝ちが、俺のパターンじゃないか。

その頭には、稽古着《けいこぎ》と防具を身につけ竹刀を構えた自分の姿が浮かび、剣道五段という実績による自信とプライドも湧いてきた。余裕を取り戻し、有働は列の動きに合わせて前進しながら、椛島と船津に伝えるべき事項のシミュレーションを始めた。

第二話　殺意の行方

1

「えっ。じゃあお前、お持ち帰りしちゃったの？」

タクシーを降りるなり、平賀譲《ひらがじょう》は言った。その声の大きさに、通りをすれ違った年配の男が非難がましい視線を向けて行く。

「してませんよ。合コンがお開きになった後、『もう少し飲もうか』って二人でバーに入っただけです。いま亜美子《あみこ》ちゃんは、トイレに行ってて」

小声の早口で、電話の相手の津川和真《つがわかずま》が答えた。後ろからは、バーのＢＧＭらしきジャズも漏れ聞こえてくる。

「亜美子……どんな子だっけ」

歩きながら呟《つぶや》いた譲だったが、酔いで頭が上手《うま》く廻《まわ》らない。津川が言う。

「覚えてなくて当然ですよ。平賀さんは相手のメンツを見るなり、『ねえな』って呟いて、『急用が』とか言って帰っちゃったじゃないですか。あの後、フォローが大変だったんですから」

「悪い悪い」と謝りつつ、譲は顔を上げて笑った。一緒に白い息が漏れ、それを街灯の明かりが照らす。午前零時近くになり、アルコールで体は火照《ほて》っているが唇や指先には真冬の冷気を感じた。

「あの後、平賀さんはどうしたんですか？」

「恵比寿《えびす》のラウンジに行ったんだけど、目当ての子が休みでさ。他の子が付いたはいいけど、これまた『ねえな』だったんだよ。で、ヤケ酒飲んで行き付けのバーにも寄って、いま家の近く。ツイてねえにも程があるよ。でも、お前は上手くやったな。飲ませて酔わせりゃ、何とでもなるだろ」

「そんな無茶な。そもそも、今夜合コンに来た女の子のほとんどは、平賀さん狙いですよ。亜美子ちゃんだってさっきから、『どんな人？』とか『彼女はいるの？』とか、平賀さんの話ばっかりで――ヤバい、亜美子ちゃんが戻って来た。じゃあ、切ります」

「おう。がんばれよ」

譲がそう返すと、電話は切れた。スマホをロングコートのポケットに戻して前に向き直ってから、譲は違和感を覚えた。大通りから脇道に入ればすぐ自宅のはずなのに、左右には見慣れないアパートや空き地がある。街灯はあるが人通りはなく、しんと静まりかえっていた。

話してるうちに道を間違えたな。合点がいき、譲は踵《きびす》を返そうとした。その瞬間、後頭部に激しい衝撃があり、眼前に火花が散った。目眩《めまい》もして脚がふらつき、譲は右手に持っていたバッグを手放し、前屈《かが》みになった。とたんに今度は両膝《りょうひざ》の後ろを一撃され、譲は小さく声を上げうつ伏せで路上に倒れ込んだ。

殴られた衝撃で視界もぼやける中、譲は傍らに人の気配を感じた。焦りと恐怖が湧き、譲は振り向こうとした。が、それより早く、譲は自分の背中に硬く尖《とが》ったものが突き立てられるのを感じた。

とっさに声を上げようとしたが、硬く尖ったものは二回、三回と続けて背中に突き立てられた。生ぬるい液体が喉《のど》をこみ上げ、口の中に広がった。それが血液だと気づくのと同時に、譲の意識は途絶えた。

2

ホワイトボードに全ての顔写真を貼り終え、蓮見光輔は振り返った。とたんに、向かいの長机に並んだ桜町中央署刑事課の刑事たちから、驚きとも羨望《せんぼう》ともつかない声が漏れる。

「ちょっと。注目するのはそっちじゃなく、こっち」

呆《あき》れ顔で告げ、刑事課長の矢上慶太はホワイトボードの真ん中を指した。そこにはツーブロックヘアに浅黒い肌の男の顔写真が貼られている。下には黒いペンで「被害者　平賀譲」と書かれていた。譲の顔写真を指したまま、矢上は言った。

「マルガイは平賀譲。三十一歳、独身。広告代理店の東光《とうこう》パブリシティの営業部に勤務し、万両町《まんりょうちょう》四丁目の実家で両親と暮らしていた。昨日は午後七時前に後輩三名と退社。銀座《ぎんざ》で行われた合コンに参加したが、二十分ほどで会場のレストランを出て、恵比寿のラウンジに移動している。そこで二時間ほど飲み、近くのバーでさらに二時間ほど飲んでタクシーで帰宅。その途中の午前零時前、合コン参加者の津川和真と電話で十分ほど通話している。そして今日の午前二時過ぎ、平賀の自宅から通りを二本隔てた場所にあるアパートの住人が、『男の人が血を流して倒れている』と通報。駆けつけた警察官が男の死亡を確認し、所持品から身元が割れた……間違いないな？」

　そう問いかけ、矢上は最前列の長机に着いた刑事課係長の鳥越国明に細い目を向けた。「はい」と答え、鳥越は立ち上がった。天井の蛍光灯の明かりを受け、前髪がM字形に後退した額がテカる。

「本日各班が、地取りと鑑取りを行いました。平賀の母親・映子《えいこ》、六十二歳は暁天《ぎょうてん》大学大学院理工学研究科の教授で、夫の憲吾《けんご》、六十五歳は大手弁護士事務所の副所長です。さらに五歳下の妹の果穂《かほ》がいますが、フランスに留学中です」

「映子は、テレビや新聞などによく出ていますね。AI、つまり人工知能の研究の第一人者です」

そう発言したのは、天然パーマのくせ毛が印象的な男。刑事課主任の梅林昌治《うめばやししょうじ》だ。光輔の目に、梅林の数列後ろの長机に着いた架川英児の姿が映った。ライトグレーのダブルスーツ姿で、表情は真剣だがだるそうに首を傾けている。

昨夜から今朝にかけて鑑識と現場検証が行われ、平賀の死は殺人と断定され捜査が始まった。そして午後五時過ぎの今、署の会議室では捜査会議が開かれている。

「ああ」と頷《うなず》き、鳥越は話を続けた。

「映子と憲吾には、俺と課長が話を聞いた。平賀は小学校から暁天大学の付属校に通い、映子たちによると『明るくて優しい子。仕事熱心で、付き合っている女性はいなかったはず』だそうだが、外部の評価は違うようだな」

自分の番だと察し、光輔は「はい」と挙手した。矢上に「はい。蓮見くん」と指されたので、スーツのジャケットのポケットからメモ帳を取り出し、それを見ながら報告した。

「僕と架川さんは築地《つきじ》の東光パブリシティで、平賀の上司や同僚から話を聞きました。みんな初めは当たり障りのないことを言っていましたが、昨夜の合コンに参加したメンバー、とくに津川和真から平賀との電話の内容を聞き出したのをきっかけに、本音を語り始めました」

　そこで言葉を切り、光輔はホワイトボードの平賀のものの周りに貼られた顔写真を指した。津川ほか、平賀の職場関係者だ。向かいの刑事たちの視線も津川たちの顔写真に向き、光輔は話を続けた。

「平賀は父親のコネ入社で、仕事ぶりは熱心というより要領がいいタイプ。対人関係も明るく優しく接するのは、メリットのある相手だけ。女性についても、『特定の』『真面目に』付き合っている相手はいなかった、ということのようです。合コンやパーティに度々参加し、帰宅は連日午前零時過ぎだったとか」

「つまり、ボンボンのパリピってこと？」

　梅林が問う。光輔は戸惑いながら「そういう傾向はあったようです」と答えたが、刑事たちは眉《まゆ》をひそめたりため息をついたりして、室内には「やっぱりな」という空気が流れた。すかさず矢上が、「あくまでも現状では、だぞ。思い込みや先入観は捜査の天敵だ」と釘《くぎ》を刺す。架川は相変わらずだるそうに黙っている。

　と、ノックの音がしてドアが開き、女が一人会議室に入って来た。黒縁のメガネに無造作に束ねた長い髪と、濃紺の制服。鑑識係の仁科素子だ。刑事たちが見守る中、仁科は部屋の端の通路を進んで矢上に歩み寄った。書類が入ったファイルを手渡し、ぼそぼそとした声で告げる。

「失礼します。平賀譲の鑑識と司法解剖の結果が出ました」

「わざわざありがとう。ついでに、みんなに結果を報告してくれない？」

あっけらかんと矢上に乞《こ》われ、迷惑そうに眉をひそめた仁科だったが、仕方がないと言った様子で刑事たちに向き直り、喋《しゃべ》りだした。

「まず、平賀の遺体や着衣から本人以外の指紋や毛髪などは検出されませんでした。ゲソコンは複数検出されましたが、公道ですし、ホシのものを割り出すのは難しいと思います。また監察医によると、平賀の死因は鋭利な刃物で背部を数ヵ所刺されたことによる出血性ショック。他にも後頭部と両膝の裏に鈍器で殴打されたと思《おぼ》しき血腫《けっしゅ》がありましたが、これは死因とは関係ありません。さらに血腫の量は少なく、あまり強い力で殴打されたものではないそうです。死亡推定時刻は、昨夜の午後十一時から今日の午前一時」

話が進むにつれ、仁科の言葉ははきはきとして表情も活《い》き活きとしていく。再び挙手し、光輔は問うた。

「では平賀は、津川との電話を切った直後に犯人《ホシ》に頭と脚を殴打された上、背中を刺され死亡した。しかし頭と脚の殴打は平賀を倒すには十分だったが、あまり強い力ではなかったということですね」

「そういうこと。さすがはエース……私もこんな相棒と組んで、楽をしたいよ」

後半は独り言めかしつつ、冷ややかな横目で架川を見る。反応し、架川が立ち上がった。

「おいこら、ふざけんな。誰が楽をしただと？」

「以上です。失礼します」

架川を無視して一礼し、仁科は会議室を出て行った。それを追いかけようとした架川を、慌てて駆け寄った光輔が止める。架川は光輔の手を振り払い、不機嫌そうに言った。

「何が『さすがはエース』だ。今の説明を聞きゃ、誰だって平賀を刺したやつは力は弱いが殺意は強い。つまりホシは女か非力な男で、動機は怨恨《えんこん》だとわかるだろう。しかも昼間津川たちは、平賀は女関係が派手で、遊びまくってたと言ってたぞ」

「御説《おせつ》ごもっともなんですが、そこが問題で」

なだめるように返し、ホワイトボードに向き直ったのは梅林だ。つられて架川と他の刑事たち、光輔もホワイトボードを見る。その端には、さっき光輔が貼った顔写真があった。いかにもキャリアウーマンといった感じの会社の同僚から、清楚《せいそ》な雰囲気の大学生、金髪に厚化粧のラウンジのホステスと様々だが、全員美人。平賀と交際、または何らかの私的関係があった女たちで、今日判明しただけで十人近くいた。捜査を進めれば、さらに増えるのは確実だ。光輔は息をつき、他の刑事たちからも、ため息とぼやきの声が漏れた。

「はい、集中。会議を続けるぞ」

矢上に命じられ、光輔は「はい」とホワイトボードの脇に駆け戻った。架川は仏頂面のままどすん、と椅子に腰を戻した。

3

翌日。光輔は架川とともに文京《ぶんきょう》区の本駒込《ほんこまごめ》にある暁天大学を訪ねた。キャンパスに入って間もなく、光輔は言った。

「人が少ないですね」

広い通路の両側に、校舎が並んでいる。外壁がレンガ張りの重厚な造りの校舎もあり、いかにも伝統ある名門大学という趣《おもむき》だ。だが平日の午前十時過ぎだというのに通路を歩いたり、校舎を出入りしたりする学生の姿はまばらだ。

「冬休みは終わったが、じきに入試シーズンだ。休講も多いんだろう」

黒いダブルのコートのポケットに両手を入れて歩きつつ、架川が返す。

「へえ。さすがは大卒、詳しいですね。僕は高校中退だから、大学には捜査で何度か来ただけです」

「大卒ったって、三十年近く前。しかも田舎の三流私大だぞ」

「それで警部補にまで昇進したんですから、すごいじゃないですか……まあ、結果的には所轄に飛ばされたけど」

最後のワンフレーズは独り言のつもりだったが、架川はすかさず振り返って睨《にら》んできた。

「結果じゃなく、過程だ。俺は必ずマル暴に返り咲いてみせる」

「わかってますって。そう怒らないで下さいよ」

眉根《まゆね》を寄せて架川をなだめた後、光輔は声を小さくして訊《たず》ねた。

「ところで最近、気になることや変わったことはありませんか？」

「いや、とくには。なんでだ？　親父さんの事件で何かあったか？」

架川も小声で眼差《まなざ》しを鋭くして問い返してくる。「いえ」と首を横に振り、光輔は答えた。

「逆です。あれだけ色々あったのに、敵側が何か仕掛けてくる気配がない。もちろん僕らが警戒してるからってこともあるでしょうけど、不気味で」

敵側とぼかしたが、実際には有働弘樹のことだ。昨年末、定村修斗を使って煽《あお》ったにも拘《かか》わらず、年が明けて十日以上経った今もこれといった反応はない。すると、架川が言った。

「ビビるな。俺らがこうして捜査に集中してるのが、敵側には一番手を出しにくい状態だ。隙がねえし、連中も一般市民を巻き込むのは避けてぇだろうからな」

「確かに」

やり取りしているうちに、目的地に着いた。キャンパスの奥の、一際新しく立派な建物だ。玄関脇のコンクリート打ちっぱなしの外壁には、「暁天大学大学院理工学研究科　人工知能研究センター」と書かれた銘板が取り付けられていた。

ガラスの自動ドアからエントランスに入り、ガードマンに警察手帳を見せて来訪の目的を告げた。奥のロビーに進み、エレベーターに乗って三階で降りた。廊下を歩いていると、前方のドアが開いた。姿を現したのは、小柄な年配の女。眉と耳が出る長さの白髪のショートカットで、ダークグレーのスカートスーツに黒いハイヒールという格好だ。

「平賀さん。お世話様です」

歩み寄りながら、光輔は声をかけた。年配の女は殺害された平賀譲の母親・映子で、昨日遺体の身元確認のために桜町中央署を訪れた際に会っている。

「ああ、刑事さん。講義は休みにしたんですけど、外せない会議が入ってしまって」

胸に抱えたファイルとタブレット端末を見せ、映子は答えた。と、またドアが開いて今度は若い女が出て来た。こちらもスカートスーツ姿で書類を抱えているので、映子の助手か秘書だろう。若い女が何か言おうとしたので光輔は会釈し、「警察の者です。お待ちしていますので、会議の後でお話を伺わせて下さい」と告げた。それから再度映子を見て、こう続けた。

「念のため、ご家族の周辺の聞き込みもしています。ご迷惑はおかけしません」

「わかりました。周りの者には、捜査に協力するように伝えます」

「ありがとうございます。ですが、無理はなさらないで下さい」

　至って冷静に見える映子だが、顔色は悪く目も充血気味だ。さらにマスコミも事件を知って騒ぎだしている。

「私は譲の母親であるのと同時に、研究者です。それは子どもたちが小さな頃から言い聞かせてきましたし、譲もそんな私を『誇りに思ってる』と言ってくれました。ですから、仕事はいつも通りに続けます」

　映子の毅然《きぜん》とした態度に光輔が言葉に詰まると、隣の架川が頷《うなず》いて答えた。

「わかりました」

　映子も頷いて一礼し、エレベーターホールの方へ歩きだした。若い女も一礼し、それに続く。廊下を遠ざかって行く二人の背中を見送りながら、光輔は言った。

「すごいな。気を張って自分を保ってるって感じでもないし、あれが一流の科学者なんですかね」

「研究に没頭するのが、息子のためだと判断したんだろう。あれも一つの、母親の姿だ」

同じ方を見て、架川は断言した。その横顔を見上げ、光輔は返した。

「なるほど。愛理ちゃんも、刑事としての架川さんが大好きですもんね。去年の事件の時、『パパ、超カッコいい！』って目を輝かせてましたよ」

「愛理は関係ねえだろ。行くぞ」

顔をしかめて告げ、架川は身を翻して廊下を歩きだした。光輔も続き、二人で廊下の突き当たり近くのドアの前まで行って足を止めた。ドアには「平賀研究室」と書かれたプレートが取り付けられている。ノックをしたが返事がないので、光輔はノブを掴《つか》み、「失礼します」と言ってドアを開けた。

蛍光灯の明かりに照らされた広い部屋で、壁際にパソコンの液晶ディスプレイが載った机がずらりと並んでいる。人の気配があり話し声も聞こえるので光輔は、再度「失礼します」と言って部屋の奥に進んだ。

中央に大きな机があり、男が三人と女が二人着いていた。全員歳は二十代前半くらい。この研究室に所属する大学院生だろう。パーカーやジーンズなどラフな格好で、男は三人ともメガネをかけている。机上には小型の人型ロボットが何体か置かれ、奥の窓の前には大きなロボットアームもあった。

「桜町中央署の蓮見と架川です。平賀研究室の学生さんですね？　平賀先生の息子さんの事件はご存じですか？」

光輔は警察手帳をかざし、学生たちの顔を見回して問うた。五人が同時に頷き、奥の席に着いた背の高い痩《や》せた男が答えた。

「今朝、ニュースで見ました。助手の吉野《よしの》さんから今日の講義とミーティングは中止って連絡があったんですけど、みんな心配で来ちゃいました」

「平賀先生は大丈夫ですか？　校門の前にも、マスコミが集まってましたけど」

細い声でそう訊ねたのは、セミロングの髪を黒いカーディガンの肩に下ろした女の学生だ。光輔は「いまお目にかかりましたが、気丈に対応されています」と答え、聞き込みを始めようとした。と、別の男の学生が口を開いた。

「なんでうちの研究室の関係者ばっかり。ヤバくない？」

光輔ではなく、他の四人を見て問いかける。無言で、他の四人が頷いた。

「ばっかり？　どういう意味だ？」

光輔の隣に進み出て、架川が問う。その出《い》で立ちと威圧感に怯《ひる》み、学生たちが口をつぐむ。すかさず、光輔は微笑んで改めて訊ねた。

「先生の息子さんの件以外にも、何かあったってこと？　だったら、教えてくれないかな」

気まずそうに顔を見合わせた五人だが、背の高い痩せた男が答えた。

「去年の十月に、うちの研究室の学生が亡くなったんです」

4

その後、学生たちから詳しい話を聞いたところ、亡くなった学生は柳沢《やなぎさわ》理人《りひと》、二十四歳で大学院の修士課程の二年生だったとわかった。理人は宅配業者のドライバーのアルバイトをしており、運転中の事故で亡くなったという。理人は人工知能を研究する学生を対象とした大会で優勝するなど頭脳明晰《めいせき》ながら明るく気さくで、研究室の仲間みんなに好かれ、映子を始めとした教員たちからの期待も大きかったそうだ。

一時間ほどで研究室を出た光輔たちは人工知能研究センターの理人と映子の関係者から聞き込みをし、理人の事故現場の所轄署である目黒南《めぐろみなみ》署にも照会をした。続いて光輔は矢上に連絡して状況を説明し、理人の事故を捜査する許可を得た。

理人の自宅は、板橋《いたばし》区内の古い団地だった。エレベーターのない建物だったため、コンクリートの階段を架川とともに五階まで上り、光輔は壁のインターフォンのボタンを押した。

「はい」

足音が近づいて来て、女の声が応《こた》えた。

「先ほどお電話した、桜町中央署の蓮見です」

光輔が告げるとチェーンを外して解錠する音がして、白い金属製のドアが開いた。顔を出したのは、生成りのセーターに濃紺のロングスカート姿の小柄で痩せ型の中年女。理人の母親の柳沢美佳子《みかこ》だ。

「どうぞ」

光輔がかざした警察手帳と後ろの架川をちらりと見て、美佳子はドアを大きく開いた。狭い三和土《たたき》で靴を脱ぎ、光輔と架川は玄関に上がった。

美佳子に通されたのは、奥のリビングだった。六畳の和室で中央に座卓が置かれ、奥にはベランダに通じる掃き出し窓がある。壁際には、テレビと小さな仏壇が載った棚が置かれていた。隣のキッチンに入った美佳子に断り、光輔と架川はまず仏壇の理人の写真に手を合わせた。写真の理人は白い歯を見せて笑っていて、面長で鼻の下の筋がくっきりしているところが美佳子と似ている。仏壇の周りには理人の好物だったらしい、ペットボトルのジュースやスナック菓子などが供えられていた。

仏壇を離れ座卓の前に座ると、湯飲み茶碗《ぢゃわん》が載った盆を抱えた美佳子が戻って来た。緑茶の入った湯飲み茶碗を隣の架川の前に置く美佳子に、光輔は頭を下げた。

「お忙しいところ申し訳ありません。この後、またお仕事に行かれるんですよね？」

「ええ。でも、夜の仕事は辞めようと思っています。一人なら狭いアパートでもいいし、何とか食べていけそうだから」

そう答えて寂しげに笑い、美佳子は自分の湯飲み茶碗を口に運んだ。白髪が少し交じった長い髪をアップにして、ヘアクリップで留めている。

四十六歳の美佳子は早くに病死した夫に代わり、昼間はスーパーマーケット、夜は宅配業者の配送センターで働き一人息子の理人を育ててきた。仏壇には、メタルフレームのメガネをかけた夫の写真も飾られている。時刻は午後六時前で、居間にはガスファンヒーターと加湿器の稼働音が流れていた。

「理人さんは残念でしたね。昼間大学院で話を聞きましたが、みなさんとても優秀な好青年だったと話していました。十月の事故も、家計を助けたいとバイトをしている時に起きたそうですね」

語りかけつつ、光輔の頭には昼間目黒南署に照会した事故の情報が蘇《よみがえ》った。

理人は大田《おおた》区内にある美佳子と同じ宅配業者の配送センターでトラックドライバーのアルバイトをしていた。しかし去年の十月末のある夜、目黒区大岡山《おおおかやま》の高台の片側が崖《がけ》になっている道を走行中、道路フェンスを突き破って崖下に転落。トラックは大破して理人も頭を強打し、病院に搬送されたが間もなく死亡した。

「ええ。昔から『お母さんに楽をさせてあげる』が口癖の子でした。大学院は奨学金で通っていたし、研究で賞ももらって大きな会社から就職の話も来ていたんですよ。息子も私も喜んでいた矢先に、あんな」

そこで言葉に詰まり、美佳子は湯飲み茶碗を座卓に戻して目《め》尻《じり》に滲《にじ》んだ涙を拭《ぬぐ》った。

そういやむかし俺が「刑事になる」と言った時、うちのお母さんも「大変な仕事よ」って言いながら、「蛙《かえる》の子は蛙ね」と喜んでくれたな。光輔はふと思い、胸に母親・小百合《さゆり》の笑顔も蘇った。しかしすぐに気を引き締め、美佳子に告げた。

「理人さんの部屋を見せていただけますか？」

「はい。向こうです」

玄関の方を指して答え、美佳子は立ち上がった。光輔たちも立ち上がり、美佳子に続いてリビングを出た。

廊下に戻ると美佳子は傍らの引き戸を開け、部屋に入った。四畳半のベージュのカーペット敷きの洋室で、壁際に本棚、奥の窓の前にスチール製の椅子がセットされた古い机が置かれている。迷わず、光輔と架川は美佳子の脇を抜けて机に歩み寄った。

机上にはノートパソコンと筆記具、ページが開かれた教科書と書類の束がいくつか載っていた。埃《ほこり》などはたまっていないが、理人が亡くなった時のままにしているのだろう。架川が本棚の前に移動し、光輔は振り返って訊《たず》ねた。

「パソコンと引き出しの中を見ても構いませんか？　それと、理人さんのスマホも見せていただきたいんですが」

「構いませんけど、スマホは事故の時に壊れてしまって……あの、どうかしたんですか？　理人のことで何か」

「いえ。昨晩、暁天大学の平賀映子先生の息子さんが亡くなられたのはご存じですか？　理人さんも平賀先生の関係者でしたので、念のために確認する必要があるんです」

いかにも申し訳ないという顔をつくり、光輔は説明した。たちまち沈痛な表情で俯《うつむ》き、美佳子は頷《うなず》いた。

「今朝、ニュースで見て驚きました。平賀先生には本当にお世話になって、息子が亡くなった時も残念がって下さって――」

「理人さんが自殺したという可能性はないですか？」

唐突な問いかけに、美佳子は驚いて架川を見た。ぎょっとして、光輔も振り向く。

美佳子を見返し、架川はこう続けた。

「理人さんの事故現場の道路には、トラックのブレーキを踏んだ痕《あと》がなかったそうです。さらに車内のドライブレコーダーは事故で破損し、状況を確認できなかった。そこで警察は事故前の理人さんの様子などを調べ、居眠り運転をしていて崖から転落したと判断した。だが、道路フェンスを突き破るには相当なスピードが必要で、居眠り運転をしていたとは――」

「いいえ。理人は事故で亡くなりました。間違いありません」

架川の言葉を遮り、美佳子はきっぱりと答えた。そして、

「ブレーキの痕のことも、ドライブレコーダーのことも、道路フェンスのことも警察の人から聞きましたし、自殺したんじゃないかとも訊《き》かれました。でも、違います。さっきもお話ししたように、事故のまえ息子は就職が決まって大喜びしていたんですよ。それに警察の人も『道路フェンスの件は、事故の直前に目を覚まし、慌ててブレーキとアクセルを踏み間違えてしまった可能性がある』と言っていました」

と続け、怒りと理不尽さ、悲しみの色に満ちた目で架川を見上げた。

架川さん、言い方。呆《あき》れて心の中で突っ込み、光輔は美佳子に頭を下げた。

「ぶしつけに申し訳ありません。あらゆる角度から検討するのが、警察の捜査なもので」

自殺の可能性については事故の実況見分調書を読み、光輔も考えていた。しかし今の美佳子の反論も事実で、だからこそ慎重に聞き込みをするつもりだった。

それなのに、このオヤジは。美佳子への謝罪と言い訳を続けながら、光輔は横目で架川を睨《にら》んだ。こちらの心の内が伝わったのか、架川は無言のまま光輔を睨み返し、小さく鼻も鳴らして顔を背けた。

5

光輔が桜町中央署内の階段を上っていると、目当ての相手が上から下りて来た。

「仁科さん。今、会いに行こうとしてたんですよ。ちょっといいですか？」

仁科は怪訝《けげん》そうに「いいけど」と答えてからにやりと笑い、階段の数段下に立つ光輔を見た。

「聞いたよ。架川さん、またやらかしたんだって？」

「もう耳に入ったんですか？　課長に報告したら、こってり絞られましたよ。まあ、こういう展開にももう慣れましたけどね」

署員たちの噂好きぶりに呆れつつ、柳沢美佳子への鑑取りの件だと察し、ため息をつく。

あの後、光輔がなんとか美佳子をなだめ、理人のノートパソコンや机の中を調べさせてもらったが、遺書など自殺を匂わせるものは見つからなかった。その一部始終を帰署後、矢上に報告したところ、美佳子への対応について説教され、むっつりとしたままの架川の横で、光輔はひたすら頭を下げ続けた。

「蓮見くんも、苦労が絶えないねえ」と言って背中を丸め、くくくと笑ってから、仁科は真顔に戻って、「で、私に何の用？」と問うた。光輔は「実は別件でお願いがあって」と話しだしながら前後を確認し、階段を上って仁科の隣に行った。午後九時近くなり、署内はひっそりとしている。

「仁科さんは以前、葛飾《かつしか》区の新小岩署にいましたよね。先月、新小岩署の管内で火事があり、小浜三代子というスナック経営者の女性が死亡しました。恐らくは放火で、消防と警察が合同で現場検証を行っています。伝手《つて》を辿《たど》って、その記録を入手できませんか？」

「伝手って言われてもねえ。そもそも、なんでそんなものが欲しいの？」

「マルガイのスナックに、何度か行ったことがあるんです。すごくいい人でこれといったトラブルも抱えていなかったらしいので、気になって。お願いします」

そう言って光輔が深々と頭を下げると、仁科は困惑したように胸の前で腕を組む気配があった。沈黙が流れ、光輔の頭に小浜三代子の顔が浮かび、瀕死《ひんし》状態の彼女に手を握られた時の感触も蘇った。と、仁科がぼそりと言った。

「まあ、事《こと》と次第によってはやってあげてもいいけど」

「事と次第？　何ですか？　何でもやります」

頭を上げ首を突き出して問うと、仁科は答えた。

「架川さんのスマホを二、三十分持ち出して、渡して欲しいのよ」

「ひょっとして、何かの写真を消すためですか？　どんな写真かは知りませんけど、そのせいで仁科さんは架川さんに頼み事をされると断れないんでしょう？」

ピンと来て問いかけたが仁科は露骨に嫌な顔をして、「で、やるのやらないの？」と訊き返して来た。光輔は答えた。

「もちろんやります。でも黒、白、銀のどれだろう。架川さんは、スマホを三台も持ってるんですよ」

「ああ、檀家《だんか》回り用でしょ。『三台合わせて二千件近い連絡先を登録してる』って、むかし自慢されたわ」

「ええ。僕も去年、同じ自慢をされましたよ。でも『むかし』ってことは、仁科さんは架川さんのマル暴時代からの知り合いなんですか？　そもそも、お二人は」

光輔が探りを入れようとしたが仁科は、

「交替で三台とも持って来て。老化で注意力も落ちてるし、一台ぐらいなくなっても気づきゃしないわよ。現場検証の記録は何とかするから、そっちもやることをやって」

と、鑑識結果を伝える時のはきはきとした口調で告げ、階段を駆け下りて行った。

6

聞き込みを終えて架川が管理人室に戻ると、光輔も着いていた机から立ち上がるところだった。後ろに立つ作業服姿の管理人の中年男に礼を言い、光輔が振り返った。机の上の液晶ディスプレイを顎《あご》で指し、架川は問うた。

「首尾は？」

液晶ディスプレイの画面は四つに分割され、それぞれこのマンションの玄関と裏口、エレベーター内に設置された防犯カメラの映像が映っている。

「事件当夜の映像を確認しましたが、本人の証言通りでした。堀田《ほった》彩美《あやみ》は午後六時過ぎに帰宅してから、一度も部屋を出ていません。聞き込みはどうでしたか？」

「マンションの住人の話じゃ、マルガイが堀田の部屋を訪ねたり、二人が一緒にいたりするのを見かけたのは半年ほど前で、その後はぷっつりらしい」

「これも『平賀さんと付き合ってたのは去年の夏で、ひと月もしないで別れた』という堀田の証言と一致しますね」

「堀田はシロ。つまり、また空振りってことだ」

小声で光輔とやり取りし、架川はため息をついて両手をスラックスのポケットに入れた。

平賀譲が殺害されてから間もなく十日。桜町中央署の刑事たちは、必死の捜査を続けている。地取りと現場付近の防犯カメラの映像解析は空振りだった一方、被疑者は複数浮かんでいる。事件当日の捜査会議での予想通りすべて平賀の元恋人、または私的関係のあった女で、その数は三十人近くに増えた。無論全員が平賀とトラブルがあった訳ではないが、念のために話を聞き、アリバイの確認をしなくてはならない。

今日架川たちが聴取した堀田彩美は、合コンで平賀と知り合ったＯＬで、「付き合い始めたのはいいけど、明らかに平賀さんは体の関係だけが目的だった」と怒りを露《あら》わにし、事件当夜は「一人で家にいた」とも聞いたので自宅マンションまでやって来たのだが、防犯カメラが設置されており、その映像からアリバイが立証された。

管理人の中年男に再び礼を言い、架川と光輔はマンションを出て署のセダンに乗り込んだ。

「次は目黒在住のキャバクラ嬢ですね。さっき連絡したら在宅はしていますが、インフルエンザで寝込んでいるそうです。話は聞けても僕らにインフルエンザがうつって、刑事課に広がったら大ごとですよ。どうしましょう」

困り顔で告げ、光輔は運転席のシートベルトを締めた。架川も隣でシートベルトを締め、言った。

「柳沢理人と美佳子が働いていた宅配業者の配送センターに行ってみねえか？」

堀田のマンションは大田区の馬込《まごめ》にあり、配送センターのある南千束《みなみせんぞく》までは三キロほどだ。困り顔を呆れ顔に変えて光輔が何か返そうとしたので、架川は先回りしてこう続けた。

「美佳子の件なら、心配ねえ。さっき配送センターに確認したら、先週いっぱいで退職してた。とっとと行け。ちょうど昼休みの時間だ」

軽くすごみながらそう命じ、架川は窓枠に片肘《かたひじ》を乗せて頬杖《ほおづえ》をついた。何やらぶつくさ言いながらも、光輔はエンジンをかけてセダンを出した。


目指す配送センターは、中原街道《なかはらかいどう》沿いにあった。手前の駐車場にトラックが五、六台横並びに停められ、その奥に二階建ての倉庫のような大きな社屋が建っている。光輔が通りの端にセダンを停め、架川とともに降車した。

社屋の隅にはアルミ製のドアがあり、傍らの壁に「ピジョン運輸　東京南部配送センター」と書かれた看板が掲げられていた。まず光輔がドアを開けて社屋に入り、架川も続いた。

「桜町中央署の蓮見と言います。責任者の方はいらっしゃいますか？」

正面の受付カウンターに歩み寄り、光輔が警察手帳を見せる。臙脂《えんじ》色の制服のジャンパーを着た若い女が着いていた机から立ち上がり、「はい」と言って社屋の奥に歩いて行った。

間もなく、若い女と同じ色のジャンパーに同じ色のパンツ姿の中年男がやって来た。

薄くなった髪を七三分けにして、縁なしのメガネをかけている。

「センター長の灰野《はいの》です。どんなご用件でしょうか？」

不安そうに光輔と、その後ろの架川を見て灰野が問う。しかし光輔が、

「以前こちらで働いていた柳沢理人さんと美佳子さんについて伺わせて下さい。別の事件の捜査で確認が必要で、お時間は取らせません」

と返すとほっとしたような顔になった。

「理人くんは働いていたのは一年ほどですが、いい青年でしたよ。真面目で明るくて、うちの従業員はもちろん、配達先のお客様にも好かれていました。なので亡くなった時はショックで、今も度々思い出します」

「理人さんの事故は居眠り運転が原因だったそうですが、事故が起きた去年の十月末は、どんな状況だったんですか？」

「繁忙期に入っていましたがドライバーは十分いたし、とくに理人くんに負担がかかっていたということはありません。もちろん労働時間の規定は遵守していましたし、それは事故が起きた時、警察の人にも」

また灰野が不安顔になったので、光輔は「わかっています」の合図のつもりで笑顔で片手を挙げ、質問を続けた。

「仕事とは別に、理人くんの態度がおかしいとか、何かに悩んでいる様子だったとか

感じたことは？」

「それも警察の人に話しましたけど、少し元気がないかなとは思いました。ただ本人に訊《き》いたら、『論文が佳境なんですよ』と言っていたので」

「母親の美佳子さんは？」

架川も訊《たず》ね、灰野は答えた。

「仕事熱心な人でしたよ。理人くんを本当に可愛がっていて、『研究で賞をもらった』とか『就職が決まりそう』とか、嬉《うれ》しそうに話していたんですけどね。急に『辞めたい』と言われて驚いたけど、理人くんのこともあるし、仕方がないなと思いました」

返事の代わりに小さく頷《うなず》き、架川は灰野の肩越しに社屋の奥を見てさらに訊ねた。

「理人くんや美佳子さんと親しくしていた従業員はいますか？」

「美佳子さんはわかりませんが、理人くんなら一人います。ちょうど今、昼休みで戻って来ているので、どうぞ」

そう返し、灰野は身を翻して歩きだした。架川はカウンターの脇から社屋の奥に進み、光輔も付いて来る。

歩きだしてすぐ、さっき外から見た駐車場の脇に差しかかった。駐車場のシャッターは上げられ、停められた五、六台のトラックのバックドアは開けられている。その前に制服姿のドライバーと他の従業員が立ち、大きなカゴ台車に積まれた荷物の段ボール箱や紙袋をトラックの荷台に載せている。ドライバーには理人のような学生風から、ベテラン然とした中年男もいた。

灰野に続いてさらに前進すると、今度は縦に数列並んだベルトコンベアが現れた。ベルトコンベアの前には制服姿の女が二十人ほど立ち、ベルトの上を流れてくる荷物に貼られた伝票を確認して抱え上げ、足下のコンテナボックスに入れている。ここがかつての美佳子の職場だろう。ふと足を止め、光輔が灰野に問いかけた。

「すみません。ちなみにこちらの荷物の仕分け作業は、二十四時間行われているんですよね？」

「ええ。駐車場にもトラックが発着しますし、業務は二十四時間、年中無休で稼働しています」

「そうですか。では十日前の一月十一日の夜、柳沢美佳子さんは出勤していましたか？」

「ええ。柳沢さんは、午後九時から翌日の午前二時までのシフトでしたから……だよね？」

灰野が問い、手前のベルトコンベアの前にいた若い女が顔を上げた。急に声をかけられたせいか、驚きと緊張が入り交じったような顔で固まっている。と、その隣の年配の女が、

「そうよ。間違いない」

と答え、若い女と周りの数人も「はい」「ええ」と頷いた。光輔は女たちに「わかりました。お仕事中にすみませんでした」と会釈し、にっこりと笑いかけた。

灰野はベルトコンベア列の脇を抜け、突き当たりのドアから外に出た。架川と光輔も続くと、そこは社屋の裏手で、空《から》のカゴ台車やコンテナボックスなどが大量に置かれていた。その奥にベンチが置かれ、脇にはアルミ製のスタンド式の灰皿もある。喫煙スペースらしく、ベンチには数名の男女が座り、煙草を吸っていた。男女は歩み寄って来た灰野に気づき、「お疲れ様です」と挨拶《あいさつ》をした。

「和泉《いずみ》くん。こちらは刑事さんで、きみに話を聞きたいそうだよ」

ベンチの脇で立ち止まり、灰野は後ろの架川たちを指しながらベンチの奥に座った男に告げた。灰野の肩越しに確認すると、男は二十代後半。小柄だががっちりした体つきで、髪を三分刈りにしている。男もこちらを見たが、灰野が「刑事さん」と言った瞬間、眼差《まなざ》しが尖《とが》ったのを架川は見逃さなかった。

「話っていうのは、理人くんのこと。事件の捜査に必要なんだって」

気遣うように灰野が付け加えると、和泉は眼差しを少し和らげ、「はい」と応《こた》えて立ち上がった。煙草を灰皿に捨て、架川たちの前に進み出て来る。と、光輔が「僕に任せて下さい」と言うように目配《めくば》せをしてきたので、架川は開きかけた口を閉じた。

「休憩中に申し訳ありません。桜町中央署の蓮見と架川です。和泉さんは、柳沢理人さんと親しくされていたそうですね」

笑みとともにテンポよく、光輔が問いかける。

「ええまあ。たまに飲みに行ったりしてました」

灰野の手前、極力感じよく答えようとしているが、その細い目は架川のダークグレーにライトグレーのストライプ模様のダブルスーツと黒いワイシャツ、深紫色のネクタイに向けられている。

「飲みながら、どんな話をしていたんですか？」

「今日はキツかったとか、こんなお客さんに会ったとか、普通の世間話ですよ。だって歳も違うし、中卒の俺と大学院でスパイクニュートラルなんとかいう研究をしてるあいつとじゃ、共通の話題なんてありませんから。ただ、お互い母子家庭育ちで苦労したので、そういうところで気が合ったのかなとは思います」

後半は気持ちのこもった口調になり、光輔をまっすぐに見て答えた。「わかりました」と頷き、光輔は話を変えた。

「亡くなる前の理人さんの様子は？　何かに悩んでいたり、相談されたりはしませんでしたか？」

「いえ、全然。むしろすごく元気で、張り切ってました。賞をもらって、いい会社に就職できそうだとかなんとか」

　首を横に振り、和泉はみんなと同じ答えを口にした。「わかりました」と再び頷き、光輔は「質問があればどうぞ」と言うように架川を見た。しかし架川は「どうも。邪魔したな」とだけ告げ、和泉に背中を向けて元来た道を戻りだした。ドアを開けて社屋に入ると、後ろから光輔が追いかけて来た。

「あれだけでいいんですか？」

　その問いには答えず、架川は立ち止まって振り返った。光輔に続いて社屋に入って来た灰野に訊ねる。

「和泉くんは、元不良少年ですか？」

「と言うより、カッとしやすくて問題を起こすことが多かったようです。そのせいで職も転々としていましたが、うちでは三年近く働いてくれています。無論、問題を起こしたことは一度もありません」

「わかりました。どうも」

　会釈して、架川はまた歩きだした。

　そのまま配送センターを出て、架川たちはセダンに乗り込んだ。セダンが中原街道を走り始めて間もなく、光輔は言った。

「和泉は怪しいですね。多分、何か隠し事をしている」

「お前もそう思ったか。質問に対する答えが、理路整然とし過ぎだ。刑事が来ると予想してたんじゃねえか？　俺を見る目は、元ヤン丸出しだったしな」

光輔と読みが一致して勢いが付き、架川は身を乗り出して語った。一方光輔はハンドルを握って前を向いたまま、冷静にこう続けた。

「決定的なのは、『スパイクニュートラル』という発言。正しくは『スパイキングニューラルネットワーク』で、脳の神経細胞の情報伝達に関する学術用語のようです。そしてこのスパイキングニューラルネットワークこそが理人の研究テーマで、賞を貰《もら》ったのもこれに関する論文です。世間話をするだけの相手に、専門用語まで使って深い話をするでしょうか。和泉もディテールを間違いながらも研究テーマを覚えていたのは、理人が大切な存在だったからでしょう」

「だな」

心の中で光輔の記憶と観察、分析の能力に感心しつつ、短く返す。そして架川は、

「和泉を追ってみるか」

と提案し、光輔は「ですね」と首を縦に振った。

7

架川と光輔は一旦《いったん》帰署し、矢上に配送センターでの鑑取りを報告し、和泉を捜査させて欲しいと請《こ》うた。渋い顔をした矢上だったが、平賀譲殺害事件の被疑者への聴取も続けるという条件で、何とか許可してくれた。

その後、架川たちは南千束に戻った。配送センターから離れた場所にセダンを停め、張り込みを開始した。

架川たちが帰署している間に配達に出たらしく、和泉のトラックが配送センターに戻って来たのは午後九時半だった。その後も片付けなどをした様子で、私服に着替えて配送センターのドアから出て来たのは午後十時過ぎだ。架川と光輔はセダンを降り、尾行を開始した。

「ピジョン運輸の従業員の給与は、固定制と歩合制を選べるようです。和泉は歩合制で、配達単価は百三十円。一日八十から九十個配達するとして、年収はよくて三百万円台後半。キツい仕事だし、配達先が留守で再配達をしても単価は同じ。宅配ドライバーは離職率が高いというのも、仕方がないですね」

電柱の陰から前方を窺《うかが》い、光輔が言った。その隣でスマホの明かりで照らした書類に目を通しながら、架川も言った。

「和泉望夢《のぞむ》、二十九歳。三重《みえ》県出身で、独身。中学一年の時に父親を亡くし、入学した高校はケンカが原因で二カ月で退学になってるな。その後上京して自動車整備工場、コンビニなどで働いたが、どこも短期間で退職または解雇されてる。前科《まえ》がねえのが、不思議なぐらいだ」

「和泉の身元照会をしたんですか？　確かに荒れていたようですが、今は——そろそろ行きましょう。暗いから見失いそうです」

　そう告げて、光輔は電柱の陰から出て通りを歩きだした。スマホと書類をジャケットのポケットにしまい、架川も後に続いた。

　通りの五十メートルほど前方を、黒いダウンジャンパーにジーンズ姿の和泉が歩いている。通りは車は多いが街灯と人通りが少ないので、尾行には慎重を要する。

　和泉の自宅は、配送センターから徒歩十五分ほどのアパートだ。しかし和泉はその前を素通りし、駅前の繁華街に入った。人通りが増えたので和泉との距離を三十メートルほどに詰めると、彼がスマホで誰かと話しているのがわかった。

　と、和泉はスマホを耳に当てたまま傍らの居酒屋に歩み寄った。和泉が店の引き戸に手を伸ばしたとたん引き戸が開き、中から女が顔を出した。目をこらすと、女は二十代半ばで丸顔の小太り。黒髪のショートカットで、和泉と同じようにスマホを耳に当てている。二人で通話していたらしく、和泉はスマホを下ろし、女も倣った。

　笑顔の女に引っ張られるようにして居酒屋に入って行く和泉を見ていると、光輔の「やっぱりか」という呟《つぶや》きが聞こえた。振り向いた架川に、光輔はこう続けた。

「あの女は竹川杏里《たけかわあんり》、二十四歳。ピジョン運輸東京南部配送センターで荷物の仕分けを担当している従業員で、恐らく和泉の恋人です」

「そうなのか。よくわかったな」

「昼間配送センターの喫煙所に話を聞きに行った時、ベンチの和泉の隣にあの女が座っていたんです。で、僕らと和泉が話すのを心配そうに見ていたので、『ひょっとして』と思いました」

閉じられた居酒屋の引き戸に目を向け、光輔は当たり前のように答えた。

「すげえな。俺は喫煙所にあの女がいたことすら、気づかなかったぞ」

感心を通り越して感動したので素直に伝えたが光輔は、「でしょうね」としれっと返した。むっときて言い返そうとしたが光輔は、「二人は当分店から出て来ないはずなので、僕らも夕飯を済ませましょう。何か買って来ます。希望はありますか？」と笑顔で問うてきた。

「任せる。だが、ブラックコーヒーを忘れるな。ペットボトルじゃなく缶のやつで、メーカーは」

架川が言いかけると光輔は笑顔をキープしたまま、「わかってます。いつものですね」と返し、通りの奥に駆けて行った。

光輔がコンビニで買ってきたサンドイッチを立ったまま物陰で食べ、張り込むこと約二時間。午前零時を少し過ぎた頃、和泉と竹川が居酒屋から出て来た。どちらも赤い顔をして、竹川は足下が少しふらついている。架川たちは向かいのビルの陰に身を隠し、二人が並んで歩きだすのを確認して尾行を再開した。

二人は手を繋《つな》いで歩き、顔を寄せ合って言葉を交わしては、時々竹川が顔を上げて笑った。その甲高く耳障りな声に架川が眉《まゆ》をひそめ、二十分ほど尾行を続けると、二人は一軒のアパートの前で立ち止まった。光輔によると、ここが竹川の自宅らしい。二人でアパートに入ると思いきや、手を振って敷地の中に進んだのは竹川だけで、和泉は手を振り返して元来た道を戻りだした。

「平日だし、今日も七時から仕事ですからね」

光輔が呟き、架川も頷《うなず》こうとしたその時、和泉が動いた。急に小走りになり、角を曲がって大通りに出る。そして車道に身を乗り出すようにしてタクシーを停め、乗り込んだ。慌てて、架川たちもタクシーを停めて乗った。

どこに行くつもりかと緊張しながら、架川と光輔は前を行く和泉の乗ったタクシーを見守った。が、タクシーは十分足らずで和泉の自宅アパート前に停車した。

訝《いぶか》しがりながら架川たちも和泉の数十メートル手前でタクシーを停め、降りた。前方を覗《うかが》うと、和泉はアパートの階段を駆け上り、二階の自分の部屋に入って行った。すぐ部屋の窓に明かりが点《とも》り、レースのカーテン越しに、和泉が室内を慌ただしく動き回る気配を感じた。アパートの向かいの路上からそれを眺め、光輔が唖然《あぜん》として言った。

「何なんでしょうか。意味も意図も、さっぱりわかりません」

架川も唖然としていたが、光輔の言葉で閃《ひらめ》くものがあった。それを光輔に伝えようとした矢先、またタクシーが走って来てアパートの前で停まった。慌てて、架川と光輔は向かいの家の玄関先に隠れた。

ドアが開きタクシーから降り立ったのは、ライトブラウンのロングヘアに濃い化粧の痩《や》せた若い女。女は片手で白いコートの肩に掛けたグッチのバッグの持ち手を握り、アパートの階段を上った。すぐに和泉の部屋のドアが開き、ハイテンションの声が聞こえた。女が部屋に入り、ドアはばたんと閉じた。大きな目をさらに見開いて、光輔は言った。

「ひょっとしてこれって」

「浮気、あるいは二股《ふたまた》。こんなこっちゃねえかと思ったぜ」

架川は平然と返したが、光輔は納得がいかない様子で訴えた。

「そんな。だってちょっと前まで、あんなに竹川とイチャついてたじゃないですか」

「それはそれ。よく言うだろ。男の下半身は、上半身とは別の生き物なんだよ」

「初めて聞きましたけど……まあ、どのみち理人の件とは関係ないですね。車に戻って帰りましょう」

投げやり気味に話をまとめ、光輔は歩きだした。続こうとした架川だったがまた閃くものがあり、立ち止まった。

「関係はねえが、使えるかもしれねえぞ……俺は張り込みを続けてるから、車を持って来い」

「えっ。なんで」

「いいから、さっさと行け。ついでにコーヒーを買って来い」

そう命じて背中を押し、架川は光輔を送り出した。そして冷え切った手をコートのポケットに入れ、和泉の部屋を見上げて頭を巡らせ始めた。

間もなく光輔がセダンで戻って来た。二人は交替で仮眠を取り、アパートの張り込みを続けた。和泉は午前六時半に部屋を出て配送センターの方に歩いて行ったが、若い女が出て来たのは昼前。服装は昨夜と同じだが化粧はしておらず、眠そうにあくびをしながら和泉とは逆方向に歩きだした。架川は光輔とセダンを降り、若い女を尾行した。

若い女は最寄り駅から東急池上《とうきゅういけがみ》線に乗り、終点の蒲田《かまた》で降りた。それから十五分ほど歩き、住宅街の中の古く小さな二階屋に入って行った。表札には「衛藤《えとう》」とある。名前や住所などをメモしてスマホで二階屋の写真も撮り、架川たちはセダンに戻った。

その後矢上に電話で状況を報告し、平賀譲殺害事件の被疑者の聴取に向かった。

8

その日の午後五時過ぎ。羽村琢己《たくみ》は本庁本部庁舎十二階の警務部人事第一課にいた。

「では、失礼します」

と、向かいの机に着いた中年男に一礼する。中年男はこの部屋の主で、人事第一課の人事担当課長代理の剣持栄吉《けんもちえいきち》管理官。羽村の上司だ。

「ああ。たっぷり英気《えいき》を養ってこい。どこに行くのか知らないが、土産《みやげ》は気にしなくていいからな」

羽村がドアの前まで行くと、剣持が言った。土産の件は冗談のつもりらしかったが、羽村は表情を動かさずに振り返って再度一礼し、ドアを開けて部屋を出た。

そのまま廊下を歩き、奥の更衣室に入った。壁際に並んだスチール製のロッカーの前には数人の男がいて、そのうちの一人が「お疲れ様です。珍しく早いですね」と会釈してきた。歳は二十代後半で、同じ人事第一課の別の係に所属する職員だ。羽村は「ああ」とだけ返し、自分のロッカーを開けて制服から私服のスーツに着替えだした。

「いいなあ。俺はこれから有働さんのお供で銀座ですよ」

会釈をしてきた男が言い、羽村は手を止めて斜め後ろに立つ男を振り返った。

「接待か。相手は？」

「いや。有働さんの馴《な》染《じ》みのママがいるクラブの客入りがいまいちらしくて、目に付いたやつを総動員って感じみたいですよ。人事第一課だけじゃなく、組対の椛島部長も来るとか。有働さんと椛島さんって、同郷なんですよね」

「へえ」

それなら、優人さんの事件とは無関係だな。そう判断し羽村が顔を前に戻そうとした時、男はさらに言った。

「組対って言えば、定村って知ってます？　去年の秋、総務から異動になったやつ」

「ああ。それがどうかしたのか？」

「最近、その定村が有働さんと外で会ってるらしいんですよ。いつどこでとかはわからないんですけど、度々人目を忍ぶようにして会ってるって噂ですよ。総務から組対に行くって異例で、結構話題になったじゃないですか。何かあるんじゃないかって、もっぱらの噂で」

「俺は噂話には興味がない。早く銀座に行った方がいいんじゃないか」

内心の驚きと興奮を押し隠し、羽村は冷ややかに告げて着替えを再開した。男は「すみません」と恐縮したように返し、自分のロッカーに向き直った。

　電車を乗り継ぎ、三十分ほどで珈琲名家《コーヒーめいか》新宿東口店に着いた。ステンドグラスが貼られた壁に色褪《いろあ》せた赤いベルベットのソファと、レトロ臭漂う店内を進み、端の目立たない席に座る。他の客のほとんどは年配者で、商談をしたりスポーツ新聞を読んだりしている。店員にコーヒーを注文して間もなく、出入口のドア脇のカウンターに置かれたピンク電話が鳴り始めた。店員が受話器を取る気配があり、店内に若い女の声で、

「お客様の大田原《おおたわら》様。お電話が入っております」

　とアナウンスが流れた。いつもの、光輔との間で使っている呼び出し用の偽名だ。羽村は席を立ち、ピンク電話に歩み寄って「大田原です」と告げて受話器を受け取った。

「もしもし。直人《なおと》か？」

「うん。三代子の火事の件のことで、さっき鑑識係の仁科さんと話した。面倒な条件付きだけど、現場検証の記録が手に入りそうだよ」

　受話器の向こうで、光輔が答える。何か理由を付けて架川の許《もと》を離れ、公衆電話からかけているのだろう。直人が父親の優人の事件を調べ始めてから、とくに用がなくても週に一度、電話で話すようにしている。

「そりゃよかったな。三代子は亡くなる前、『あいつらがやったことは、全部残してある』と言ったんだろ？　手がかりが見つかるかもしれない……今日は俺も、いくつか報告があるんだ」

　そう返し、羽村はまずさっき本庁の更衣室で聞いたことを手短に伝えた。話を聞き終えると、光輔は言った。

「やっぱり定村は敵側の犬か。でも、噂が流れるタイミングと、出所が定かじゃないのが引っかかるな。あの有働が、犬と会うのを職員の誰かに見られるようなミスを犯すとも思えないし」

「それだけ余裕がなくなってるってことだろ。去年の年末にお前が下した手の効果があったんだよ。俺が裏を取るから、心配するな。で、二つ目の報告。三《み》田《た》雅暢《まさのぶ》について調べてみた」

　羽村が話を変えると、光輔は驚いて「えっ。何者かわかったの？」と訊《き》いてきた。

　三田は優人の事件に関わっていると思われる長野県春蘭市の暴力団・信濃一家の組長・当麻秀和の関係者だ。しかし他にわかっているのは、大手《おおて》町《まち》にある「日星《にっせい》エステート」という不動産会社の社長で、関西出身ということだけだ。

「そこまではいかないけど、手がかりは得た。日星エステートは法人登記されてて社員も十名ほどいるが、会社としての実体はないに等しい。そのくせ三田は金廻《まわ》りが良く、銀座やら新橋やらの高級店で毎晩のように飲み食いしてるんだ。で、ある筋からその一軒の従業員を紹介してもらって、話を聞いた。従業員は大阪《おおさか》出身で、三田とは関西ネタで盛り上がったらしいんだが、話しているうちに『この人は同じ関西でも、大阪の人間じゃない』と思ったそうだ」

「なんで？」

そう訊かれると思っていたので、羽村は即答した。

「方言だよ。関西弁って一括《くく》りにされがちだけど、実際は大阪、京都、神戸《こうべ》と違いがある。たとえば語尾。大阪弁は『〜ねん』だけど、京都は『〜やし』、神戸は『〜しとん』になる人が多いそうなんだ。他にも『来ない』って表現を大阪弁では『けーへん』、京都弁は『きーひん』、神戸弁は『こーへん』と言うとか。そういう見地からすると、三田の言葉は神戸弁らしい。従業員曰《いわ》く、『天満《てんまん》の天神《てんじん》さんに誓って間違いあらへん』だそうだ」

「その従業員の言うとおりかもね。僕も兵庫県出身の蓮見光輔になりきるために、関西弁の勉強をしたからわかるよ」

光輔に肯定されて安堵《あんど》を覚え、羽村は「じゃあ、三田は神戸出身ってことで調べを進める」と返してから三つ目の報告をした。

「それと、俺は春蘭市に行く。架川さんに知られたら反対されると思ったから、さっさと課長に休暇届を出して来た。明日《あした》の朝、こっちを発《た》つよ」

「わかった。俺もそれしかないなと思ってた。架川さんなら、なんとかするから」

光輔ならそう言ってくれるだろうと思っていたので、羽村はさらに安堵して意欲も湧き、「頼む。何かわかったら連絡する」と返した。

「うん。よろしく頼むよ」

そう告げて、光輔は通話を終えようとする気配があった。

「ああ。じゃあな」

と返し、羽村も受話器を下ろそうとした。すると光輔は「でも、気をつけてよ」と少し子どもっぽい、しかし本気で心配しているのがわかる口調で付け加え、電話を切った。

9

翌日。午前九時過ぎに春蘭市に着いた羽村は、駅前のレンタカー店で白いコンパクトカーを借りた。そして真っ先に向かったのは、街外れの古い橋。林の中で長さは二十メートルほどだが高さは三十メートル以上あり、下には川が流れている。積雪があってもいい時季なのだが、今年はほとんど雪が降っていないらしい。

今から十四年前の夏の真夜中。大学生だった羽村は、死ぬつもりでここに来た。理由は、いま思えば些細《ささい》なことだ。飛び降りようとしたがいざとなると脚がすくみ、橋の手すりの前に立ち尽くしていた。その時、車で通りかかった梶間優人に声をかけられたのだ。

優人は事情を訊こうとする相棒の刑事を止め、「明日来ても、橋はなくならないから」とだけ言い、羽村を車に乗せた。そしてそのまま自宅に連れ帰り、食事をさせて泊めた。珍しいことではないようで、優人の妻・小百合と当時中学生だった直人も、ごく自然に羽村を迎え入れた。それから数日間、直人に勉強を教えたり、小百合の家事を手伝ったりしている間に死ぬ気は失《う》せ、結局ひと夏を梶間家で過ごして大学に戻った。

その後も梶間家との付き合いは続き、とくに優人にはことあるごとに相談に乗ってもらった。警察官になったのも彼の影響で、十年前の事件では優人を信じ、直人たちの力になりたいと願った。しかし遠方に赴任中だったため、思うように動けなかった。そのことは今でも慚愧《ざんき》に堪えず、だからこそリスクを冒してでも直人を支え、優人の汚名をそそぎたいと思う。

優人さん、小百合さん。あと一歩です。白い息を吐きながら川を見下ろし、羽村は心の中で語りかけた。そして背筋を伸ばして一礼し、橋のたもとに停めた車に戻った。

そのまま市街地に向かい、あるコンビニの駐車場に車を停めた。ルームミラーを見ながらいつもは分けている前髪を額に下ろし、助手席の旅行カバンから黒いプラスチックフレームの伊達《だて》メガネを出してかけた。それからセーターとジーンズの上に濃紺のダウンコートを着て、車を降りてコンビニに向かった。

「いらっしゃいませ」

レジカウンターの中から挨拶《あいさつ》してきた若い男の顔を一瞥《いちべつ》してから、羽村は店内を見回した。ランチタイムまで少し間があるため、他に客はいない。迷わず、羽村はレジカウンター脇の保温ケースからペットボトルの緑茶を取り出し、若い男の前に立った。

「いらっしゃいませ」

再度挨拶し、若い男は羽村がレジカウンターに置いた緑茶を摑《つか》み上げ、白いバーコードリーダーを近づけた。刈り上げ部分以外をダークブラウンに染めたツーブロックヘアで、深緑色の制服を着ている。

石森大斗《いしもりだいと》、二十八歳。春蘭市出身で、歌川涼牙のかつての不良仲間。十年前に涼牙が起こした工事現場の窃盗事件との関わりも疑われたが証拠不十分で不起訴となり、実家が経営するこのコンビニに就職。以後、事件などは起こしていない。

人脈を使い入手した情報を再確認し、羽村は口を開いた。

「涼牙が春蘭市《こっち》に戻ったって本当？」

無表情に問いかけると、石森はぽかんとして手を止めた。その小さな目を見返し、羽村は続けた。

「歌川涼牙だよ。きみ、友だちだったろ。俺も昔ちょっと付き合いがあって、噂を聞いたんだ」

「いや。知らないですね……百八円になります。袋はいりますか？」

首を横に振ってそう返し、石森はバーコードリーダーをレジに戻した。予想通りの反応だったので、羽村は「いや。いらない」と言ってカウンターに百十円を置き、緑茶を受け取った。

「ありがとうございました」

そう言って会釈した石森だったが俯《うつむ》き、目には戸惑いと警戒の色が浮かんでいる。羽村がその場から立ち去らずにいると、顔を上げてぶっきらぼうに、

「なんすか？」

と訊《き》いてきた。それを無表情に見返し、羽村はカウンターに載ったままの百十円を顎《あご》で指して答えた。

「釣銭。もらってないけど」

「あっ。すみません」

慌てて、石森はレジを開けて一円玉を二枚取り出した。

「もう真面目にやってるのに、ごめんな。でも俺も同じだから、涼牙に何か言ってこられると困るなと思って」

困り顔をつくり、石森が差し出した二円を受け取りながら告げる。すると石森は表情を緩めて言った。

「いえ。でも、本当に知らないんです。涼牙とはずっと付き合いがなくて――戻って来たってマジですか？」

「マジかわからないから訊いたんだよ。でもそういう噂が出るのは、生きてるってことだろ？ ならよかったよ。滅茶苦茶《めちゃくちゃ》やってたけど、根はいいやつだったし。グレたのだって、親のせいなんだろ？」

これは光輔から聞いた話だ。涼牙はチカの水商売と度々変わる交際相手が受け入れられず、非行に走ったらしい。すると石森は、「それもありますけど」と言って店に他の客がいないのを確認し、こう続けた。

「やってもいない盗みやら暴行やらを、警察に『どうせお前の仕業だろ』って何度も決めつけられたんですよ。それで余計に悪さするようになって。でも俺も今は、あんだけ好き放題やってりゃ、決めつけられても仕方がねえよと思いますけどね」

こちらは初めて聞く話だったので、羽村の胸は弾んだ。しかし表には出さず、

「だよな。変なこと訊いて悪かったな。ありがとう」

と告げてレジカウンターを離れた。「いえ。ありがとうございました」という石森の声を、ガラスのドアを開けて店を出ながら聞く。

車に戻り駐車場を出て少し走ったところで、羽村は再び車を停めた。緑茶のキャップを開けて一口飲み、旅行カバンから書類を出した。書類はこれから訪ねる相手のリストで、全員涼牙の元仲間や恋人だ。水商売関係者もいるが、クラブ「コフレ」及び信濃一家の縄張りには近づかないつもりだ。去年の十一月に架川が春蘭市を訪れ、コフレの関係者とコンタクトを取ったことは信濃一家経由で本庁の敵側の耳に入っているだろう。そこに自分が現れれば架川、ひいては光輔との関係が露呈する恐れがあり、細心の注意を払わなくてはならない。

「本当にあと一歩なんだ」

声に出して呟《つぶや》くと、緊張と意欲が増した。羽村は書類をしまい、車を出した。

10

光輔を付き合わせ、架川は五日間和泉を張り込んだ。その間、和泉は三日竹川と会い、うち一晩は彼女のアパートに泊まった。一方で残りの二日間は仕事のあと蒲田に行き、駅前の繁華街にあるキャバクラに入った。そこに勤務しているのが、尾行の初日に見た若い女。二日間のうち一日は、また若い女が和泉のアパートに泊まった。

「実家で両親、高校生の妹、小学生の弟と暮らしながらキャバクラに勤務。これも時代ってやつなんですかねえ」

しみじみと言い、光輔は自分の机の上に広げた書類を眺めた。書類には捜査で判明した若い女の情報が記載されている。若い女は衛藤留美《るみ》といい、歳は二十三。勤務先のキャバクラでの源氏名はルミナで、美人ではないがノリと飲みっぷりのよさで、なかなかの売れっ子のようだ。

「キャバクラ嬢も立派な仕事だろ。近所の人の話じゃ、実家に金を入れて妹や弟の面倒も見てるそうだし、いい子じゃねえか。和泉には、もったいねえぐらいだ」

自分も机上の書類と写真に目を落とし、架川は返した。朝の捜査会議を終えて刑事たちは捜査に出払い、部屋に残っているのは架川たちだけだ。

「確かに。竹川も働き者のいい子で、和泉にぞっこんらしいですよ。二股《ふたまた》をかけられてるなんて知ったら」

「だから、そこを使うんだよ……よし。証拠は十分揃ったな。計画実行だ」

顎で机上の写真を指し、架川は告げた。そこには張り込み中に撮影した和泉の部屋を出入りする衛藤や、蒲田の路上を寄り添って歩く二人の姿などが写っている。

「じゃあやっと、『関係はねえが、使えるかも』の意味を教えてもらえるんですね。この五日間、何度訊いても『いいから付き合え』だったでしょう」

椅子を回転させて光輔が振り向き、架川も「ああ」と頷《うなず》いて隣を見た。

「ガサ入れ、つまり家宅捜索だ。ガサ入れには三種類あって、まずは令状なしで行い、犯罪の証拠が見つかったら現行犯逮捕するもの。二つ目は被疑者を逮捕済みの状態で、犯行の裏付けになる証拠品を押収するもの。そして三つ目は、被疑者は既に犯罪を認めているが、余罪がないかを確認するためのものだ。まあ、これぐらいはお前も知ってるだろうけどな」

「ええ」

光輔が即答し、架川はにやりと笑ってこう続けた。

「だが、今の三つはある意味建前《たてまえ》だ。捜査の現場、とくにマル暴じゃ、六種類のガサってのが常識だ」

「六種類？　どんなものなんですか？」

「まず、『ガチンコのガサ』。文字通り、証拠が出るか出ないか真剣勝負のガサ入れだ。次が『確証のあるガサ』で、捜査やエスからの情報で、違法薬物《ヤク》なり拳銃《チャカ》なりが、どこに隠してあるか把握した上で行う。三つ目は『情報収集用のガサ』で、暴力団の構成員が何かやらかして逮捕された後、事務所に入るガサだ。ヤバいものは処分済みなのは承知の上で、事務所の雰囲気や構成員のメンツなんかを確認する。四つ目は『体《てい》裁《さい》上のガサ』。何も見つからねえし、下手すりゃもぬけの殻だとわかっていても、構成員が逮捕されたとか、上層部《うえ》からの命令とかでやらざるを得ねえガサで、俺らも仕方なくやってた。五つ目は『嫌がらせのガサ』で、暴力団の抗争絡みのヤマが起きたがホシが出頭して来ない場合によくやった。百人近い捜査員をつぎ込んで、組事務所はもちろん、幹部やその女の自宅まで二十カ所以上に乗り込んで、派手に引っかき回すんだ」

「で、六つ目は？　それが、これからの計画に関係しているんでしょう？」

カンを働かせ、光輔が訊いてきた。再度「ああ」と頷き、架川は話を続けた。

「六つ目は『情報が漏洩《ろうえい》しているガサ』だ。暴力団側に何月何日の何時にガサ入れするとエス経由で伝えた上で、事務所に向かう。だが、それを知っているのはその暴力団の担当デカと、上層部《うえ》の人間だけだ。暴力団側に『ネタを流してもらった』と恩を売るのが目的だ」

「なるほど。ガサ入れもやくざ者が相手となると、駆け引きが必要なんですね。で、僕は何をすればいいんですか？」

当たり前と言った様子で訊いてきた光輔に架川は頼もしく思い、同時に数カ月前、服役中の光輔の父・優人と交わした言葉を思い出した。光輔のことを「どんな刑事ですか？」と訊く優人に対し架川は、「最高のデカで、僕の相棒です」と答えたのだ。

11

　その日の午後九時過ぎ。一人で張り込みをしていた架川は配送センターから和泉が出て来るのを確認し、セダンを降りた。

「お疲れさん。これからいつもの居酒屋で、竹川杏里さんと会うのか？」

　歩み寄って問い掛けると、和泉は立ち止まって振り返った。驚いた顔で何か言おうとしたので、先回りして告げた。

「お前、柳沢理人の件で隠し事をしてるだろ？　で、ちょろっと調べたところ、理人の件とは別の意外な事実が発覚してな……わかるだろ？　ルミナとの二股だよ」

　そう問いかけ、架川はジャケットのポケットから写真を出して突き出した。昼間、署の机で見ていたルミナと和泉が写っているものだ。

「ふざけんな！」

　うろたえながらも声を上げ、和泉は写真を引ったくろうとした。腕を上げ、架川がひょいと避《よ》けると、和泉は眼差《まなざ》しを鋭くしてわめいた。

「隠し事なんかしてねえよ！　なんだよ、その写真。プライバシーの侵害で――」

「御託を並べてるヒマはねえぞ。二股が竹川さんにバレた。俺の相棒が聞き込みで、ちょっと前に居酒屋の近くで竹川さんに声をかけたんだ。で、あれこれ聞いてるうちにお前の話になったら、『何かおかしい。浮気してるのかも』と言い出したそうだ。女のカンってやつだろ。いま相棒から『竹川さんは合鍵《あいかぎ》で和泉の部屋に入り、浮気の証拠を見つけると息巻いてる』と連絡があったよ。昨夜、部屋にはルミナが泊まっただろ？　一巻の終わりだな」

最後は息をついて沈痛な表情も作り、架川は写真をしまった。

「ふざけんな」

そう繰り返し、和泉は黒いダウンジャンパーのポケットからスマホを出して操作し、耳に当てた。竹川に電話をしているらしいが、漏れ聞こえて来たのは電源が入っていないか電波が届かない場所にいるというメッセージだ。電話を切り呆然《ぼうぜん》とスマホの画面を見ている和泉に、架川は言った。

「まあ、ごまかす手がねえ訳じゃねえけどな」

「えっ？」

和泉が振り向く。すかさず、架川は続けた。

「まず、俺が相棒に竹川さんをできるだけ引き留めさせる。で、その間にお前は部屋に戻って二股の証拠を隠滅するんだ。車なら、五分もあれば戻れるだろう。どうする？」

「車なら」と言う時には後方のセダンを指し、問いかける。間髪を容《い》れず、和泉は答えた。

「頼む、いや、お願いします！」

「ただし、条件がある。理人の件で隠してることを話すと約束しろ」

架川も間髪を容れずに告げると、和泉はぐっと黙った。しかし「わかった」と頷き、

「でも、ルミナの件をごまかしきれたらだからな」

と意地のように付け足して、強い目で架川を見た。

架川は光輔にＬＩＮＥし、竹川を引き留めるように伝えた。事前の打ち合わせ通り、光輔からは「やってみます」と返事が来たので架川はそれを和泉に見せ、二人でセダンに乗り込んだ。

アパートには五分足らずで着いたが、その間架川は「ルミナと竹川さんの一番大きな違いは、髪の色と長さだ。床はもちろん、風呂場《ふろば》や洗面所の排水口も徹底的に掃除してルミナの髪の毛を除去しろ」「部屋中引っかき回されるから、歯ブラシだの化粧品だのも処分しろよ。ゴミ箱の中身にも注意だ」等々指示し、和泉は真剣な顔で聞いていた。

和泉が自分の部屋に飛び込むのを見届け、架川はセダンを出した。少し離れた場所

にセダンを停めてアパートを見張っていると、二十分ほどで竹川がやって来た。険しい表情で、セダンの脇を走り抜けて行く。その姿がアパートの敷地の中に消えた直後、セダンの窓がノックされた。振り向くと、コートにスーツ姿の光輔が立っている。架川が助手席に移動し、光輔は運転席に乗り込んだ。

「お疲れ様です。和泉はごまかし通せるでしょうか」

「やるべきことは指示したし、何とかなるだろ。お前こそ、よく竹川を引き留められたな。鬼みてぇな顔してたぞ」

そう感心すると光輔はぐったりして息をつき、応《こた》えた。

「聞き込み中、さりげなく最近の和泉の行動について話したら、竹川はすぐに二股に気づいたんですよ。でもその第一声が、『相手の女は痩《や》せてるの？　望夢のやつ、私には俺はデブ専《せん》だ、もっと太っていいって言ってるクセに！』ですよ。思わず、『えっ、そこなの？』って突っ込みそうになりました」

話を聞き架川が声を立てて笑うと、光輔は「ああいうのが女心ってやつなんですか？　だったら、さっぱりわからないな」とぼやき、首を傾げた。

それから二時間後の午前零時前。アパートから竹川と和泉が出て来た。竹川の背中からはまだ怒りのオーラが感じられたが、和泉と並んで通りの奥に歩いて行った。三十分ほどして和泉が一人で戻り、セダンに歩み寄って来た。光輔がロックを解除する

と後部座席に乗り込み、真っ先に、

「なんとかごまかせました。ありがとうございます」

と言って頭を下げた。後ろを振り向き、架川は笑って返した。

「そりゃ何よりだ。だが、今はごまかせてもいずれバレるぞ」

「ええ。それはわかってるんですけど」

「とにかく、俺はやるべきことをやった。次はお前の番だ。柳沢理人に関する隠し事を全部話せ」

架川は表情を厳しくし、光輔も後ろに向き直った。和泉は観念したように「はい」と頷《うなず》き、話しだした。

「この間は理人とは普通の世間話しかしなかったって言ったけど、本当は俺の過去とか理人の夢とか、深い話もしてました。で、事故の三ヵ月ぐらい前に飲みに行った時、理人に悩みを打ち明けられたんです。『研究室の教授とトラブってる』って」

「トラブってるって、どんな風に？」

光輔が問い、和泉は「俺も同じことを訊《き》きました」と返してこう続けた。

「教授——平賀って女の人らしいんですけど、研究の進め方で意見が食い違ったそうです。教授は立派な学者だし尊敬もしてるけど、理人は自分の意見を曲げなかった。そうしたら教授の態度が急変して、理人の研究や論文にしつこくダメ出しをしたり、裏で理人の悪口を言いまくったりしたらしいんです。その上、就職するつもりだった会社から『考え直させて欲しい』って言われたって」

「なんだそりゃ。ただの腹いせ、嫌がらせじゃねえか」

架川は声を上げ、光輔はクールに、

「今の話が事実ならアカデミックハラスメント、通称・アカハラですね。大学などの教育機関で優位な立場にいる者が、権力を乱用したり学生や職員に不適切な言動を取ることをいいます」

と解説した。身を乗り出し、架川は問うた。

「理人はそのことを、大学の他の教員や仲間に相談しなかったのか？」

「それも俺、訊きました。『そんな研究室、辞めちまえ』『訴えてやれ』とも言ったんだけど、『それをやったら他の会社への就職もできなくなるし、大学の中での居場所がなくなる』『仲間に迷惑をかけたくない』って言い張って。その後もみんなの前では元気に振る舞ってたけど、俺と二人になると虚《うつ》ろな顔で全然喋《しゃべ》らなくなっていました。ヤバいなと思ってた矢先に、あの事故が起きて」

そこまで話して言葉に詰まり、和泉は俯《うつむ》いた。

やっぱり、理人の死は訳ありか。そう確信し、架川は光輔と目《め》配《くば》せをし合ってから改めて和泉に問うた。

「わかった。だが、なんで隠してたんだ？」

「理人と『誰にも話さない』って約束したんです。それと俺、昔いろいろあったし、警察は好きじゃなくて」

そういうことか。納得し、同時に架川の胸に平賀映子への怒りが湧いた。気配を察知したのか光輔は架川に、

「とにかく裏を取りましょう」

と告げた。

12

「アカハラ？　この私が？」

話を聞き終えるなり問いかけ、映子は向かいに座る架川と隣の光輔を見た。

「あり得ません。私は暁天大学のハラスメント対策委員会の役員ですよ。大学内にハラスメント相談室を開設したのも私です」

「知っています。しかし、柳沢理人さんから被害の相談を受けていた人がいるんです」

光輔が返すと、映子は冷静かつ早口で、

「それは誰ですか？」

と訊いてきた。「お答えできません」と光輔は即答し、映子は嫌みのニュアンスを漂わせ、「でしょうね」と言って顔を背けた。架川は胸の前で腕を組み、その横顔を見つめた。ここは桜町中央署刑事課内の打ち合わせ用のスペースで、楕円《だえん》形の白いテーブルと椅子が置かれている。時刻は正午過ぎだ。

昨夜はあのあと和泉を解放し、署に戻って矢上にいきさつを報告した。「映子を聴取したい」と申し出ると、矢上は「あくまでもマルガイの家族として接すること」を条件に承諾した。

「理人さんと、研究の進め方で意見の食い違いがあったのは認めるんですか？」

口を開いた架川を、映子が見た。平賀譲と同じ切れ長の大きな目が、架川の顔とチャコールグレーに赤いピンストライプのダブルスーツを捉える。そして頷き、「ええ」と答えた。

「専門的な話になるので詳細は省《はぶ》きますが、研究内容に対して柳沢くんの知識とスキルが不足していると判断して、その旨を伝えたんです。しかし彼は私の助言を無視して、研究を続けました。その後提出されたレポートや論文には、明らかに誤りや問題点が増えた。結果、柳沢くんへの苦言や注文も増えたということです」

無表情に話を聞いた後、架川も顔を背けて「物は言いようだな」と言った。「架川さん」と、光輔が咎《とが》めるように腕を突《つつ》いてきて、自分の席から不安げにこちらを見る矢上の視線も感じた。一方映子は動じず、架川をまっすぐに見て訊いてきた。

「柳沢くんから被害の相談を受けた人がいるとおっしゃいましたが、他に私がアカハラを行ったという証言、あるいは証拠があるんですか？」

「確認中です」

光輔の答えに映子は、

「では、確認が取れたら呼んで下さい」

と切り返して隣の椅子に置いたバッグを摑《つか》み、立ち上がった。引き留めようと光輔も立ち上がると、映子はこう続けた。

「『至急お話を伺いたい』と言われたから、息子の事件で何かわかったのかとインタビューをキャンセルして来たのに。事件が起きてから、もう二週間以上経つんですよ？――とにかく、以後こういうことはやめて下さい。さもないと夫に相談の上、しかるべき措置《そち》をとらせていただきます」

「これまでも、その手で都合の悪いことから逃げてきたんじゃねえのか？」

挑発の意図を込めて告げ、架川は映子を見上げた。すると映子は怒りを露《あら》わにした表情で何か返そうとした。と、慌ただしい足音とともに矢上がテーブルに近づいて来た。

「平賀先生。わざわざご足労いただき、ありがとうございました。息子さんの事件は全力で捜査しておりますし、お言葉もしかと受け止めましたので……架川くん、蓮見くん。梅林くんが話があるって」

前半は神妙な顔で映子に向かって、後半は「もうやめろ」と命じるような強い目で架川たちを見て言う。矢上に続き、刑事課主任の梅林昌治が近づいて来た。

「暁天大学で聞き込みしているが、今のところアカハラの事実は確認できない」

囁《ささや》き声での報告だったが架川と光輔の反応から状況を察したらしく、映子は表情を冷ややかなものに変えた。そして、「私と夫は一刻も早い犯人逮捕を望むだけです」と告げ、ヒールの音を響かせて部屋を出て行った。

「架川くん、頼むよ。マルガイの家族として接するって約束したじゃない」

たちまち矢上が騒ぎだしたが無視し、架川は梅林に訊《たず》ねた。

「柳沢美佳子の方はどうだ？　和泉望夢の証言を受けて、野本《のもと》たちが聴取に行ってるんだろ？」

野本滋《しげる》巡査部長も刑事課の一員で、光輔に続く若手の二十九歳だ。頷《うなず》き、梅林は答えた。

「ええ。しかし『理人からアカハラを受けているという話は聞いたことがない』『平賀先生のことは、学者としても人としても尊敬していた』と言っているそうです」

「どうだかな」

そう呟《つぶや》いて架川が鼻を鳴らすと、梅林は言った。

「美佳子の証言は虚偽で、平賀譲殺しに関わっているというんですか？　しかし美佳子は事件当夜、配送センターに勤務していたんでしょう？　センター内の防犯カメラで裏も取れたと聞いているし、アリバイは完璧《かんぺき》じゃないですか……だろ？」

同意を求めるように、梅林は光輔を見た。当然「ええ」と返すと思い、架川も光輔を見た。しかし無言。どこを見ているのかはわからないが、異様に光の強い目をまっすぐ前に向けて突っ立っている。

いつものあれか。そう悟り、架川は怪訝《けげん》そうな梅林たちに静かにしているようにジェスチャーで告げた。と、光輔の目の焦点が合い、こちらを振り返った。

「ご迷惑をおかけしました。捜査に戻ります」

早口でそう告げて矢上に一礼し、光輔は廊下を階段の方に歩きだした。啞然《あぜん》としている矢上たちを残し、架川も後に続いた。問いかけようとした刹那《せつな》、先に光輔が言った。

「架川さんは暁天大学に行くんでしょう？　僕にも行きたいところがあるので、別行動でいいですか？」

一瞬戸惑った架川だが、「ああ」と返す。すると光輔は「では」と行って小走りに階段に向かった。

13

光輔のスマホが鳴りだしたのは、署の駐車場に下りてセダンに乗り込んだ時だった。画面に表示された発信元は「公衆電話」。迷わず、光輔は電話に出た。

「はい」

「春蘭市の『えはら』というラーメン屋に電話して下さい」

聞き覚えのない若い女の声が、そう告げる。何かを読み上げているような口調にピンと来て、光輔が「わかりました」と返すと電話は切れた。すぐに言われた店名をスマホで検索し、春蘭市の外れにあるラーメン店だと確認してセダンを出した。

署から五キロほど離れた駅のロータリーにセダンを停め、構内の隅に設置された公衆電話に歩み寄った。受話器を持ち上げて投入口に硬貨を多めに入れ、ラーメン店の番号をプッシュした。数回呼び出し音が鳴った後、年配の男が応《こた》えた。

「えはらです」

「すみません。大田原という客を呼んでもらえますか？」

「はいよ……お客さん。あんた、大田原さん？」

受話器を顔から離して訊ねる声が聞こえ、「ええ。すみません」と恐縮した様子で答える羽村の声もした。ごそごそという気配があり、羽村が電話に出た。

「直人か？」

「うん。そこの番号を報《しら》せてきた女は？」

警戒を覚え、まず問い返した。羽村が言う。

「安心しろ。足の付かない人間だ。でも、春蘭市にピンク電話を置いてる店が見つからなくて苦労したよ」

「だろうね」と笑った後、光輔はさらに問うた。

「休暇は今日までだよね？　何かわかった？」

「リストアップした歌川涼牙の関係者を訪ねた。全員に会えた訳じゃないが、涼牙が今どこで何をしているのか知っている者はいなかった。十年前の窃盗事件のあと数人の仲間に、『金を貸してくれ』『匿《かくま》ってくれ』と連絡があったが、みんな断ったそうだ」

「地元を離れたのかも。だとすると、見つけるのは大変だね。手がかりはない？」

俯《うつむ》いて投入口に硬貨を追加しながら訊《き》いた。防犯カメラの位置はあらかじめ確認し、背中を向けている。

「手がかりと言えるかどうかはわからないけど」と前置きした上で、羽村は答えた。

「涼牙がグレた理由は、やっていない犯罪を警察に『どうせお前の仕業だろ』と決めつけられたのも大きいようだ」

「警察に不信感を持っていたってことだね」

「ああ。しかし苦労の甲斐《かい》あって、涼牙は優人さんには心を開き始めていたらしい。仲間の一人に、『俺の言い分を真面目に聞いて、信じてくれる。ああいうデカもいるんだな』と話していたそうだ」

「とか言って、工事現場からケーブルやら工具やら盗んでたクセに。それに、窃盗罪の公訴時効が七年だって、知らない訳ないよね？　十年経っても隠れてるってことは、他にもいろいろやらかしてるんだろうね」

　つい突っ込むと、羽村は苦笑して話を変えた。

「それと、例の長野県警から払下げられた土地。確かにキャンプ場になってたけど、シーズンオフで中には入れなかった。外から覗《のぞ》いたりネットで調べたりした限り、ごく普通。ただし八月に音楽フェスがあるからな。一万人近く来場する上に、飲み食いしたりグッズを買ったりするだろ？　聞き込みもしたが、フェスの三日間だけで英都地所は十分儲《もう》けてるそうだ」

「となると、十年前の払下げとその後の土地の動きがますます怪しくなってきたね。ところで、コフレと信濃一家の動きはどう？」

「近づかないようにしてきたけど、とくに変わりはなさそうだ。とにかく、こっちを発《た》つぎりぎりまで調べ続けるよ」

「わかった。気をつけて」

そう告げて電話を切ろうとすると、羽村も言った。

「お前こそ気をつけろよ。このまえ俺が聞いた、有働と定村の噂。近々、やつらは必ず動くぞ」

「だね。じゃあ」

「ああ。また連絡する」

羽村が応え、電話は切れた。光輔も受話器を置き、セダンに戻った。敵側が動けば、有働と定村の関係も明らかになる。そう確信し、闘志が湧くのと同時に妙な胸騒ぎも覚えた。

だが、今は平賀譲の事件に集中だ。そう自分を戒めると、さっき署で梅林の美佳子についての発言を聞いた時に閃《ひらめ》き、導きだされた仮説が頭に蘇《よみがえ》った。

「よし」

はやる気持ちを抑え、光輔はシートベルトを締めてセダンのエンジンをかけた。

14

暁天大学に着き、架川は駐車場にセダンを停めた。キャンパスを進み、大学院の人工知能研究センターに向かった。三階の平賀研究室を訪ねると無人だったので、いくつかの教室を覗いてみたが、講義を受ける学生の中に目当ての顔は見つからなかった。

人工知能研究センターを出て、架川はキャンパス内を歩き回った。途中、職員らしき男女に聞き込みをしている桜町中央署刑事課係長の鳥越国明の姿を見かけたが、声をかけずに通り過ぎた。

目当ての顔を見つけたのは、二十分後。キャンパスの隅にある体育館の裏だった。日当たりの悪い寒い場所に置かれたベンチに男が三人と女が二人、肩を寄せ合うようにして座っている。前回平賀研究室を訪ねた時に会ったメンバーだ。

「よう。捜したぞ」

そう言って架川が歩み寄ると、五人ははっとして振り返った。手前に座った背の高い痩《や》せた男が応える。

「アカハラのことなら、さっき別の刑事さんに話しましたよ。初耳だし、誰も被害に遭ってないって」

「らしいな。だが、柳沢理人くんは大学外の友人に、平賀教授に研究や論文にしつこくダメ出しをされたり、悪口を言われて就職の話がチャラになったりしたと打ち明けていた」

「でも私たちには何も言わなかったし、普通にしていました」

「本当です。驚いたけど、平賀先生は私たちには優しいし、丁寧に指導してくれます」身を乗り出して訴えたのは、女二人。そのうちの一人は、前回と同じ黒いカーディガンの上に淡い水色のコートを着ている。

「そうか」と返し、架川はベンチの前に立った。そして五人を見下ろし、こう告げた。

「友人は理人くんに、研究室を辞めて被害を訴えろと勧めたそうだ。しかし理人くんは、『他の会社への就職もできなくなるし、大学の中での居場所がなくなる』と断った。それがどんなに不安で辛《つら》いことか、お前らならわかるだろう？」

「わかります。でも、私たちは本当にアカハラなんてされてないし、何も知らないんです」

　黒いカーディガンの女が、細い声で返した。その白く小さな手は、隣に座るもう一人の女の腕をしっかり摑《つか》んでいる。続いて男三人のうちの一人が、そっぽを向いてぼそりと言った。

「それに正直、関係ないし。巻き込まれたくないっていうか」

「だろうな。だが理人くんは友人の勧めに対して、『仲間に迷惑をかけたくない』とも答えたそうだ。被害を打ち明けたり助けを求めたりしたら、お前らも自分と同じ目に遭うかもしれないと考えたんだろう。だから一人で悩んで苦しんで、ぎりぎりの状態になってもお前らには何も言わず、明るく振る舞っていたんだ」

落ち着きつつも強い口調で告げ、五人の顔を見渡した。すると、男三人の中のずっと黙っていた一人が架川を見上げて問うた。

「理人は自殺したんですか？」

「俺はそう考えている」

架川の言葉に、五人は黙った。呆然《ぼうぜん》とする者もいれば、俯いて肩を震わせだす者もいる。それを見下ろし、架川は続けた。

「このまえ俺と相棒は、平賀教授の息子が殺された件で研究室を訪ねた。するとわざわざお前らの方から、理人くんのことを話した。あれはお前らなりのＳＯＳじゃなかったのか？　理人くんの死の真相を知りたい、明らかにして欲しいと思っていたんだろう？」

「明らかにしてくれるんですか？」

顔を上げ、訊《たず》ねたのは痩せた背の高い男だ。その目を見返し、架川は答えた。

「する。それだけじゃなく、お前らを護《まも》ると約束する」

「僕は平賀教授に、希望とは違う研究テーマを選ぶように強要されました」

すっくとベンチから立ち上がり、痩せた背の高い男が言った。緊張と焦りで上手《うま》く呂律《ろれつ》が回っていないが、目は架川からそらさない。と、それにつられたように先ほどまでずっと黙っていた男も立ち上がった。

「僕は、自分が考えたアイデアを無断で平賀教授の論文に使われました」

「私は提出した論文を『レベルが低すぎる』と言われて、目の前でゴミ箱に棄てられました」

　隣の女の手を借りて立ち上がり、涙ぐみながらそう訴えたのは、黒いカーディガンの女だ。

「わかった。後は任せろ」

　力強く架川が返すと、五人は頷《うなず》いた。しかしその目には強い不安と恐れの色が浮かんでおり、架川は改めて映子に怒りを覚え、使命感も湧いた。

　架川は直ちにスマホで鳥越に連絡し、体育館裏に呼んでいきさつを説明した。架川が見守る中、鳥越は改めて五人の学生たちから話を聞いた。

「柳沢理人の事故は、自殺の可能性が高いということか。だとすると、平賀譲を殺害する動機のある女が一人増えるな」

　話を聞き終えると五人から離れた場所に架川と移動し、鳥越は言った。頷き、架川は返した。

「柳沢美佳子ですね。なぜ映子ではなく息子を狙ったのかが不可解ですが、映子には隙がなかったか、あるいは」

「それより、美佳子のアリバイだ。配送センターの防犯カメラの映像と同僚たちの証言があるし、犯行は不可能だぞ」

「その通りなんですが、蓮見が」

そう言いかけた時、コートのポケットの中でスマホが振動した。取り出して画面を見ると、光輔からだ。

「おう。ちょうどよかった。今どこだ？」

「暁天大学に着いたところです」

「なおちょうどいい。すぐに体育館裏に来い。キャンパスの裏門の脇だ」

電話を切ると、光輔は本当にすぐにやって来た。ダッシュして来たのか、呼吸を少し荒くしながらベンチの五人に目をやり、架川からいきさつを聞いた。そして聞き終えるなり、こう言った。

「美佳子のアリバイなら、崩れました」

「なに⁉」

鳥越が声を上げ、驚いて振り向いた五人には架川が「大丈夫だ」と応《こた》えた。「どういう意味だ？」と身を乗り出して問う鳥越に向き直り、光輔は話を始めた。

「さっき署で別れた後、僕はピジョン運輸の東京南部配送センターに行ったんです。で、竹川杏里を呼び出して訊ねた。『和泉の二股《ふたまた》疑惑についての真相を知りたくないか？』と」

「何だと!?」

今度は架川が声を上げ、また五人が振り向く。構わず、光輔は続けた。

「竹川は『知りたい』と答えたので、僕は『じゃあ一月十一日の夜、柳沢美佳子さんの本当の勤務状態はどうだったか話して』と持ちかけました。あの夜、竹川もシフトに入っていたのは事前に調べていたので」

光輔が言葉を切ったので、架川は口を開こうとした。しかし鳥越がそれを制し、

「それで？」と話の先を促した。

「僕と架川さんが聞き込みした時、配送センターの同僚たちは一月十一日の夜、美佳子は午後九時から翌日の午前二時まで勤務していたと認めました。しかし実際には美佳子は午後十時過ぎに、『昨夜理人の夢を見て、事故現場に会いに来てと頼まれた』と言って泣きだし、竹川ほか数名の従業員が慰めても『どうしても今日行かないとダメな気がする』と言い張ったそうです。そして慰めていた従業員の中にそのあと大岡山付近を往復するトラックのドライバーがいたため、『私をトラックの荷台に乗せて、大岡山の近くで降ろしてくれない？　で、私は事故現場に行って手を合わせるから、帰り道で拾って』と言いだしたそうです。頼まれたドライバーも理人のことを可愛がっていたので断れず、竹川や他の従業員も美佳子に『会社には内緒にして』と懇願さ

れ、聞き入れてしまった。大岡山からマルガイが殺害された現場までは、三キロ足らず。美佳子は事前にマルガイが毎晩何時頃に帰宅するかを調べ、トラックを降りたあとタクシーで現場に移動して待ち伏せしていたと思われます。すると午前零時前にマルガイが現れたので跡を付け、あらかじめ用意していたハンマーで後頭部と両膝裏《ひざうら》を殴打して転倒させ、包丁で背中を刺して殺害した。そして再びタクシーで大岡山に向かい、トラックで配送センターに戻って仕事を続けたんでしょう」

光輔は淡々と説明したが架川は竹川の件も併せて混乱し、状況が飲み込めない。一方鳥越は納得した様子で、

「配送センターに設置された防犯カメラは、玄関と駐車場の外だけだ。確かにトラックの荷台に乗れば、バレずに出入りできる。時系列的な辻褄《つじつま》は合っているし、竹川がゲロしたのなら、ドライバー他の従業員も美佳子に協力したと認めるだろう。だが、あくまでも状況証拠だ。問題は美佳子が何と言うかだな」

と返して難しい顔をした。すると、光輔はあっさりと言った。

「それなら大丈夫です。さっき野本さんに連絡してアリバイが崩れたことを、美佳子に伝えてもらいました。その上で署への任意同行を求めたところ、『応じるし、真相を話してもいい』と答えたそうです」

「本当か？」

「ええ。ただし条件付きで、『取り調べの席に平賀映子を同席させること』だそうです」

15

　連絡を受けた映子は、夫の憲吾を伴って桜町中央署に戻って来た。二人は出迎えた矢上とともに署の三階の廊下を進み、光輔は架川と後に続いた。

「本当に、取り調べに同席していただけるんですか？」

　気遣うように矢上が問うと、映子はきっぱりと答えた。

「はい。息子が亡くなった理由が明らかになるなら」

「私も同席させて下さい」

　映子の隣を歩く憲吾が言う。小柄だが仕立てのいいスーツを着て、ジャケットの襟には弁護士バッジが光っている。進み出て、光輔は返した。

「申し訳ありませんが、無理です。被疑者は映子さん以外の者が同席したら、何も話さないと言っています。映子さんの身の安全は、僕らが保証しますので」

「しかし」と反論しようとした憲吾だったが、映子に「大丈夫」と返され仕方なく口をつぐんだ。安堵《あんど》して、光輔は廊下を歩き続けた。背中に架川の射るような視線を感じたが、構わず廊下を進み、奥の取調室の前まで行った。矢上は「頼んだよ」と言うように光輔と架川を見てから憲吾に「こちらでお待ちください」と告げ、二人で応接室に向かった。

光輔は、映子、架川とともに取調室に入った。中央にスチール製の机が置かれ、奥の椅子には美佳子が座っている。机の向かい側に映子が着き、光輔はその脇に立った。架川は美佳子の脇に立つ。所持品検査はしたが任意の聴取なので、美佳子に手錠や腰《こし》紐《ひも》などは装着していない。

「平賀映子さんをお連れしました。これでいいんですね？」

美佳子に問いかけ、光輔は取り調べを始めた。「ええ」と美佳子が答える。その目は映子に向き、映子も美佳子を見ているが、どちらも無表情だ。二人には十六の年齢差があるが、映子の方が遥《はる》かに若々しく感じられる。

「では、答えて下さい。平賀譲さんを殺害したのは、あなたですか？」

「はい」

美佳子が即答し、映子は顔を強《こわ》ばらせて目を見開いた。光輔は質問を続けた。

「どうやって？　順を追って説明して下さい」

「ここに来た時、蓮見さんが推測を話してくれたでしょう？　その通りですよ」

「あなたの口から聞く必要があります。話しなさい」

犯行を認め美佳子は殺人の被疑者となったので、光輔は態度を変えた。取調室の壁にはマジックミラーとマイクが設置されており、光輔たちのやり取りは矢上や鳥越が隣室でモニタリングしているはずだ。今ごろ誰かが、美佳子の逮捕状を取りに向かっただろう。

「そうですか」と呟《つぶや》くように返し、美佳子は話しだした。確かにその犯行の手口は、竹川の証言と光輔の推測通りだった。

「なぜ、そんなむごいことを。譲があなたに何かしたの？」

淡々と話し終えた美佳子に、映子が問うた。机上に両手を載せて身を乗り出し、さっきまでとは別人のように取り乱している。一方美佳子は淡々とした口調を崩さず、首を横に振って答えた。

「いいえ。したのは、あなた」

驚いて何か言い返そうとした映子を遮り、美佳子は続けた。

「理人は遺書を遺《のこ》さなかったと言ったけど、本当はあったの。そこに、あなたにされたことが全部書いてあったわ。理人が自分の言いなりにならなかったから研究を妨害して、就職までダメにしたんですってね」

「ウソよ。言いがかりだわ！」

顔を険しくして語気も荒らげ、映子が立ち上がった。すると、架川が口を開いた。

「改めて話を聞いたら、複数の学生があんたからのアカハラ被害を認めた。もう『言いがかり』は通用しねえぞ」

「学生って誰？　答えなさい」

さらに顔を険しくし、映子は命じた。さっきの平賀研究室の五人は署に戻る光輔たちのセダンに乗ってもらい、いま他の刑事が調書を作るための話を聞いている。

「息子の話を聞きに来たんじゃねえのか？　それとも、アカハラの方が気になるか？」

架川に鋭く問い返され、映子は口をつぐんだ。その内心の動揺が露《あら》わになった顔を見つめ、美佳子は再び話しだした。

「私もね、本当は理人がされたことをみんなに訴えたかった。でも、理人に止められたの。遺書には『地位と夫の力を使って、平賀先生はしたことをもみ消そうとするし、大学もそれに逆らえないだろう。訴えたところで、お母さんが傷つくだけだ。だから何もしないで。結局は、僕が自分に負けたってことだよ。楽をさせるって約束を果たせずにごめん。これまで、ありがとう。さようなら』と書いてあったわ……一番近くにいて、ずっと二人で生きてきたのに、理人の苦しみに気づいてやれなかった。それなのに理人は、自分が死んだ後の私のことまで気遣ってくれた」

話を続けるほどに、美佳子の声は大きく早口になり、映子に向けられた眼差《まなざ》しも力が増していった。その勢いに圧《お》されて映子は押し黙り、光輔と架川は二人を見守った。

「泣いて泣いて自分を責めて。いっそ私も死のうかと思った矢先に、気がついたの。理人は自分が死んだ後の私を気遣ってくれた。それなら、私にもこれから理人のためにできることがあるんじゃない？　って。それで、あなたを調べたの」

「じゃあなぜ、譲を殺したの？　柳沢くんが死んだのは、私のせいだと思ってるんでしょ？　だったら私を殺せばよかったじゃない！」

怒りと戸惑いの入り交じった顔で、映子は叫んだ。美佳子に詰め寄ろうとしたので、光輔が肩を押さえて止める。

ふっ、と鼻を鳴らす音がした。映子が動きを止めて向かいを見て、光輔と架川も同じ方を見た。口の端を上げて蔑《さげす》むように、美佳子は笑っていた。

「あなたを殺して、それが何になるの？　一瞬痛い思いをしてお終《しま》いでしょ。私はあなたに、自分と同じ想いを味わわせてやりたかったの。息子が突然消えて、二度と戻って来ないっていう苦しみと悲しみをね。被害者面《づら》してるけど、あなたは立派な加害者よ。あなたさえいなきゃ、理人は死ななかった！」

最後は美佳子も席を立ち、映子を睨《にら》み付けて叫ぶ。その目からは、どっと涙がこぼれた。

「ひどい。そんな。ひどすぎる」

悲鳴めいた声を上げて椅子に崩れ落ち、映子も泣きだした。胸の内をさらけ出したからか、美佳子は涙を流し続けながらも呆然《ぼうぜん》としている。その横顔を見下ろし、架川は言った。

「平賀に同じ想いを味わわせて、言いたいことも言って、気が済んだか？ あんたの苦しみと悲しみは消えたのか？」

目を伏せて躊躇《ちゅうちょ》するように黙ってから、美佳子はふるふると首を横に振った。するとさらに架川は言った。

「そうだろう。憎しみが生むのは、さらなる憎しみと苦しみだけだ。それに、あんたがしたことを理人くんは望んだと思うか？」

顔を上げ、何か答えようとした美佳子だが言葉が出て来ない。その顔を見返し、架川は口調を少し和らげて告げた。

「答えはこれから考えろ。時間はたっぷりあるはずだ」

無言のまま、微《かす》かにだが、美佳子は頷《うなず》いた。二つの目からは、まだ涙が流れ続けていた。憎しみが生むのは、さらなる憎しみと苦しみだけだ。光輔の頭の中で、架川の言葉が繰り返された。架川が、厳しいが何か言いたげな顔で自分を見ているのもわかる。

と、ドアが開いて野本と梅林が取調室に入って来た。机に突っ伏して泣き続けている映子に声をかけ、外に連れ出す。

「今後について、矢上さんが話したいそうだ」

梅林が光輔に囁《ささや》き、架川にも目《め》配《くば》せをした。美佳子を梅林に託し、光輔たちも取調室を出た。

「映子はどうなるんだ？　さっきの五人の今後も併せて、気になる」

並んで歩きながら、架川が訊《き》いてきた。

「アカハラは犯罪ではないので、基本的に警察は介入できません。しかしマスコミも騒ぐでしょうし、映子が今の地位を失うのは間違いないですね。さっきの五人についてはアカハラの告発者というだけでなく、事件の捜査協力者です。プライバシーの保護や今後の学生生活に支障が出ないよう大学側に要請することは、十分可能でしょう」

淀《よど》みなく答えると、架川は安堵《あんど》したように「そうか」と呟いて両手をスラックスのポケットに入れた。

「いつものお前の閃《ひらめ》きがあったのは、梅林が美佳子のアリバイは完璧《かんぺき》と言ったからか？」

「ええ。配送センターに聞き込みに行った時、僕は平賀譲殺害事件発生時の美佳子の勤務状況について灰野に訊いたでしょう？　で、灰野は答え、ベルトコンベアの前にいた美佳子の同僚たちに『だよね？』と確認した。その時、女の一人が一瞬顔を強ばらせたんです。まずそのシーンが頭に浮かび、続いて理人の死は事故だったと頑《かたく》なに主張していた美佳子の言葉が蘇《よみがえ》りました。ああ、あと竹川が美佳子と同じ勤務シフトだったと思い出したのも大きかったな」

すると架川はたちまち表情を険しくし、ポケットから手を出して光輔に向き直った。

「美佳子のアリバイ崩しと引き換えに、竹川に和泉の二股《ふたまた》をバラしたんだな？　どういうつもりだ。和泉との約束を破ったことになるんだぞ」

すごむように顔を覗《のぞ》き込まれたが予想通りの展開なので、光輔は動じずに返した。

「『俺らはコロシの捜査をしてるんだ。細かいことを気にしていられるか』『イレギュラーなことをしても、結果オーライなのが警察って組織なんだよ』……どっちも架川さんの台詞《せりふ》ですよ。加えて昨夜和泉には、『今はごまかせてもいずれバレるぞ』とも言った」

「俺を出汁《だし》にして、自分の行いを正当化するつもりか？　そうやって俺を利用するつもりで、お前は俺の『表と裏の相棒』になったのか？」

真顔で問いかけられ、光輔はとっさに答えられない。その通りだからだ。

去年の秋。架川から、なりすましを黙っていてやる代わりに自分がマル暴に戻るための点数稼ぎに協力しろと持ちかけられた時、光輔は「あんたが俺を利用するつもりなら、俺もあんたを利用してやる」と考え、「わかりました。やりましょう」と承諾したのだ。

何か答えなくては。光輔が焦りを覚えた時、ジャケットのポケットの中でスマホが振動した。取り出して見ると、画面には羽村の電話番号が表示されている。直接電話をかけてくるなど、ただ事ではない。

時刻は午後五時前だが、ここは刑事課の奥まった場所なので他に人気はなかった。光輔は廊下の隅に移動しながら「もしもし？」と電話に出た。

「直人。落ち着いて聞けよ。たった今、架川さんに逮捕状が出た」

「逮捕状⁉」

思わず声を上げ、光輔は後ろを振り返った。異変に気づき、架川が歩み寄って来て光輔のスマホに耳を寄せた。切羽詰まった声で「そうだ」と答え、羽村は続けた。

「罪状は情報漏洩《ろうえい》。数時間前に本庁の組対五課が、和泉望夢という男を違法薬物所持で逮捕《アゲ》したんだ。和泉は違法薬物《ヤク》の売人で、組対五課はやつの女の竹川杏里をエスにして探らせてた」

「なに⁉　そんなバカな」

驚いて声を上げかけた架川をジェスチャーで止め、光輔は「で？」と羽村に話の先を促した。

「和泉曰《いわ》く、『桜町中央署の架川という刑事に、お前は組対の捜査対象になっている。柳沢理人の件を話せば、逃れる方法を教えてやると言われた』そうだ。で、『言われた通りにしたら、竹川は組対のエスで、浮気調査を装ってお前の部屋をガサ入れし、ヤクを見つけてデカを呼ぶ計画だと教えてくれた。だから自宅からヤクを持ち出し、新たな隠し場所を探してた』とゲロしたんだ。いま、五階は大騒ぎになってるぞ」

トイレかどこかに隠れて電話しているらしく、羽村の声は少し籠《こ》もっている。組対は本庁本部庁舎の五階にあり、職員の中には組対を指して「五階」と言う者も多い。

「貸せ」

そう言って、架川が光輔の手からスマホを取ろうとした。スマホを下ろして身を引いて避《よ》け、光輔は架川を見上げた。

「和泉が売人というのも、竹川がエスというのも当然でっち上げです。嵌《は》められたんですよ」

そう告げながらも、頭の中には二人の男の顔が浮かぶ。有働弘樹と定村修斗だ。取り乱した様子で、架川は返した。

「嵌められたって、本庁の連中にか？　これは優人さんの事件絡みなのか？」

「とにかく逃げて下さい。連中はどんな反論も通じない状況をつくった上で、逮捕状《フダ》を取ったはずです。アゲられたらお終いだ。今後どうするかは羽村さんと考えますが、少しでも時間を稼ぎたい」

自らも取り乱しながらも必死に頭を働かせ、光輔は訴えた。それでも架川は「いや、

しかし」と動かない。その時、

「二人とも、何やってんの？　さっきから待ってるのに」

と、矢上の声がした。架川の逮捕状の件はまだ報《しら》されていないらしく、いつもの様子で廊下の手前から近づいて来る。

「架川さん、行って。早く！」

潜めた声で言い、光輔は架川のダブルスーツの肩を強く押した。すると弾《はじ》かれたように身を翻し、架川は廊下の奥に走りだした。そして突き当たりの非常口のドアを開け、外の階段に飛び出した。

「えっ。なに？」

矢上の驚いたような声が耳に届くのと、非常口のドアがばたんと閉じるのが同時だった。光輔は素早くスマホの通話終了ボタンを押し、笑顔をつくって振り返った。

「どうしたんでしょうね。僕も何がなんだか。でも、架川さんのことだから――」

「課長！」

矢上の後を追い、鳥越が廊下を走って来た。その深刻な声と表情に、光輔は鳥越が矢上に何を伝えるつもりかを察知した。光輔の数メートル手前で足を止め、矢上は振り返った。追い付いた鳥越は、矢上の耳に早口で囁き始める。それを見て光輔は激しい動悸《どうき》と緊張を感じながら、覚悟を決めた。

第三話　最終決戦——刑事《デカ》ふたり

1

やられた。取調室を出ると、蓮見光輔は心の中でそう呟《つぶや》いた。廊下を歩きだしたが刑事課の部屋の前を素通りし、隅の休憩スペースに入る。ベンチに腰かけたとたんに力が抜けて、どっと疲れた。

架川英児への逮捕状発令が桜町中央署刑事課に報された直後、本庁から薬物と銃器に関わる事件の専門セクション・組織犯罪対策部組織犯罪対策第五課の捜査員と、警視庁職員の違法・規律違反行為の取り締まりのスペシャリスト・警務部人事第一課監察係の監察官たちが乗り込んで来た。そして架川の机やロッカーなどの捜索と、刑事課の刑事たちへの聴取を始めた。真っ先に取調室に呼ばれたのは、架川の相棒である光輔だ。

捜査員と監察官に囲まれ、平賀譲殺害事件と和泉望夢、竹川杏里への接触のいきさつ、それに伴う架川の言動、そして彼の逃亡について訊《き》かれた。聴取は二時間以上続いたが、光輔は「知りません」「わかりません」とシラを切り通し、逆に多くの情報を得た。

和泉はピジョン運輸に就職する前、中野《なかの》区にあった訪問買取業者で働いていた。そしてこの業者が行っていたのが、いわゆる「押し買い」だ。高齢者や独り暮らしの女性などの自宅を訪ね、アクセサリーや、着物、メガネ、金歯等の物品を言葉巧みに、また時には脅迫めいた態度も取り、極端な安値で買い取って持ち去る。

押し買いは、契約から八日以内なら売買契約を解約できるクーリングオフ制度が適用されないという法の盲点を突いた手口だ。結果被害者が急増し、二〇一二年の法改正で押し買いにもクーリングオフ制度が適用されるようになった。

それでも押し買いを行う業者は後を絶たず、和泉も認知症の高齢者などから指輪や腕時計等をただ同然で買い取っていた。その業者は後に摘発されたが和泉は正規の社員ではなかったため、警察の捜査の手は及んでいなかった。

そしていち早く和泉の過去を調べ、利用したのが有働弘樹だ。定村に架川を見張らせ、架川が和泉を使ってしたことを知るのと同時に、彼を陥れる術《すべ》を思いついたのだろう。和泉には「言うとおりにすれば押し買いの件は見逃し、違法薬物所持についても微罪で済ませてやる」、竹川には「和泉を助けたければ言うとおりにしろ」とでも迫ったに違いない。

架川さん。二週間ぐらい前に俺が、敵側が何か仕掛けてくる気配がないのが不気味だと言った時、「捜査に集中してるのが、敵側には一番手を出しにくい状態」「連中も一般市民を巻き込むのは避けてぇだろうからな」とか言ってたけど、見事に裏をかかれたじゃないか。

「だから、『架川さんは甘い』って言ったんだよ」

もどかしさと悔しさが胸にこみ上げ、つい声に出して呟いてしまう。が、次の瞬間気配を感じ、光輔は顔を上げた。

休憩スペースの廊下側に置かれた自販機の脇から女の顔が三つ、縦並びで突き出され、こちらを窺《うかが》っている。上から前髪を額に斜めに下ろした交通課の米光《よねみつ》麻紀《まき》、マッシュルームカットでメタルフレームのオーバル型メガネをかけた警務課の事務職員・須《す》藤《どう》さつき、同じくマッシュルームカットで赤いプラスチックフレームのメガネをかけた警務課の事務職員の倉間《くらま》彩子《あやこ》。通称・桜町三姉妹だ。

「聞きましたよ、蓮見さん」

光輔と目が合うなり自販機の脇を抜け、米光が歩み寄って来た。続いて須藤と倉間もかがめていた身を起こし、

「大変なことになっちゃったわね」

「もう、署内が大騒ぎになってるわよ」

と、眉根《まゆね》を寄せつつ興奮と好奇心で目を輝かせて近づいて来た。三人は、余裕がな

く「はあ」としか返せない光輔を取り囲むようにして立った。

「まさか、あの架川さんがねえ……情報漏洩《ろうえい》は前からやってて、暴力団からお金を貰《もら》ってたって聞いたんだけど、本当？」

「だとしたら、いろいろ合点がいくの。『何着持ってんの？』ってぐらい毎日違うダブルスーツを着てたし、財布はＧＵＣＣＩ。腕時計なんて、金無垢《きんむく》のＲＯＬＥＸよ」

　そう捲《まく》し立て、須藤と倉間は顔を見合わせて頷《うなず》きあった。すると、米光が言った。

「でも、私は何か変っていうか、架川さんのキャラに合わない気がするんですよね。情報漏洩とかお金を貰ってたとかが本当だったとしても、それがバレた時に逃げるかなって。なんか手錠をかけられながら、ふんぞり返って連行されそうじゃないですか」

「ですよね。それにあのＧＵＣＣＩとＲＯＬＥＸは中古品、しかもローンで買ったそうですよ」

　米光の意外な観察眼の鋭さに驚くのと同時に嬉《うれ》しさも覚え、つい光輔も会話に加わってしまう。しかし須藤と倉間はそれを無視して、

「えっ、意外。麻紀ちゃん、架川さん擁護派？」

「今までさんざんあのキャラとセンスに突っ込みを入れてたのに……ひょっとして、密《ひそ》かに好きだったとか？」

　と論点をずらして騒ぎだした。米光は即「違いますよ！　あり得ませんから」と否

定したが須藤たちはさらに騒ぎ、収拾が付かなくなりかけた時、

「蓮見。何やってんだ。捜したぞ」

と男の声がした。光輔が顔を上げると、廊下に梅林昌治がいた。光輔は慌てて「すみません。気持ちを整理したくて」と返して立ち上がった。その場に桜町三姉妹を残し、廊下を歩きだした梅林を追いかける。

梅林とともに刑事課に戻り、部屋の隅の通路を進んだ。奥の席を見て、光輔は問うた。

「課長は？」

「署長と話してる。さっきここを出て行く時に、『あと五年。上手《うま》くやり過ごすつもりだったのに』って虚《うつ》ろな目で呟いてたよ」

「そうですか」

そう返し光輔は自分の席に着いたが、梅林は自席には向かわず光輔の横に来た。

「しかし、お前はとんだとばっちりだな。せっかくうちのエースとして活躍してたのに、架川さんと組まされたばっかりに……逃亡先に心当たりはないのか？　あの人のことだから、自宅とは別に隠れ家《アジト》の一つや二つ持ってても不思議じゃないだろ」

後半は身をかがめ、小声で訊《たず》ねてきた。本庁の捜査員からの聴取、または架川の追跡のために刑事たちの大半は出払っていたが、室内には張り詰めた空気が漂っている。

机上のノートパソコンを弄《いじ》りながら振り向き、光輔は答えた。

「さあ、わかりません。架川さんの追跡はどうなってるんですか？」

「本庁で総勢二十人からなる追跡チームが結成されて、うちの六階の講堂に本部が設置された。指揮を執るのは人事第一課《ヒトイチ》監察係だけど、組対五課に加えて四課からも捜査員が招集されて、SSBCの分析官に協力を要請したって」

「じゃあ、三次元顔画像識別システムを使ってるってことですか？」

驚く光輔に梅林は、「ああ」と頷く。

SSBCとは本庁刑事部に設置された「捜査支援分析センター」の略称で、電子機器の情報解析や犯人像分析のプロファイリングなどを行っている。そしてその武器の一つが、三次元顔画像識別システムだ。

分析官は追跡対象者の顔写真を拡大してトレースし、システムに取り込む。その上でもう一つの武器、「防犯カメラデータベース」を起動させる。これは都内全域のどこにどんな防犯カメラが設置されているかを警視庁が独自に調べ、データベース化したものだ。

分析官は追跡対象者が立ち寄る可能性が高いエリアの防犯カメラを絞り込み、民間のものだった場合は画像データの提供を依頼する。そしていずこかの防犯カメラで追跡対象者の姿を確認すると、その周辺の防犯カメラの画像を徹底的に分析し、追跡対象者の足取りを辿《たど》っていくのだ。これは「リレー捜査」と呼ばれ、いくつもの事件を解決に導いている。

「で、架川さんの足取りは？」

「それが全然摑《つか》めないらしいんだよ。今日の午後五時前に署を出たのはわかってるんだけど、その後はどの防犯カメラにも映っていないらしい。当然、持ってたスマホは三台とも署を出るのと同時に電源を切ってる。ひょっとして、共犯者《レツ》がいるんじゃないか？　架川さんって、すごい数のエスを抱えてるんだろ？」

「ええ。でも、エスがレツになるとは限りませんからね」

光輔が返すと「まあな」と頷いた梅林だったが、眉間《みけん》にシワを寄せて首を傾げ、さらに言った。

「しかし捜査が大がかり過ぎないか？　情報を漏洩させた相手は既にアゲてるし、所持していた違法薬物も覚醒剤《シャブ》やコカイン《シー》じゃなく脱法ハーブで、誰かに売った痕跡《こんせき》もないっていうじゃないか」

光輔は淡々と、「組対は去年の春に部長が替わったばかりでしょう。被疑者《マルヒ》が元マル暴とあっては、面目を保つためにも躍起にならざるを得ないんじゃないですか」と返した。そして一転して厳しい表情をつくり、顔を前に戻して続けた。

「いずれにしてもショックです。何より、架川さんの犯行に気づけなかった自分に腹が立って仕方がない」

　すると梅林は慌てた様子で「そう思い詰めるな。お前に責任はないし、架川さんはじきに捕まるさ」と言って光輔の肩を叩《たた》き、そそくさと自分の席に向かった。

2

　それからしばらくして、光輔と梅林も架川の追跡に加わることになった。刑事課の部屋を出て梅林に「先に行って下さい」と告げ、トイレに入った。用を足してトイレを出て廊下を歩きだしたとたん、

「蓮見くん」

　と潜めた声で呼ばれた。振り向くと後方の柱の陰から仁科素子が顔を出し、手招きしている。

「これ。この間頼まれた、新小岩のスナック火事の実況見分調書」

　光輔が駆け寄るなりそう告げ、仁科は書類の入ったファイルを手渡した。そして光輔が礼を言う間もなく、話しだした。

「ホシはスナックの裏口のドアをこじ開けて侵入して、店内にガソリンを撒《ま》いて火を点《つ》けてるね。で、それに気づいたマルガイは二階から下りて来たんだけど、煙に巻か

れて――まあその辺はいいとして、引っかかるのはUSBメモリー」

「USBメモリー？」

訊《き》き返した光輔に「そう」と頷き、話を続けた。

「もちろん、熱で溶解した残骸《ざんがい》だけどね。寝室のタンスの引き出しに入ってたらしいんだけど、マルガイの自宅と店からはパソコンやタブレット端末などは発見されていない……ひょっとして、頼み事の目的はそれ？」

てきぱきと説明した後、最後のワンフレーズだけいつものぼそりとした口調で問い、仁科は光輔の目を覗《のぞ》いた。しかし答えようとした光輔を「いや、いい」と片手を上げて止め、改めて言った。

「どうせ架川さんの一件にも絡んでるんでしょ。関わり合いになりたくない。でも、これには絶対裏があるよ」

強い口調と眼差《まなざ》しで断言され、光輔が黙る。すると仁科はこう続けた。

「架川さんはいろんな意味でぎりぎりな人だけど、越えちゃいけない一線は絶対に越えない。でしょ？」

「はい」

つい光輔が頷くと仁科も頷き、一気に告げた。

「じゃあ、とっととその裏を突き止めて架川さんを捜して。で、あの人のスマホを私に渡す。そういう約束だからね」

「もちろん、わかっています。でも架川さんのスマホは、三台とも電源が切られているんです。遺棄された可能性も高くて」

「なんでもいいから、必ず見つけて。もちろん、追跡チームより早くね」

言いたいことは言ったのか、仁科は「さっさと行け」とでも命じるように顎《あご》で廊下の先を指した。

一体どんな写真を架川さんに握られてるんだよ。心の中で突っ込みながらも「わかりました」とだけ返し、光輔は署の駐車場に向かった。

光輔と梅林は他の捜査員と手分けをして、管内の駅やタクシー会社で架川の目撃情報を集めた。また光輔が把握している範囲内の架川のエスと檀家《だんか》にも話を聞いたが、手がかりは得られなかった。他の刑事によると、秋場圭市も「架川さんから連絡はなく、姿も見ていない」と話したそうだ。

午前零時になり、矢上から無線で「捜査は切り上げ、朝の捜査会議に備えろ」と連絡があった。光輔は署に戻ってセダンを駐車場に停め、梅林と別れて帰路についた。署の敷地を出る前にスマホを確認すると、若井《わかい》美波《みなみ》と定村修斗から複数の着信履歴があった。若井の意図はわからないが、定村はこちらを気遣うふりで、自分の正体をごまかすつもりだろう。どちらにも返信せず、光輔はスマホをジャケットのポケットに戻した。

尾行に気づいたのは、署を出て間もなくだ。通りはがらんとしているが、耳を澄ますと後方からかすかに革靴の足音が二つ聞こえる。恐らくヒトイチの監察官だ。

有働のやつ、本気で潰《つぶ》しにかかってきたな。だが、それが十年前の長野県警の土地の払下げには何かあること、そして定村を犬として使っていることを決定的にしたとは、気づいていないだろう。強い闘志と確信を感じつつも光輔は歩き方もペースも変えず、通りを進み続けた。

で、どうするかだな。琢己にいちゃんと会ってこれからのことを相談したいけど、尾行が付いてるし。思考を巡らせているうちに、警視庁の独身寮に着いた。外見は普通のマンションなので、オートロックを解除してエントランスに進んだ。壁に取り付けられた出退表示盤のボタンを押して「在寮」のランプを点灯させ、エレベーターホールの脇のメールルームに入った。自分の部屋番号のポストを開けると数枚のチラシとダイレクトメールに交じり、白い封筒があった。切手は貼られておらず、宛名も差出人も書かれていない。胸騒ぎを覚え、光輔は背後を確認してから上端をちぎって封筒を開けた。

出て来たのは、折りたたまれた白い紙。真ん中に黒いペンの殴り書きで、「今夜中

にここに来てくれ　架川」とあり、脇に住所が記されていた。

3

紙と封筒をコートのポケットに押し込み、エレベーターで四階の自室に向かった。部屋に入って明かりを点け、改めてポケットの中身を出して見る。

書かれた文字は、架川さんのものだ。でも、筆跡を真似ることはできるし……。躊《ちゅう》躇《ちょ》はしたが体が勝手に動き、光輔は部屋を出た。エレベーターでエントランスに戻り、出退表示盤の「出勤」のボタンを押す。帰寮しても署に呼び戻されるのは珍しくないので、不審に思う者はいないだろう。

外の通りには監察官が張り込んでいるはずなので、裏口に向かった。スマホの電源を切り、そっとドアを開けて外に出た。フェンスをよじ登って隣のマンションの敷地に入り、そこから裏道に出た。タクシーを停めて乗り込み、行き先を告げる。尾行が付いていないのを確認しても、しばらく動悸《どうき》が収まらなかった。

紙に記されていたのは、品川《しながわ》区のＪＲ五反田《ごたんだ》駅と大崎《おおさき》駅の間の一角だった。光輔は目的地のかなり手前でタクシーを降り、通りを歩きだした。このエリアは再開発が進んでおり、学校や公園、古く小さなビルと、真新しい高層オフィスビルとタワーマンションが混在している。建設中の建物も多いが、午前一時を過ぎた今はたまにトラックやタクシーとすれ違うぐらいで、人の姿はない。

目的地は、目黒川《めぐろがわ》にほど近い五階建ての古いオフィスビルだった。既に取り壊しが決まっているのかテナントは入っておらず、窓も真っ暗だ。手前で立ち止まり、周囲を確認したが車も人影もない。それでも緊張を維持し、光輔はビルの玄関に向かった。金属製の四角く大きなノブを摑《つか》んで押すと、背の高いガラスのドアが開いた。エントランスの照明は点いていなかったが、エレベーターホールの壁の呼びボタンを押すと明かりが点《とも》った。同時にエレベーターのドアの上に並んだ階数表示器の「5」に点っていた明かりが「4」「3」と下がりだした。間もなく「1」に明かりが点り、するするとエレベーターのドアが開いた。覚悟を決め、光輔はカゴに乗り込んで操作器の「5」のボタンを押した。再びドアが閉まり、エレベーターは上昇を始めた。

ほどなくして五階に着き、光輔はカゴを降りた。こちらにも照明は点されていないが、傍らに延びる廊下には窓がある。そこから差し込むかすかな明かりに目をこらすと、窓の向かい側にドアが並んでいるのがわかった。

光輔は廊下を進み、手前のドアに歩み寄ってノブを摑んで回した。かちゃりと音がして、ドアは開いた。緊張が増し、光輔はゆっくり部屋に入った。中は真っ暗で、何も見えない。

向かい側に窓があるはずだけど、ブラインドが下ろされているのか。頭を巡らせながら暗闇に目をこらしたその時、部屋の奥で衣擦《きぬず》れの音と人の気配があった。胸がどきんと鳴り、光輔の緊張はピークに達する。腰を落として戦闘態勢を取りつつ、部屋の奥に問いかけた。

「架川さん？」

と、一瞬の間があり、今度はがたがたという音がした。同時に部屋の奥で懐中電灯の明かりが点り、聞き覚えのある声が返ってきた。

「直人か？」

「琢己にいちゃん⁉」

驚き、光輔は体の前に構えていた両手を下ろした。揺れる明かりを追うと、五メートルほど先にスチール製の机が置かれ、羽村はその下に隠れていたようだ。机にセットされたパイプ椅子を押しのけ、机の下から這《は》い出て立ち上がっている。

「琢己にいちゃん、なんでここに？」

歩み寄りながら訊《たず》ねると羽村は、

「架川さんに呼び出されたんだよ」

と答え、スーツのジャケットのポケットから紙を出した。明かりに照らされた紙に書かれた文面は光輔が受け取ったものと同じで、筆跡も架川のものだ。

「で、架川さんは？」

「ここにはいない。お前と一緒なんじゃないのか？」

「違うよ……まずい。これは罠《わな》で」

光輔が言いかけた時、ばたんと音がして部屋のドアが開いた。続けて、懐中電灯を手にした複数の人影が室内に駆け込んで来る。こちらに向けられた懐中電灯の明かりが眩《まぶ》しくよく見えないが、スーツを着た三、四人の男のようだ。

やられた。そう悟り、光輔は全身が硬直するのを感じた。隣の羽村も固まっている。と、スーツを着た男たちの間から、別の男が進み出て来た。

有働か……いや、それにしては小柄なような。光輔の頭に疑問がよぎった矢先、進み出て来た男が言った。

「よう。久しぶりだな」

その声と同時にスーツを着た男の一人が、懐中電灯の明かりで進み出た男を照らす。

「手《て》嶌《しま》さん!?」

思わず目を見開いた光輔に手嶌は声を立てて笑い、「まあ、座ろうや」と歩み寄って来た。

手嶌が机にセットされたパイプ椅子のうちの一脚に座ると、スーツを着た男の一人が机上にランタン型の懐中電灯を置いた。その隙と無駄のない動きといい、漂う威圧感といい、やくざ者だろう。訳がわからなかったが視線で羽村を促し、光輔たちもパイプ椅子に座った。ドアの前に一人を残し、スーツ姿の男たちが部屋を出て行く。

「お久しぶりです。その節はお世話になりました」

机を挟んで向かい合うと記憶が蘇《よみがえ》り、光輔は頭を下げた。すると手嶌も光輔を見て、

「元気そうで何よりだが、とんだことになっちまったな」

と返して肩を揺らした。目つきは鋭いが笑顔は明るいのは前回会った時と同じで、身につけているのも地味なシャツとスラックスだ。シャツの肩にコートを羽織っているのと、腕時計がフランク　ミュラーではないのは前回とは違うが、今日腕にはめているパテック　フィリップも二千万円は下らないだろう。羽村が脇腹を突《つつ》いて来たので、光輔は手嶌が何者で、どうして知り合ったかを説明した。

去年の夏。架川と光輔は、架川が組対から所轄の刑事課に飛ばされる原因となった事件には広域暴力団・鷲見《わしみ》組《ぐみ》が関与していると突き止めた。そこで架川は知人で、鷲見組と対立関係にある暴力団・一途《いっと》会《かい》の最高顧問・手嶌吉哉《よしや》に連絡し、光輔とともに会った。事情を聞いた手嶌は、ある条件と引き換えに手を貸すことを承諾し、結果、事件を仕組んだのは架川の元上官の故・藤原要だと判明した。

「ああ、あの時の……しかし、なぜあなたが僕らをここに？」

話を聞き終え、一旦《いったん》は納得した羽村だったがすぐに警戒の表情に戻り、訊ねた。シ

ャツのポケットから煙草とライターを出し、煙草の一本をくわえて火を点《つ》けつつ手嶌は答えた。

「架川に頼まれたんだよ。昨日桜町中央署を抜け出した架川は、俺のところに来た。で、自分の状況を説明した上で去年の夏の取引を持ち出し、『あのとき俺は手嶌さんに出された、鷲見組の違法カジノを摘発するという条件を守れなかった。だが、藤原さんをおびき出す時のネタに使った、組対の捜査対象になっている一途会の構成員のリストはあなたの手に渡ったはずです。それでチャラとは言わねえが、俺にもう一度チャンスをくれませんか？』と言って、長野県警の土地の払下げと、歌川チカとかいうホステスが殺された事件について話した。で、『チカの事件の真相を究明し、信濃一家と有働弘樹の悪事を明らかにして、背後にいる鷲見組も引きずり出してみせます』と宣言して土下座したんだ」

「土下座⁉　架川さんが？」

　驚きのあまり光輔が身を乗り出すと、手嶌は「ああ」と返して煙草のけむりを吐き、灰を床に落とした。

　架川の土下座姿を想像しかけてそれどころではないと気づき、光輔は必死に気持ちを落ち着け、頭を巡らせた。そして顔を前に戻し、訊ねた。

「僕たちをここに呼ぶように頼んだのも、架川さんでしょう？　ということは、手嶌さんは架川さんの頼みを聞き入れた。でも、明らかにあなたが負うリスクと、得るメリットのバランスが取れていない。頼みを聞き入れた時に、オプションを付けたんじゃないですか？」

　すると手嶌は「ほう」と感心したように言い、答えた。

「相変わらずツラは女みたいだが、頭は切れるな。その通りだ。架川には、『鷲見組を引きずり出すだけじゃ足りねえ。お前の相棒を俺にくれ』と言った」

「相棒って僕ですよね？　一途会に入れって言うんですか？」

　ぎょっとして、光輔はさらに身を乗り出した。隣の羽村は呆然《ぼうぜん》としている。

「いやいや。さすがにそこまでは言わねえよ……おい」

　そう言って手嶌が振り向くと、一人残ったスーツの男が歩み寄って来た。手にしたファイルのようなものを手嶌に手渡し、一礼してドアの前に戻る。手嶌はファイルを開き、光輔の前に置いた。ファイルは淡いピンク色の紙製の台紙で、右側の枠の中には派手な柄の、見るからに高そうな振り袖《そで》を着た二十歳《はたち》前後の女の写真が収められている。

「樹利《じゅり》亜《あ》。俺の孫だ」

　目を細め、手嶌は告げたが、光輔は心の中で「言われなくてもわかるよ」と返した。笑顔の明るさはもちろん、恰幅《かっぷく》の良さが手嶌にそっくりだ。と、羽村が口を開いた。

「まさかとは思いますが『俺にくれ』とは、光輔があなたの孫と結婚するという意味ですか？」

「え〜っ！」

声を上げて光輔が席を立つのと、「ああそうだ」と手嶌が頷《うなず》くのが同時だった。

「そんな無茶な。なんで僕が」

「心配するな。孫はカタギだし、結婚しても、デカを辞めろとは言わねえ。俺は、あんたって男そのものを気に入ったんだ。それに架川も、『わかりました。必ずあいつを説得します』と承諾したぞ」

「そんなバカな。何も聞いてないし、そもそも――」

「とにかく、話はついてるんだ。架川は俺が手配したやつが運転する車に隠れて、東京を出たぞ。あんたらも、これからどうするか決めろ。それと、こいつを渡しておく」

そう告げると手嶌は煙草を床に捨て、コートのポケットから黒いスマホを二台出して光輔と羽村に渡した。

「いわゆる『飛ばし携帯』で、使っても足は付かねえ。こっちの窓口の番号を登録しておいたから、何かあれば電話しろ」

そう続け、手嶌は「じゃあな」と席を立ってドアに向かった。慌てて追いかけようとした光輔だったが、入れ替わりで歩み寄って来た一人残ったスーツの男に阻止された。男は机上の見合い写真とともに床の煙草の吸い殻と灰を回収し、ひと言も発せずに部屋を出て行った。

「なんだよ、あれ。『デカを辞めろとは言わねえ』とか言ってたけど、暴力団関係者と結婚なんかしたら警察にはいられないし、一途会に引き込む気満々じゃないか！」

立ったままドアに向かい、光輔はわめいた。ショックと怒りが胸に押し寄せるのと同時に、去年の夏に会った際、手嶌に「面白い男だな。デカにしておくのが惜しいぐらいだ」と言われたのを思い出す。羽村も呆然と「架川さんって、本当に無《む》茶《ちゃ》苦《く》茶《ちゃ》だな」と呟《つぶや》いていたが我に返ったように顔を上げ、光輔の腕を引いて告げた。

「しかし事態は動きだしてるし、他に手もないだろう。とにかく、今後のことを話そう」

その言葉で冷静さを取り戻し、光輔は「わかった」と返して椅子に腰を戻した。

「まず、報告したいことがある。小浜三代子の火事の現場から、ＵＳＢメモリーの残《ざん》骸《がい》が発見されたって。二階のタンスの引き出しに入っていたんだけど、三代子はパソコンもタブレット端末も持っていなかったらしい。亡くなる前、三代子は僕に、信濃一家の連中がやったことは全部残してあると言った。それがこのＵＳＢメモリーなら、もう中のデータは見られないよ」

「いや、俺はそうは思わない。三代子は当麻秀和を恐れていたんだろ？　だとしたらデータの重要性や危険性も理解していたはずで、一つしかないデータを自分の身の回りに隠すようなことはしなかっただろう。発見されたUSBメモリーはコピーで、原本は他にあるんじゃないか？」

　確信に満ちた口調で、羽村は問いかけた。当麻秀和は信濃一家の組長で、三代子はかつて彼の愛人だった。ランタン型の懐中電灯の明かりが照らす羽村の白い顔を見返し、光輔は答えた。

「確かに。だとしたら、原本はどこにあるんだろう」

「三代子にとって絶対に安全で、誰にも見つからない自信のある場所だろうな。だけど、全くゆかりのない場所にも隠せない。恐らく、東京じゃない。春蘭市のどこかだ」

「だね」と頷き、光輔はこう続けた。

「春蘭市に行くよ。たぶん架川さんも、向こうにいる。琢己にいちゃんはこっちに留《とど》まって、有働たちと捜査の動向を見張って。それと、長野県警が払下げた土地の動きも」

　言葉にすると覚悟が決まり、気持ちに勢いもついた。「わかった」と羽村も頷き、立ち上がった。さっそく手嶌に渡されたスマホを操作しだした光輔を見て言う。

「気をつけろよ、と言いたいところだが、ここからが正念場だ。お互いベストを尽くそう。この十年間は無駄じゃなかったと、証明するんだ」

「うん」

頷き、握手を求めようとした光輔だったが、それはいま羽村に言われたことを果たしてからだと思い直し、「じゃあ、また」と言ってスマホの操作を再開した。

「ああ。またな」

低く小さいが、羽村も強い想いを込めたのがわかる声で返し、ドアに向かった。

4

スマホに登録されていた手嶌の窓口の番号に電話すると、男が出たので用件を伝えた。ビルの外に身を隠して待つこと三十分、白いセダンがやって来た。運転席には中年男が乗っており、大柄だがやくざ者ではなさそうだ。セダンに歩み寄った光輔に中年男は、「手嶌さんの使いです」とだけ言い、後部座席を指した。毛布やブルーシート、段ボール箱などが雑然と置かれていて、これで身を隠せということだろう。光輔が「長野の春蘭市まで」と告げて後部座席に乗り込むと、セダンは走りだした。

後部座席の床にナイロン製のドラムバッグを見つけ、光輔はファスナーを開けた。中に入っていたシャツとセーター、ジーンズ、スニーカーを出して着替える。電話で車の手配とともに頼んだもので、他に当座必要な生活用品などが入っているはずだ。

着替えを済ませ毛布とブルーシートをかぶって後部座席に横たわっていると、四時間ほどで春蘭市に着いた。中年男は高速道路は使わず、防犯カメラなども避けて走っていたようだ。

市の外れでセダンを降り、光輔は雑木林や裏道を歩いて市の中心部に向かった。ほどなくして夜が明けたがぐんと気温が下がり、ダウンコートを着てニットキャップと手袋、マフラーを身につけていても寒さがこたえた。

市の中心部に着いたのは、午前八時過ぎだった。春蘭駅とその周辺が見渡せる場所のビルの陰に隠れ、外を覗《うかが》った。春蘭市を離れてからもネットなどで動向はチェックしていたが、こうして久しぶりに帰郷すると、常連だった店を懐かしく感じたり、昔はなかった大型ショッピングセンターに驚いたりした。一方で朝のラッシュで混雑する駅や通りに、明らかに平時より多い警察官がいること、その中にスーツ姿で耳に無線のイヤフォンを挿した刑事も交じっていることを確認し、緊張を覚えた。

去年休暇で訪れているので、架川が春蘭市に向かったと追跡チームが推測するのは当然だ。しかし出勤せず連絡も付かない自分が追跡の対象になるのも時間の問題で、行動には慎重を期さなくてはならない。

駅前を離れ、光輔は目立たない場所にあるコインロッカーにドラムバッグを入れ、裏通りの古い喫茶店に入った。防犯カメラが設置されていないのは確認したがニットキャップを目深にかぶり、奥の席に着いてモーニングメニューを注文してスマホを出した。

まず羽村に無事春蘭市に到着したと報告し、ニュースサイトをチェックした。注文したものが運ばれて来たので、トーストを齧《かじ》りコーヒーを飲みながらSNSをチェックし始めたとたん、危うく口の中のものを噴き出しそうになった。

ツイッターや匿名掲示板などに、警視庁の刑事が自分が担当する事件の情報と交換にドラッグの売人にガサ入れの情報を伝え、逃走したと書き込まれている。そこには架川のイニシャルと階級、所属部署、容姿の特徴なども書かれていた。警察は身内の不祥事は極力表沙汰《おもてざた》にせず、殺人などの重犯罪で公表を避けられない場合も、当該職員の氏名は伏せるというのが暗黙の了解となっている。誰かがネットに漏らしたとしても早すぎるし、拡散の勢いも異常だ。

有働の仕業だな。口の中のものを無理矢理飲み込みながら光輔は思い、頭に定村や組対部長の椛島寿夫、組対四課課長の船津成男の顔も浮かんだ。

架川さんの共犯者《レツ》として、俺の情報が拡散されるのも時間の問題だ。そう察するのと同時に焦りが湧き、光輔は皿に残ったトーストを口に押し込んだ。

喫茶店を出て駅と反対方向に通りを進み、横目でクラブ「コフレ」のある繁華街を見ながら大きな川にかかる橋を渡った。十分ほど歩き、通りの先に目指すアパートが見えてきた矢先、光輔はアパートの手前の人影に気づいた。

人影は二人の男で、スマホを弄《いじ》りながら何か話している。どちらも若く、一人は黒いジャージの上下、もう一人はグレーのブルゾンにジーンズという格好だが、発するオーラは明らかにカタギのものではない。そして、その先に建つ小さなアパートにはコフレでバーテンダーとして働く、立石《たていし》庄司《しょうじ》という六十四歳の男が住んでいる。コフレのオーナーは信濃一家の組長である当麻秀和なので、有働サイドから報《しら》せを受けた当麻が、架川が立石を頼ると考え、手下に見張らせているのだろう。それは当然の流れだが、光輔もまた立石の力を借りようと考えていたので迷い、様子を見ることにした。近くに路上駐車している車があったので、その陰に隠れて前方の二人とアパートを覗う。

しばらくして気づいたが、この辺りに建つアパートやマンションの住人の多くは、川向こうの繁華街の従業員らしい。日が高くなって寒さが少し緩む時間になっても出歩く人は少なく、たまに建物から出て来る人はいても、みんな寝ぼけたような顔でゴミ袋を住人用のゴミ箱に入れ、建物に戻って行った。

動きがあったのは、午後二時頃だった。二人の若い男が前方を振り向いたので、光輔も車の陰から首を突き出した。アパートの敷地から、男が一人出て来るのが見える。

深緑色のダウンジャンパーとスラックス姿で、小柄で小太り。歌川チカ殺害事件の捜査資料にあった写真より老けているが、立石庄司だ。

立石は手ぶらにサンダル履きという軽装で、こちらに向かって来た。しかし若い男たちに隠れる様子はなく、逆に威圧するような眼差《まなざ》しを立石に向け、後に付いて歩きだした。

見張るというより、「つまらないことを考えるなよ」というプレッシャーを与えるのが目的なのだろう。しかし立石に男たちを気にする様子はなく、前を向いてすたすたと歩いて行く。三人が路上駐車した車の脇に差しかかったので、光輔はうずくまってその陰に隠れた。三人が車の脇を通過するのを待ち、十分な距離を取って光輔も尾行を始めた。

立石は五分ほど歩き、広い駐車場のあるコンビニに入った。若い男たちは店内に入らず、出入口の脇にある喫煙所に向かった。光輔も店には入らず、駐車場の端の、防犯カメラの死角と思《おぼ》しき場所に向かった。スマホを耳に当て、通話中のふりをする。

しばらくして、立石が店から出て来た。片手にレジ袋を提げ、もう片方の手はスマホを持って、耳に当てている。

「なんだ、よく聞こえないぞ。電波が弱いのか？——だからあの方は、薄めの水割りがお好みだ。銘柄は国産のものがいいだろう」

眉間《みけん》にシワを寄せて後半は声を大きくし、立石は電話の相手に告げた。

「……いや、つまみは気にしなくていい。ミックスナッツで十分だ」

　コフレの従業員と、今夜来店する客への応対を相談しているのだろう。立石は店の出入口を数歩出たところで立ち止まり話を続けたが、若い男たちは喫煙所から動かず、煙草を吸っている。すると、立石は言った。

「だが『コーヒーを飲みたい』とおっしゃられたら、注意が必要だ。喫茶店から出前なんか取るなよ。あの方のお好みは、缶コーヒーだ。必ずブラックで、銘柄にもこだわりをお持ちだ」

　はっとして、光輔は振り返った。と、頭を掻《か》くフリをしながらほんの一瞬、立石も光輔を見た。そして視線を前に戻し立石が口にした缶コーヒーの銘柄は、いつも架川が飲んでいるものだった。

　立石の意図を理解するのと同時に胸がはやり、光輔もスマホを耳に当てたまま敢《あ》えて立石に背中を向け、代わりに耳を澄ました。

「あの方は、しばらくこっちに滞在されるそうだ。なんでも、碧天山《へきてんざん》に所有されてるバンガローを売却するとか」

　碧天山。バンガロー。春蘭市で生まれ育った光輔の頭には、すぐに双方の場所と姿が浮かんだ。

「よし」

小声で言い、光輔はまだ何か話している立石の声を聞きながらスマホをポケットにしまい、その場を離れた。

5

一旦《いったん》コインロッカーに戻ってドラムバッグを取り出し、光輔は歩きだした。市街地を離れ郊外の住宅地と農地を抜け、森に入る。さらに進み、この市を取り囲むように連なる山の一つ、碧天山を登り始めた。標高六百メートルほどのこの山は地元ではハイキングや遠足のコースとして知られ、眺望もいいので山腹には別荘なども建っている。そしてすぐ近くには、問題の元長野県警の管理地だったキャンプ場がある。

登山道は舗装され、勾配《こうばい》も急ではない。しかし体に斜めがけにしたドラムバッグはそこそこ重量があり、昨夜から一睡もしていないため、光輔はすぐに息が切れ、脚が重くなるのを感じた。午後三時を過ぎ、日は傾いて気温も下がりだしている。

それでも一時間半ほど歩き、登山道の脇道に入った。こちらも舗装はされているが道幅は狭く、デコボコも多い。光輔は市街地で買った懐中電灯で足下を照らし、背中や脇の下に汗をかきつつ白い息を吐き、歩き続けた。

辿《たど》り着いたのはこの山に一つだけある民営の宿泊施設で、手前に管理棟と駐車場があり、奥の森の中に十棟ほどのバンガローが点在している。念のため手前で立ち止まって様子を窺《うかが》ったが、管理棟の中は暗く、駐車場にも車は停められていなかった。呼吸を整えてドラムバッグを揺すり上げ、光輔は再び歩きだした。森の中に入るとすぐに、一棟目のバンガローがあった。赤い三角屋根の小さなログハウスで、建物の前にはウッドデッキが設《しつら》えられている。光輔はまず建物の脇に回り、窓から室内を覗《のぞ》いた。中は真っ暗で、懐中電灯の明かりで照らしてみたが、がらんとして物音なども聞こえない。

光輔はその場を離れ、歩きだした。五分ほどで二棟目のバンガローを見つけたが、ここも真っ暗で人の気配はなかった。木の根や石に足を取られて転びそうになったり、どんどん下がっていく気温に震えたりしながら森の奥へと進み、三棟目、四棟目と見たが、結果は同じだった。

そして、五棟目。ひょっとして、俺が知らない間に他の場所にもバンガローができたのか？　という疑問を感じながらも、光輔は建物に向かった。と、ウッドデッキの奥にある縦長の窓の奥に、かすかな明かりが見えた。ドラムバッグを胸に抱え、光輔はウッドデッキに上がって窓に接近した。カーテンが引かれているので中は見えないが、かちゃかちゃと金属が触れあうような音が聞こえる。迷わず、光輔はウッドデッキの脇にある木製のドアに向かい、ノックした。

「架川さん。蓮見です」

暗闇の中、潜めた声で呼びかけると一瞬の間があり、部屋の奥から足音が近づいて来た。解錠する気配に続き、ドアが開いた。

「おう。ご苦労」

ドアの向こうからひょいと顔を出し、架川が言った。光輔が言葉を返す前に、

「やっぱりお前も立石さんのところに行ったか。ここは、あの人が手配してくれたんだ。まあ、とにかく入れ」

と続け、身を翻して部屋の奥に戻って行く。後ろを確認してからドアを閉めて施錠し、光輔も続いた。

床も壁も板張りの六畳ほどのスペースで、端にロフトに上がるためのはしごと、トイレのドアがある。

「お前も食うか？」

そう問われ振り向くと、架川は床に置いたカップうどんを指している。食べかけで、容器の端に割り箸《ばし》が載っていた。それを目にしたとたん、光輔は強い空腹と疲れを覚え、「はい」と頷《うなず》いた。すると架川は床の上のスーパーマーケットのレジ袋を開け、カップうどんと割り箸を出して光輔に差し出した。それを受け取り、光輔は改めて床

の上を眺めた。

スーパーマーケットのレジ袋の脇には壁のコンセントに繋《つな》がった電気ポットがあり、壁際には火を点《とも》した、燃料がカセットガスボンベの小型ストーブが置かれている。

これも立石さんに手配してもらったのか。ストーブの温かさに気持ちが緩み、ぼんやり思ってからはっとして、光輔は再度架川を振り返った。

「聞きましたよ。手嶌さんとの取引に僕を使いましたね？　ひどいじゃないですか」

ドラムバッグを床に下ろし訴えると、架川は「ああ、あれか」と笑った。床にあぐらをかいて座り、カップうどんをすすっている。スーツではなく、黒いシャツとスラックスに着替えているが、肩に羽織っているコートはダブルだ。

うどんを咀嚼《そしゃく》しながら、架川は応《こた》えた。

「他に手はねえし、仕方がねえだろ。それに手嶌さんの孫娘は愛嬌《あいきょう》があって可愛いじゃねえか。しかも、二十歳《はたち》だぞ」

「そういう問題じゃありません。ある意味、人身売買ですよ。何の断りもなく、人を利用するなんて」

「それはお互い様だ」

箸を止めて返し、架川は鋭い目で光輔を見上げた。

「お前は定村が敵の犬だという証拠を摑《つか》むために、俺をエサにしただろう？　思惑通り敵はエサに食いついたが、お陰で俺はお尋《たず》ね者だ」

「定村を追い詰めるために、架川さんの名前を出したことは認めます。でも、和泉への情報漏洩《ろうえい》の件は想定外で」

「連中の方が、何枚も上手だってことだ。言っただろう。近づき過ぎると、敵が見えなくなるんだよ」

　それはその通りなのだが、何もかもお見通しと言った口調にカチンときて、光輔は返した。

「じゃあ僕も言わせてもらいますけど、捜査に集中してれば敵は手を出さない、連中も一般市民は巻き込みたくないはずだと断言したのは架川さんですよ」

「『巻き込むのは避けてぇだろうからな』と推測しただけだ。お前も『確かに』と納得してただろ」

「いいえ。はっきり断言しました。そもそも架川さんがものを言う時は、何でも自分が正しく絶対だってスタンスじゃないですか」

「なんだと？」

　うどんのカップと箸を置き、架川が立ち上がろうとした。一瞬怯《ひる》んだ光輔は、いつものように頭が回らず、とっさに身構えた。

「……てな内輪揉《も》めも、連中の狙いだ。まんまと乗ってる場合じゃねえし、そんな時間もねえ」

と、急に口調と眼差《まなざ》しを和らげ、架川は床に腰を戻してうどんのカップを摑んだ。光輔も我に返り、「確かに」と返す。割り箸を握り直しながら、架川はこう続けた。

「こうして二人揃ったことだし、真相の究明に集中だ。まずは、涼牙を見つけ出さねえと」

「ええ。実は羽村さんが休暇を取って、昨日まで春蘭市で涼牙の情報を集めていたんです。それとは別に、三代子の火事の現場からUSBメモリーが見つかったとわかりました」

勢い込んで話しだしながら光輔も架川の向かいに座り、カップうどんのラップフィルムを剝《は》がした。

6

二人とも寝袋を持って来ていたので、架川はロフト、光輔は床で寝た。翌朝、目を覚まして身支度を整えると、スーパーマーケットのレジ袋に入っていたパンで朝食を済ませた。今後どう動くかという話になり、光輔は羽村が春蘭市を訪れた時の調査結果を伝えた。

「涼牙は春蘭市を出た可能性が高いですね。よそにどんな人脈があったか探って、足取りを追いましょうか？」

話の最後にそう問いかけたが、架川は「いや」と言ってブラックコーヒーを一口飲んだ。もちろん缶入りの、いつものメーカーのものだ。

「一時は外に出たかもしれねえが、今は必ず春蘭市にいる。どんなリスクがあろうと結局地元に戻っちまう、地元でしか生きられねえってのが、生粋《きっすい》のヤンキーだ」

きっぱりと断言し、架川はもう一口ブラックコーヒーを飲んだ。

「へえ。そういうものですか」

相づちを打ちながらもいまいち納得がいかずにいると、架川は向かいに座る光輔を見た。

「食うためには、働かなきゃならねえ。だが正業はもちろん、暴力団のシノギになる仕事に就けば、身バレする。だから、そのどちらでもねえ場所にいるはずだ」

「ですね」

今度は納得がいき、光輔は頷いた。架川も頷き、話を先に進めた。

午前七時。二人はバンガローを出て碧天山を下り、春蘭市郊外のある町に向かった。

住宅街の中では一際目立つガラス張りのモダンなビルで、玄関の脇には「真秀《まほ》の家」

と書かれたステンレス製の表札が取り付けられていた。

「ここはお前が春蘭市にいた頃からあったか？」

　ビルの前に立ち、架川は訊《たず》ねた。隣で「いえ」と答え、光輔は手にしたスマホの画面を見せた。

「ただ、ネットの情報によるとそこそこの規模の新興宗教団体のようですよ。『来る者は拒まず』がモットーで、ここには住み込みの信者が五、六人いるとか」

「わかった。行くぞ」

　そう告げて、架川はビルの玄関に向かった。中に入ると広いホールがあり、奥にはカウンターも見えるが無人で、しんと静まりかえっている。

　これも「来る者は拒まず」のアピールか。そう思いながら光輔はカウンターに歩み寄り、上に置かれていた金属製の呼び出しベルを叩《たた》いた。ちんという高音がホールに響き、カウンターの奥から若い女が出て来た。純白のスカートスーツ姿で、セミロングの黒い髪を肩に垂らしている。

「いらっしゃいませ」

　カウンターの向こうで笑みとともに会釈した若い女に返礼し、光輔は言った。

「突然すみません。歌川といいますが家族を捜していて、ここにいるという噂を聞いて来ました。名前は涼牙で、今は二十六歳になっています」

　言いながらダウンコートのポケットからスマホを出し、画面を女に向けた。写真捜査資料にあったものを羽村に送ってもらった。しかし若い女は笑みをキープしながら写真には目を向けず、こう返した。

「大変申し訳ありませんが、お答えできません。真秀の家は過去を問わず信者を受け入れ、本名を名乗ることすら求めません」

「なら訳ありの人間、たとえば犯罪者が逃げ込むのにぴったりだな。そういう場合はどうするんだ？」

　架川も問う。その、いつも通りのマル暴丸出しの態度に光輔は焦りを感じたが、女は笑みを崩さずに答えた。

「私《わたくし》どもは、教祖の判断に従うだけです」

　そして、背後の壁に飾られた大きな額縁を指す。額縁の中には七十過ぎぐらいの男の写真が収められている。男は坊主頭で黄色い袈裟《けさ》をまとい、手に金色の棒のようなものを持っている。棒の先端にはパンチパーマ風の髪をした象に似た動物の彫像が取り付けられていた。

　鼻を鳴らし、架川がさらに何か言おうとしたので、光輔は慌てて割って入った。

「わかりました。でももしここに涼牙がいるなら、家族が捜していると伝えて下さい。それと、あれは何ですか？」

光輔が奥の棚に並んだペットボトルや薬瓶を指すと、若い女は答えた。

「私どもの教祖はアジアを放浪中にインドのアーユルベーダや中国の漢方について学んだので、サプリメントの研究開発にも力を入れています。肥満の解消や血圧を下げる作用があり、ガンの治療にも効果があるんですよ」

「えっ、ガンにまで？　すごいですね」

驚いた顔を作って光輔が女を振り向いたその時、「行くぞ。邪魔したな」と前半は光輔、後半は若い女に向かって告げ、架川が身を翻して歩きだした。戸惑いつつも、「ありがとうございました」と若い女に会釈し、光輔は後に続いた。

「何が『えっ、ガンにまで？』だ。臭い芝居をしやがって」

ビルを出るなり言い、架川は光輔を睨《にら》んだ。

「架川さんこそ、あの威圧的な態度は何ですか。目立つようなことは控えて下さいよ」

そう言い返すと架川の顔が険しくなったので、光輔は慌てて話を変えた。

「『肥満の解消や血圧を下げる作用があり、ガンの治療にも効果があるんですよ』。サプリメントや健康食品に医薬品と紛らわしい効能効果を謳《うた》うことを禁じる医薬品医療機器等法に、しっかり違反していますね。今のノリで信者にサプリメントを売りつけてるんでしょうし、真秀の家はヤバいですね。張り込んでみますか？」

「いや。お前の言うとおり、真秀の家は違法行為をしていて摘発される可能性がある。

十年も隠遁《いんとん》生活をしてりゃ、涼牙もそれなりの知恵が付いてるだろう。わかりやすくヤバそうな場所は避けるはずだ」

「確かに。じゃあ、次に行きましょう。車なら十五分ぐらいだけど、追っ手を避けて徒歩、しかも裏道で遠回りするので三十分以上かかりますけど、大丈夫ですか？」

光輔は本気で気遣ったつもりだが、架川は「年寄り扱いするんじゃねえよ」と不機嫌そうに光輔の脚を軽く蹴《け》り、すたすたと通りを進んだ。

7

その後も、怪しげな健康道場や自己啓発セミナーの施設を訪ねたが涼牙はおらず、手がかりも得られなかった。道端の自販機で買ったスナック菓子と飲み物で昼食を済ませ、次の目的地に向かっていると、架川が足を止めた。

「どうしたんですか？」

問いかけて、光輔は架川の視線を追った。

二人が歩いているのは幹線道路と並行して走る裏道で、両側は雑木林だ。その一角に木が伐採され、枯れた雑草に覆われた空き地があった。金網フェンスで囲われているがそれはボロボロで、あちこち外れたり穴が空いたりしていて、空き地の中には古タイヤや冷蔵庫、洗濯機、液晶テレビなどが転がっている。ゴミの不法投棄の場所になっているのだろう。そしてそのゴミの前には三、四人の男がいて、架川の目は彼らに向いている。男たちは全員年配者で、身なりからするとホームレスだろう。

「酒屋かコンビニを探して、酒とつまみを買って来い。できるだけ多く、ビールや日本酒じゃなく、ストロング系の缶チューハイにしろよ」

「はい」

　答えるやいなや、光輔は駆けだした。なぜストロング系の缶チューハイ限定なのか疑問に思ったが、手っ取り早く酔えて体が温まるからかもしれない。今年は雪が少ないとは言え、一月の春蘭市は気温が一度に届かない日も多い。ホームレスは、昼間は地下街や駅の構内で過ごし、夜は繁華街をひたすら歩き回ると聞いたことがある。

　幹線道路に駆け出してしばらく進むと、食品も扱っているドラッグストアがあった。光輔はニットキャップを目深にかぶり、なるべく防犯カメラに映らないようにしながら店内を進み、酒売り場に向かった。棚に並んだストロング系の缶チューハイを二十缶ほどカゴに入れ、乾き物や缶詰などのつまみも選んでレジに行った。支払いを済ませ、大きなレジ袋を両手に提げて来た道を戻る。

「お待たせしました」

　空き地の前に戻り、光輔はレジ袋を差し出した。受け取って中身を見た架川は、

「よし。上出来だ」と言ってにやりと笑った。光輔にレジ袋の一つを持たせ、架川は、

「おい。ちょっといいか？」

と呼びかけながらフェンスが倒れた場所から空き地に入った。そして手前で地面に身をかがめ、液晶テレビを弄《いじ》っている男の前で立ち止まった。

「これから家で宴会なんだが、買い過ぎちまったんだよ。もらってくれねえか？」

そう言いながら架川はレジ袋の持ち手を開き、男に差し出した。茶色いニットキャップに濃紺のベンチコートという格好の男が、戸惑いと警戒の感じられる顔で身を起こした。

「本当は全部飲みてえんだが、嫁さんがうるせえんだよ。店に戻るのは面倒だし、みんなで分けてくれ」

眉根《まゆね》を寄せつつ軽いノリで架川が説明すると、茶色いニットキャップの男はレジ袋の中を覗《のぞ》き、「そうか。悪いな」と言ってレジ袋を受け取った。どうかしたのかと、他の男たちも集まって来る。それを確認し、架川は質問を始めた。

「どうだ、儲《もう》かってるか？　テレビの基板は買い取ってもらえるが、キロ十円ってところだろ。銅線《ピカ》なら、千円ぐらいいくんだけどな」

ゴミの中から銅やアルミ、真鍮《しんちゅう》などの金属を回収し業者に売るのは、ホームレスの現金取得手段の王道だ。しかし茶色いニットキャップの男は顔をしかめ、首を横に振

った。

「ダメだ。ゴミを棄てるやつも、金になるものは抜き取ってやがる」

「世知辛《せちがら》い世の中だな。ところで、この男を見たことねえか？」

素早く本題を切り出し、架川は横目で光輔に合図をした。光輔はポケットからスマホを出し、「これは十年前の姿なんですけど」と補足して涼牙の写真を男たちに見せた。

「知らねえなあ」

茶色いニットキャップの男が首を傾げ、他の男たちも頷《うなず》く。と、そのうちの一人の赤いダウンコートを着た男が言った。

「あんた、警察の人？」

「いや。知り合いを捜してるだけだ」

架川は即答し、他の男たちはほっとしたような顔をした。しかし赤いダウンコートの男だけは、「なんだ。違うのか」と残念そうに言い、横を向いた。その顔を覗き、光輔は問うた。

「警察の助けが必要なことがあるんですか？」

「そういう訳じゃないんだけど、嫌な連中がいてさ。粗大ゴミや放置自転車を漁《あさ》りに行こうとすると、連中が先回りして根こそぎ持って行っちまうんだ。しかも修理して、自分の店で売ってるんだぜ」

　口を尖《とが》らせて赤いダウンコートの男が訴えると、他の男たちも「ああ、あいつらか」「腹が立つよな」と同調する。放置自転車は自治体が回収したものを正規の手続きを踏んで購入しない限り、売るのも乗るのも違法行為だ。

「そりゃひでえな」と架川も男たちに加わり、こう続けた。

「『捨て物は拾い物』を地で行ってる訳か。自分の店ってことは、リサイクル業者か何かか？　根こそぎ持って行くなら、一人じゃねえな」

「ああ。何人か雇ってて、住み込みのやつもいるみたいだ」

　赤いダウンコートの男が首を縦に振るのを確認し、架川はまた横目で合図してきた。その意味を理解し、光輔は小さく、しかし力強く頷いて見せた。

8

　ホームレスたちが教えてくれた店は、空き地から二キロほど離れた畑の中にあった。「リサイクルショップ　スエヒロ」という看板が掲げられた倉庫で、出入口の脇には中古自転車がずらりと並んでいる。最低限の修理はされているが、防犯登録標識のシールは剝《は》がされていた。

架川、光輔の順で店に入った。広いが薄暗い売り場には電子レンジやＤＶＤプレーヤーなどの家電の他、タンスや棚、おもちゃ等も展示されている。こちらも修理や手入れが施され、貼られていたであろう粗大ゴミ処理券のシールは綺《き》麗《れい》に剝がされている。価格は自転車が五千円、電子レンジが三千円と格安で、店内には五、六人の客がおり揃いのデニムのエプロンを着けた店員が応対している。店員は明らかにまだ十代の少年から、八十近そうな年配の女もいて、奥のレジカウンターには店主と思《おぼ》しき四十代後半の太った男が着いていた。

店内に涼牙の姿はなかったが店員には声をかけず、光輔たちは外に出た。「あっちだ」と架川が言い、倉庫の脇の通路を歩きだす。光輔も続き、通路を進むと倉庫の裏手に出た。作業場らしく、コンクリート敷きの地面の上に大量の家電と家具、自転車が置かれている。その奥で金属が触れあう音がしたので、光輔たちはさらに前進した。

突き当たりの塀の前に自転車が一台置かれ、その前に男がかがみ込んでいた。軍手をはめた手にドライバーを握り、自転車の後輪に設置された金属製でリング型のカギを外そうとしているらしい。周りにはペンチや電気ドリル、電動のエアコンプレッサーなども置かれていた。

こちらに気づき、男が振り向いた。十年前より痩《や》せて無精ヒゲを生やしているが、小作りな童顔はチカにそっくりだ。

「歌川涼牙だな？」

男を見下ろし、架川が訊《たず》ねる。

だから、その威圧感。苛立《いらだ》ちと焦りを感じつつ光輔も口を開こうとした矢先、男は立ち上がった。ドライバーを放り出し、光輔たちが来たのとは逆方向に走りだす。

「おっと」

動きを読んでいたのか、架川は体を反転させてスラックスの脚を上げた。その脚に躓《つまず》き、男は前のめりにどすんと倒れた。

「涼牙くん、落ち着いて」

歩み寄りながら光輔は声をかけたが、男は起き上がり、再度駆けだそうとした。黒いダウンジャンパーにジーンズ姿で、ジャンパーの下には他の店員と同じエプロンを着けている。架川が男の腕を捕らえようとして、光輔も声を上げた。

「僕は梶間直人。梶間優人の息子だよ！」

はっとして、男が動きを止めた。首を回し、光輔を見る。その目を見返し、光輔は続けた。

「昔、うちで一緒にメシを食ったよね？　飼ってた犬と遊んでくれた。名前はムギ。覚えてる？」

男は無言。しかしその丸く小さな目が揺れ、光輔の全身を眺めるのがわかった。

「親父《おやじ》のことで、話を聞きたいだけなんだ。迷惑はかけない」

俯《うつむ》いて「今さら？」と呟《つぶや》いた男だったが、その肩から力が抜けたのがわかった。改めて、架川が問う。

「歌川涼牙だな？」

「ああ」

目を伏せたまま、涼牙は頷いた。

9

涼牙が「店の二階に住んでる」と言うので、架川は光輔と一旦《いったん》リサイクルショップスエヒロを出た。涼牙と周囲の動きを見張っていると、午後七時過ぎに店主らしき太った男が店から出て来た。出入口のシャッターを下ろし、店の敷地の端に停められた黒いワンボックスカーに乗って走り去った。

間もなく倉庫脇の通路から涼牙が顔を出し、「こっち」と告げて通路を戻りだしたので、後に続いた。裏口から店に入るのかと思いきや、涼牙はさっきの作業場で足を止めた。怪訝《けげん》そうに二階の窓を見上げる光輔に涼牙は低い声で、「俺一人じゃないから」と告げた。予想はしていたが、他の店員たちも訳ありなようだ。

「話って？」

寒そうにダウンジャンパーの背中を丸め、涼牙は問うた。こちらを見る眼差《まなざ》しには、さっき声をかけた時と同じ警戒の色が浮かんでいる。

お前に任せる。そう合図したつもりで、架川はダブルのコートのポケットに手を入れ、半歩後ろに下がった。意図が伝わったらしく、光輔は涼牙の向かいに立って話しだした。

「僕は梶間直人だけど、今は蓮見光輔という人物になりすまして警視庁で刑事をやってる」

「はあ？　なんだそれ。あり得ねえだろ」

眉間《みけん》にシワを寄せ、涼牙が返す。すかさず、架川はポケットから片手を出し、スラックスのポケットから二つ折りにした濃い焦げ茶色の手帳を取り出した。手帳を開き、腕を伸ばして涼牙の眼前に掲げる。手帳の内側の上部には架川の顔写真と階級、氏名、職員番号などが印刷されたプラスチック製のカードが収められ、下部には金属製のバッジが取り付けられている。勤務中に逃走したので、警察手帳を持ったままだ。

「昔さんざん見ただろうし、偽物かどうかわかるだろ？　こいつは俺の相棒だ」

そう問いかけて光輔を指し、架川は警察手帳を前に突き出した。二階の窓の明かりを受け、金色のバッジの中央に配された旭日章《きょくじつしょう》がきらりと光る。

「マジかよ。でも、なんだって」

取り乱し、架川たちの顔を交互に見た涼牙だったが光輔が、

「うん。それを今から説明する」

と冷静に返すと、口をつぐんだ。警察手帳をスラックスのポケットに戻し、架川はまた半歩下がった。

それから光輔は歌川チカ殺害事件が起きてからのいきさつと、いま自分と架川が置かれている状況を説明した。目を見開き、中腰の中途半端な姿勢でそれを聞いていた涼牙だったが、光輔が話を終えるなり言った。

「小浜さんが殺されたって、マジかよ。殺《や》ったのは、信濃一家の当麻ってのも？」

事件前、三代子はチカを可愛がっており、涼牙と面識があっても不思議ではない。しかし、なぜ真っ先にそれを訊《き》く？ それにその動揺ぶりはなんだ？ 戸惑い、架川は光輔を見た。しかし光輔は前を向いたまま、「間違いない」と頷《うなず》いて見せた。すると涼牙は三度《みたび》「マジかよ」と言って俯き、黙り込んだ。薄暗さもあって表情は窺《うかが》い知れないが、涼牙がさらにうろたえ、怯《おび》えたのがわかった。

「うん」

そう応《こた》えた光輔だったが彼も戸惑っているらしく、次の言葉が出て来ない。沈黙が流れ、架川は進み出て言った。

「しかし、よく十年も隠れてたな。工事現場で盗みをはたらいた後、一度は春蘭市を出たんだろ？　こっちに戻ったのは、時効が成立した三年前か？　それでも隠れ続けてるんだから、よっぽどヤバい余罪があるんだな」

呆《あき》れながらも感心するという口調と表情で問いかけ、胸の前で腕を組む。すると涼牙は顔を上げ、尖《とが》った目で架川を見た。

「ふざけんな！　余罪なんてねえ。俺は十年前の盗みの後、一度も犯罪には関わってねえよ」

放置自転車や粗大ゴミを持ち去るのも、立派な犯罪だぞ。そう告げようとした矢先、光輔が口を開いた。

「じゃあなぜ、隠れ続けてるの？」

そう問われ、涼牙はしまったという顔で再び口をつぐんだ。しかし既に手遅れで、光輔は、

「ひょっとして、小浜三代子が殺された事件と関係があるんじゃない？」

とカンを働かせて問い、架川も、

「さっき蓮見が説明した通り、警察と信濃一家が俺を血眼《ちまなこ》で捜してる。連中がここを嗅《か》ぎつけるのも、時間の問題だ。そうなると、お前もヤバいんじゃねえのか？」

とプレッシャーをかけ、二人で囲むように涼牙に歩み寄った。「うるせえ！　俺に

近づくな！」とすごんで見せた涼牙だったが、顔を強《こわ》ばらせて後ずさりしている。

今だ。架川は涼牙の目を見て告げた。

「大丈夫だ。俺たちが護《まも》ってやる」

光輔も言う。

「きみが抱えているものが何であれ、正直に話してくれれば僕らは信じるよ」

後ずさりをやめ、涼牙が光輔を見た。

「本当だな？」

光輔が無言で力強く頷くのを確認し、涼牙は覚悟を決めたように息をつき、話を始めた。

「十年前の夏。逃げ回った挙げ句行き場がなくなった俺は、あの事件の日に実家に戻ろうとしたんだ」

「七月五日、家はクラブ『コフレ』の近くにあったアパートだね？」

確認する光輔に涼牙は、「そうだ。夜中の一時頃だったと思う」と答え、話を続けた。

「だけどあの頃、俺はおふくろを嫌ってたし、デカが待ち伏せしてるんじゃないかと不安でアパートに入れずにいた。そうしたら突然実家の部屋のドアが開いて、血まみれの男が飛び出して来たんだ」

「血まみれ？　それは」

言いかけた光輔を首を大きく横に振って遮り、涼牙はこう続けた。

「あんたの親父じゃない。デカくてゴツくて坊主頭の——とにかく、初めて見る男だった」

涼牙を挟んだ向かいで、光輔が絶句したのがわかった。架川も驚いたが、涼牙に話の先を促した。

「で、お前はどうしたんだ？」

「とっさに物陰に隠れたよ。男はアパートの前の通りに駆け出て、奥の塀を乗り越えて消えた。で、俺は慌てて部屋に行こうとしたんだけど後ろから、『行っちゃダメ』と声をかけられた。驚いて振り向いたら小浜さんがいて、『この街を出なさい。いま見たことは忘れるの。私もそうするから』って言われた。でも動けずにいたら、『チカと同じ目に遭いたいの!?』って怒鳴られた。で、気がついたら俺も通りに飛び出してた。そのまま春蘭市を出て、日雇いの仕事で食いつなぎながら名古屋《なごや》とか大阪とかを転々としてた。でもどこにも馴染《なじ》めなくて、三年前にこっちに戻った……あんたが言った通りだよ」

一気に語った後、最後のワンフレーズはふて腐れたように架川を見て言い、肩を落とした。その肩を叩《たた》き、架川は返した。

「よく話してくれたな。話はそれで全部か？」

ひとまずねぎらうと涼牙は頷き、何か言おうとした。が、次の瞬間伸びて来た拳《こぶし》が涼牙の頬を殴り、涼牙は地面に倒れた。

「おい！」

とっさに声を上げ、架川は光輔を見た。光輔は握りしめた右拳を胸の前に上げ、仁王立ちで涼牙を睨《にら》んでいる。歩み寄ろうとした架川の脇を抜け、光輔は涼牙のもとに向かった。そして身をかがめて手を伸ばし、倒れたまま顔をしかめて左頬を押さえているる涼牙のダウンジャンパーの襟を摑《つか》んだ。続けて再び握った拳を振り上げようとしたので、架川は「やめろ！」と言って光輔の手首を摑んだ。光輔は「放して下さい！」と叫んで腕を振り回して抵抗したので、架川は「落ち着け！」と告げて光輔の手首をさらに強く摑み、もう片方の手で光輔の腕の付け根を押さえた。

怒るのは当然だが、いきなり殴るとは思わなかった。架川が驚き、混乱もしていると光輔は抵抗をやめ、涼牙の顔を覗《のぞ》き込んだ。

「じゃあ、お前が見た血まみれの男が真犯人ってことか？　何で今まで黙ってたんだよ！」

そう問われ、涼牙も光輔を見て答えた。

「梶間さんは、俺の話を真剣に聞いて信じてくれた。あんなデカは初めてで、俺も梶間さんを信用し始めてたんだ。その矢先に事件が起きて、逃げた先で梶間さんはおふくろとデキてて、別れ話が殺しの原因だってニュースを見た。俺はころころ変わるおふくろの男に、怒鳴られたり殴られたりして育ったんだ。だからおふくろが殺されたことや血まみれの男を見たことより、『結局あんたも同じかよ』って、ムカついて失望したんだよ！」

「違う。親父はチカとデキてなんかいなかった。周りの証言は親父を嵌《は》めるために、当麻が命じたでっち上げだ」

「ウソつけ！　事件前、梶間さんは度々実家に来てたし、おふくろに男がいるのも明らかだった。それに証言した人の中には、梶間さんと同じ警察官もいたじゃないか」

「そいつこそが、チカの男だ！　折原大悟。当時の長野県警の会計係長で、当麻の仲間だ。折原にチカを引き合わせたのも、当麻だ」

怒鳴り返しながらも暴れる様子はなかったので、架川は光輔を解放した。すると光輔はダウンコートのポケットに手を入れ、スマホを取り出した。素早く操作し、画面を涼牙に突き出す。画面には、折原大悟の写真が表示されているのだろう。

「……こいつ。おふくろと夜の繁華街を歩いてるのを見たことがある。他のホステスも一緒だったし、アフターに行ったんだとばかり」

そこまで言って、涼牙は絶句した。その目を覗き、光輔は声をさらに大きく、怒りに満ちたものにして喋《しゃべ》り続けた。

「お前は親父を、他のデカとは違うと思ったんだろ？　だったらなんで、親父を信じなかったんだよ。……お前があの晩見たことを話してれば、親父は刑務所になんか入れられなかった。お前のせいで、僕たちは」

怒りを爆発させ、光輔はまた涼牙に殴りかかろうとした。慌てて立ち上がって涼牙は逃れ、架川は後ろから光輔の肩と腕を捕らえた。光輔に再度「落ち着け！」と告げてから、架川は涼牙を振り向いた。

「事情はわかった。だが、時間が経てば冷静になるだろう。警察に真相を話そうとは思わなかったのか？」

「警察の連中は、俺の話なんか信じねえよ。唯一信じてくれた梶間さんがあんなことになって、誰を頼ったらいいのかもわからなかったし」

再びふて腐れたような顔になり、涼牙は答えた。架川の頭に今朝光輔経由で聞いた、涼牙は不良少年時代に警察に、無関係の犯罪の犯人だと決めつけられたという羽村の話が蘇《よみがえ》った。すると涼牙は、殴られて赤くなった左頬をさすりつつさらに言った。

「それに、真相を話した後のことも怖かった。あの男がどこの組員にしろ、暴力団の恨みを買うだろ？　実際、小浜さんは殺されたじゃないか」

「だからって」

光輔が言い返そうとしたので、架川はまた話を変えた。

「小浜三代子がこっちにいた頃、ＵＳＢメモリーを持ってるのを見たり、話を聞いたりしたことはねえか？　三代子はそこにチカの事件を含む、当麻たちの悪事の証拠を記録していたらしいんだ」

「マジで？　でも、俺は知らない」

「本当か？　もしまた隠すつもりなら――」

「待てって。いい加減にしねえと、俺もキレるぞ」

光輔にそうすごんで見せた架川だったが、内心では光輔の感情的な態度に戸惑いを通り越し、不安を覚え始めていた。

と、その場にスマホの振動する音が流れた。ポケットからスマホを出して耳に当てたのは、光輔だ。

「もしもし」

「直人か？　どうだ、架川さんともども無事か？」

相手は羽村のようだ。涼牙にその場に留《とど》まるようにジェスチャーで指示し、架川は光輔のスマホに耳を寄せた。

「なんとかね。歌川涼牙を見つけ出したよ。いま、一緒にいる」

光輔は憎々しげに涼牙の名前を口にしたが、羽村は「やったな！」と声を上げた。

が、すぐにいつもの様子に戻って言った。

「それは後で聞くとして、こっちも収穫があった。長野県警から払下げられた例の土地だが、暁リゾートが落札した後、短いスパンで三つの会社に転売されたとわかった。三社ともまっとうなリゾート開発や不動産業者だが、突っ込んで調べたら土地の払下げの少し前に、経営者と役員が総入れ替えされていた」

「乗っ取られたってこと？」

「ああ、乗っ取られた三社のうち二社は、例の土地を転売した後しばらくして休業または廃業しているから、トンネル会社として利用されたんだろう。だが、残りの一社は残っていて経営は順調、信濃一家のフロント企業の代表格になってる。これから資料を送るから見てくれ」

少し間があり、光輔のスマホがまた振動した。光輔はただちにメールアプリを立ち上げて届いた資料に目を通しだした。脇から架川も覗く。

資料によると残りの一社は「リゾーツ春蘭」といい、リゾート開発やホテルの経営をしているようだ。写真も何枚か添付されており、中には社長が写っているものもあった。社長の名前は棚井《たない》則章《のりあき》といい、歳は四十手前か。大柄で、生え際が少し後退した髪をオールバックに撫《な》でつけている。

と、突然後ろで裏返った声が上がった。架川と光輔は同時に振り向くと、いつの間に来たのか涼牙がいた。小さな目を見開き、固まっている。

「どうした？」

架川の問いかけに、涼牙は光輔のスマホを指して言った。

「こ、こいつだ。俺が見た、血まみれの男」

「なに⁉」

架川が声を上げ、光輔は冷ややかに訊《たず》ねた。

「思い込みか見間違えじゃないのか？　十年も前だし、夜中で暗かったんだろ」

しかし涼牙は首を激しく横に振り、こう断言した。

「いや、間違いない。体はデカいのに、目が小さくて細かったから覚えてる。十年前、俺と小浜さんが見たのは、この棚井って男だ」

10

涼牙にネットカフェかカプセルホテルに隠れるように言って金を渡し、架川は光輔とリサイクルショップ　スエヒロを出た。時刻は午後九時を過ぎており、また裏道を使い、碧天山のバンガローを目指して歩きだした。途中、パンの自販機があったので夕食を摂《と》った。

「棚井則章の身元が割れました。三十九歳、離婚歴ありの独身。自宅は春蘭駅前のタワーマンションです」

メロンパンをかじりつつ、もう片方の手に持ったスマホの画面を見て、光輔は言った。パンの自販機の隣に置かれた飲み物の自販機を眺め、架川は返した。

「さすがは羽村だな。仕事が速い」

「棚井はかつては信濃一家の若中《わかちゅう》でしたが、チカの事件の直後、和歌山《わかやま》県に本部がある同じ鷲見組系列の暴力団に移籍しています。そして三年後にカタギになり、春蘭市に舞い戻ってリゾーツ春蘭の社長に就任。今に至ります」

「末端の構成員に汚れ仕事をやらせて別の組織に預け、ほとぼりが冷めた頃に呼び戻し、褒美《ほうび》として組織かフロント企業の幹部にして稼がせる。やくざ者の成り上がりパターンの一つだ」

淡々と語り、架川は自販機に硬貨を入れてホットの缶コーヒーを買った。いつも飲んでいるメーカーのものではない上、微糖。缶を開けて飲むと案の定口に合わなかったが、仕方がないのでカレーパンと交互に口に運んだ。

「じゃあ、棚井もそのパターンに乗ってチカを殺害し、今の地位を手に入れた可能性が高いですね」

そう返し、光輔はスマホをダウンコートのポケットに戻して歩きだした。「ああ」

と頷《うなず》き、架川も歩きだす。

「手袋を外すといいぞ」

しばらくしてそう言うと、光輔が怪訝《けげん》な顔で振り向いた。

「指が痛むんだろ？　いま気温はマイナス四、五度ぐらいだから、外気にさらせば氷で冷やすのと同じ効果があるんじゃねえか」

すると光輔は「いえ」と答え、右手の甲をさすっていた左手を下ろして顔を前に戻した。

「ケンカ慣れしてねえやつは、親指と人差し指、中指だけを強く握り、薬指と小指が少し浮いた状態で拳《こぶし》を作っちまうんだ。で、その状態で人を殴ると薬指と小指を打って腫《は》れたり骨が折れたりする。ちなみにやくざ者が小指を切断するエンコ詰めには、『ケンカがまともに出来ない身になってでも、ケジメをつける』って意味もあるらしいぞ」

最後は冗談めかして言い、架川はコーヒーを飲んだ。やはり口に合わないが、冷えた体が少しだけ温まった。声と表情を硬くして、光輔が応《こた》えた。

「解説と蘊蓄《うんちく》をありがとうございます。でも、僕が涼牙を殴ったことを怒っているなら、そう言って下さい」

「怒っちゃいねえが、らしくねえなとは思ってる。自分がどう思うかより、いかにことを有利に運ぶか考えるのがいつものお前だろ。だが、あんな話を聞かされちゃ無理もねえか」

「そうですね。でも、そもそもいつもの僕って何なんでしょうね」

それこそいつもの光輔らしくない疑問に架川は、『何なんでしょうね』って、そりゃお前」と口ごもる。すると光輔は、

「とにかく、ＵＳＢメモリーの原本を見つけ出したとしても、親父の無実を証明するには涼牙の証言が不可欠です。説得して、また逃げられないようにしないと」

と話を元に戻した。ほっとして、架川も言った。

「お前なら、説得できるだろ。ぶん殴って、気持ちも少しは晴れたんじゃねえか？」

「いいえ。僕は絶対に涼牙を許しません」

光輔は即答した。怒りに満ちた声と表情。一方で大きな目は、冷え冷えと澄んでいる。こんな光輔は初めてで、架川は絶句した。強い戸惑いと不安が胸に湧く。しかし光輔はすぐに真顔に戻り、話を続けた。

「問題は、ＵＳＢメモリーの原本がどこにあるかですよね。羽村さんは、三代子にとって絶対に安全で、誰にも見つからない自信のある場所だろうと言っていました。心当たりはありませんか？」

コーヒーを一口飲んで気を落ち着け、架川は答えた。

「ぱっと思いつくのは、コフレだ。三代子の城みてえなもんだったからな」

「でもママが田並史江《たなみふみえ》に替わった時に、改装工事とかで見つかったり壊されたりしたかもしれませんよ。店内にその可能性のない場所はありますか？」

「店の中を見て廻《まわ》った訳じゃねえからな。強いて言うなら、立石さんか。バーテンダーとしてスカウトしたのは三代子だし、今も史江はもちろん、従業員たちに一目置かれているようだ」

　記憶を辿《たど》りつつ伝えると、光輔の表情が引き締まり、目に光が戻った。

「それなら、立石さんが隠し場所を知っているかもしれない。追っ手に気づかれずに、コフレに入る方法はありませんか？」

「そう言われても、敵の本丸《ほんまる》みてぇなもんだからな」

　首を傾げた架川だったが光輔の眼差《まなざ》しの強さに圧《お》され、コートのポケットから手嶌に手配させたスマホを取り出した。

11

　サイレンの音を響かせ、白いワンボックスカーが繁華街に入って来た。ルーフに赤色灯を点《とも》し、ボディの脇には水色の横線と「春蘭ガス」の社名が入っている。通りを走っていた車が端に寄り、歩道を行き来する人たちが振り向く。午前零時を過ぎ、帰宅したりアフターに行ったりするホステスやキャバクラ嬢とその客など、人通りは多い。

ワンボックスカーは建ち並ぶビルの一つの前で停まり、サイレンの音も止んだ。運転席と助手席のドアが開いて男が二人、ワンボックスカーを降りた。二人とも白いヘルメットをかぶり、淡い緑色の作業服に安全靴という格好で、手に大きく重たそうなバッグを提げている。男の二人組は小走りに歩道を横切り、向かいのビルに向かった。ビルの玄関の前にはダークスーツ姿の男が二人立っていたが、男の二人組をちらりと見て脇に避《よ》けた。男の二人組はビルに入り、エントランスを進んで行った。それを確認し、架川は隣の光輔に告げた。

「行くぞ」

「はい」

光輔が返し、二人で向かいのビルの陰から飛び出した。架川たちも白いヘルメットをかぶり、色目は少し違うが淡い緑色の作業服にバッグ、安全靴という格好だ。通りを横断してワンボックスカーの脇を抜け、俯《うつむ》き加減で縁を摑《つか》んでヘルメットを引き下げ、男の二人組に続いてビルに入った。ダークスーツ姿の男たちの視線を感じたが、声はかけてこない。

架川は光輔とエントランスを抜けてエレベーターホールに進んだ。エレベーターの到着を待つ男の二人組の後ろを抜け、突き当たりの非常口まで走る。解錠して非常口のドアを開け、二人で建物の外に設《しつら》えられた鉄製の非常階段を上った。

六階まで一気に駆け上ると、さすがに息切れがした。架川は呼吸を整えながら踊り場の奥のドアに歩み寄った。周囲のビルの明かりが頼りの薄暗がりの中、ノブを摑んで引き下ろすとドアは開いた。

ドアの隙間から覗《のぞ》いた廊下の奥に、見覚えのある大理石張りの壁があった。光輔にも廊下を覗かせ、壁を指して「あそこだ」と伝えた。その直後チャイムの音がして、エレベーターが六階に到着した。降りて来たのはさっきの男の二人組で、大理石の壁の奥にあるドアに駆け寄る。誰かと話す声がして、男の二人組がドアの中に入ったのがわかった。

「よし。首尾は上々だな」

安堵《あんど》しつつ架川が言うと、光輔は「ええ。でも、問題はこの先ですよ」とクールに応えた。

そのまま廊下を見張っていると、四十分ほどで男の二人組が出て来た。後ろには田並史江と立石庄司の姿もある。架川がドアの隙間に目をこらし、耳も澄ましていると、

「お騒がせしてすみません」

「わざわざありがとうございました」

と恐縮して頭を下げる立石と史江、それに「いえ。何ごともなくてよかったです」「たぶん警報器の誤作動でしょう」と応える男の二人組のやり取りが確認できた。史江は深い青のドレス、立石は黒いベストとスラックス、白いワイシャツの襟に黒い蝶《ちょう》ネクタイという格好だ。

史江と立石は再度頭を下げ、エレベーターに乗って帰って行く男の二人組を見送った。

「後は私が片付けますから、ママも帰って休んで下さい」

廊下を戻りながら立石が言うと、史江は「じゃあ、お願いするわ。お客様にお詫《わ》びの連絡もしなきゃいけないし」とため息交じりに返した。

さらに見張ること約十分。黒いコートを着てエルメスのバッグを提げた史江が、廊下に出て来た。エレベーターに乗り、その場を去る。と、立石が大理石の壁の陰から顔を出した。廊下に人影がないのを確認し、非常口を見て手招きをした。架川はドアを開け、光輔とともに廊下に入った。

「よう」

廊下を進みながらヘルメットを外し、架川は軽く手を上げた。「お久しぶりです」と立石が一礼する。大理石の壁にはめ込まれた「ＣＬＵＢ　ｃｏｆｆｒｅｔ」と書かれた看板を一瞥《いちべつ》し、架川は光輔とともに店内に進んだ。白い大理石張りのクロークを抜け、広々とした客席フロアに入る。天井のシャンデリアの明かりは消されているが、等間隔で並ぶ濃い茶色の革張りのソファと大理石のテーブルは、二ヵ月前に来た時のままだ。

「客もホステスたちも帰らせたか。作戦成功だな」

立石に笑いかけた架川の視界の端に、店内をきょろきょろと見回す光輔の姿が映る。

「はい。厨房《ちゅうぼう》の警報器にスプレー式の殺虫剤を吹き付けたのになかなかアラームが鳴らずに焦りましたが、その後は上手くいきました。さすがですね」

頷《うなず》き、立石も笑った。

「いや、今回の作戦を考えたのはこいつ。相棒の蓮見だ。一昨日《おととい》話した通り、いろいろあって、今やお尋ね者の俺に付き合わせてる」

顎《あご》で光輔を指し、後半は冗談めかして紹介する。

約四時間前。架川は立石にＬＩＮＥのメッセージを送り、コフレに入り込む術《すべ》はないか訊《たず》ねた。すぐに返事が来たが、「店の中も周りにも、信濃一家の組員の見張りがいます」というものだった。すると光輔が「僕に代わって下さい」と言い、架川のスマホを使って立石からコフレ店内の構造やセキュリティーシステム等を聞き出した。

そして、「立石さんにバーの厨房のガス漏れ警報器を鳴らしてもらい、客と従業員、見張りの組員も避難させる。同時に春蘭市のガス事業者に通報し、駆けつけた作業員に紛れてコフレのビルに入りましょう」という作戦を立てた。それを立石に伝え、作業服やヘルメットなどは、深夜営業をしているディスカウントショップで入手した。

振り向いた立石に光輔はヘルメットを外して背筋を伸ばし、一礼した。

「蓮見光輔です。一昨日コンビニの駐車場では、お世話になりました」

「立石庄司と申します……いえ、とんでもない。架川さんから特徴を聞いて、『あの人だろう』と思ってバンガローの話をしたんですが、ちゃんと伝わったか心配でした」

「小浜三代子さんが亡くなられたのは、ご存じですね。その事件には僕も関わっていて、説明とお詫びをしなくてはなりません。でも今は時間がなく、それは架川さんも同じです。必ず全てを明らかにして戻って来るので、それまで僕らに力を貸してもらえませんか？」

「お願いします」と付け足し、光輔は深く頭を下げた。心からの言葉だとわかり、架川も一緒に頭を下げた。立石は慌てた様子で「いや、そんな。頭を上げて下さい」と架川たちに体を起こさせ、言った。

「三代子ママのことは、ニュースで知りました。ショックだったし、『ママを護《まも》ると約束したのに』と架川さんを恨みもした。だがママが亡くなった火事は放火らしいと聞いて、十年前の事件と関係があるんじゃないかと思ったんです。私があの晩見たことを警察に話していれば、ママは……そうしたら架川さんから連絡があったんです。できることは何でもするので、真相を明らかにして下さい」

「わかりました。で、三代子ママのUSBメモリーなんですが」

光輔は言いかけたが、立石は首を横に振って告げた。

「預かっていないし、どこにあるか見当もつきません」

「店の中を案内してくれねえか？　手がかりが見つかるかもしれねえ」

架川が提案すると立石は、「わかりました。どうぞ」と片手を上げて架川たちを促した。

客席、クローク、トイレ、事務所兼史江の部屋、ホステスや立石たちのロッカールームと見て廻《まわ》ったが、USBメモリーは見つからなかった。光輔の予想通り、ママが替わった際に店内もリニューアルされていた。

「史江さんは三代子さんから店だけじゃなく、当麻秀和というパトロンも引き継いだんでしょう？　なら先代の痕跡《こんせき》を消したいと思うのも、無理はないですね」

店を一廻りして客席フロアに戻ると、光輔は言った。無言で俯く立石を気遣い、架川は光輔を睨《にら》んで軽く脚を蹴《け》った。しかし光輔は意に介さず、架川は立石に向き直って問うた。

「だが、一カ所ぐらい三代子ママの痕跡が残っている場所があるんじゃねえか？」

「う〜ん」と首を傾げ、立石は考え込んだ。その間に光輔は改めて店内に視線を巡らせ、架川も倣った。と、架川の目はある一角に留《とど》まり、同時に一つの記憶が蘇《よみがえ》った。立石を振り向き、ある一角を指して告げる。

「バーカウンターは？　あんたの仕事場だろ？」

「ええ」

怪訝《けげん》そうに頷き、立石はバーカウンターを見た。フロアの奥まった場所で、五脚並んだ黒革のスツールの向こうに木製のカウンターがあり、その奥は厨房だ。

「さっき調べたし、バーカウンターもリニューアルした時に棚や什器《じゅうき》を入れ替えたと聞いたでしょう」

光輔が言う。しかし架川は、

「カウンターはどうだ？　去年俺が来た時、アフターのない夜は閉店後あそこに一人で座って、強めの酒を一杯だけ飲むのが三代子ママの日課だったと言ってただろう。何を話す訳でもなかったが、あんたにとっては大切でかけがえのない時間だったとも。恐らくそれは、三代子ママも同じだったはずだ」

と早口で告げ、バーカウンターに向かった。「ええ。そうかもしれませんが」と戸惑い気味に答えながら立石が後に続き、光輔も付いてくる気配があった。

「確か、この寄木細工の天板も特別なんだよな。三代子ママが知り合いの職人に作らせたものだと話してくれた。だろ？」

　カウンターの前で立ち止まって天板を見渡し、架川は続けた。語るほどに記憶は鮮明になり、胸が弾むのもわかった。

「ええ。その寄木細工は当麻さんも気に入っていたので、史江ママにリニューアルさせませんでした」

　そう答え、立石もカウンターの前で立ち止まった。その隣で足を止め、光輔は身を乗り出して天板を眺めた。細長い木材を横並びに五本並べたものが、編み込むように縦横に並べられている。隅から隅まで磨き上げられているが、引っかかるものを感じたのか、光輔は質問を始めた。

「この天板に変えてから、そう時間が経っていませんね」

「ええ。普通の無垢《むく》の木からこれに変えたのは一昨年《おととし》の秋で、それから間もなくママは店を辞めました」

「間もなく？　ということは、三代子ママは店を辞めると決めていながら天板を変えた可能性が高いですね。なぜわざわざ……それと、あそこは？」

　続けて問いかけ、光輔は天板の奥を指した。つられて、架川と立石もそちらを見る。

「ああ」と応《こた》え、立石はカウンターの内側に入った。光輔の向かいに立ち、天板の縁の手前に並んだ木材を手のひらで撫《な》でてこう続けた。

「バーテンダーの世界では、お客様の真正面に立つのはタブーとされています。なので、ここが私の定位置。ここでオーダーされた酒を作りますし、特に念入りに磨くので、こんな風になってしまいました」

　言われてみれば、立石が立っているのは端から二脚目と三脚目のスツールの間。そしてその指が撫でている二本の木材は、周りに比べてわずかに褪色《たいしょく》していた。

「定位置というのは、立石さん以外は入れない聖域《せいいき》とも言えますね。すみませんが、その二本の木材を調べてもいいですか？」

「調べるというのは？」

「寄木細工は四角い棒状にした木材を並べて接着し、板状にします。箱や茶筒などの立体物はその板状のものを組み合わせてさらに接着しますが、この天板は板状のものを枠の中にはめ込んだだけです。なので、三代子さんが職人に頼んで棒状の木材の一本を空洞にしてもらえば、中に物を仕込んだ上で、もう一度はめ込むことができます。この二本の木材の幅と長さなら、中にＵＳＢメモリーを仕込むのは可能でしょう？　三代子さんは、それが目的で天板を変えたのかもしれない。だから木材に小さな穴を開けて、中を調べます」

「穴!?」

　信じられないという顔で訊《き》き返した立石だったが、架川に「頼む」と両手を合わせられ、渋々といった様子で「事務所に工具箱があるので取って来ます」と告げ、バーカウンターを出てバックヤードに向かった。

　間もなく工具箱を持った立石が戻って来たので、架川と光輔はカウンターの中に入った。

　光輔は工具箱から電気ドリルを取り出し、螺旋《らせん》状の溝が入った幅五ミリ、長さ十センチほどの刃を装着した。そしてスイッチを押してドリルが問題なく動くのを確認してから右手に握り、天板に向き直った。

「慎重にいけよ」

　と声をかけた架川に「わかっています」と言うように頷《うなず》き返し、光輔は電気ドリルの刃の先端を木材のうちの一本の中央に当てた。光輔がスイッチを押すと電気ドリルの刃先は回転し、その場にモーター音と木材が削れる音が響いた。刃の先が木材に数ミリ入ったところで、光輔は電気ドリルを止めた。

「中が空洞じゃありませんね。こっちじゃない」

　視線を天板に向けたまま告げ、ドリルの刃をもう一本の木材に当てる。その動きを脇から見つめている立石だが、覚悟を決めたのか何も言わない。

　光輔が電気ドリルのスイッチを押し、再びモーター音と木材が削れる音が響いた。が、光輔はすぐに電気ドリルを止め、顔を上げて架川を見た。

「ドリルの刃が板を貫通しました。中は空洞です」

思わず「おお」と声を漏らし、架川は木材に空いた穴に目をやった。立石も身を乗り出す。冷静な態度を保ちつつ目を輝かせ、光輔は再度電気ドリルを動かし、刃を横に動かして穴を広げた。

カウンターの端に木くずが散らばる頃、二本目の木材の表面に長さ十センチ、幅三センチほどの穴が空いた。光輔は電気ドリルを穴の脇に置き、それを待っていた架川はさっき工具箱から出しておいたペンチを光輔に手渡し、もう片方の手で懐中電灯モードにしたスマホで穴を照らした。

「どうも」

と短く礼を言い、光輔はゆっくり慎重に穴の中にペンチを差し入れた。かつん、とペンチの先が何かに当たる音がして、架川と立石がはっとする。

さらにゆっくり慎重にペンチを動かし、光輔は穴の中の物をつまみ上げた。スマホの明かりが照らし出したのは、縦十センチ、横三センチ、幅二センチほどの黒いプラスチックケース。

架川と立石が息を呑《の》んで見守る中、光輔はプラスチックケースの蓋《ふた》を開けた。その中には、先端にキャップを装着した黒いＵＳＢメモリーが収められていた。

「やった！」

意外にも、最初に声を上げたのは立石だった。目を輝かせ、架川とは反対側の隣から光輔がケースから取り出したＵＳＢメモリーを見ている。安堵《あんど》と興奮を覚え、架川もＵＳＢメモリーに目をやって光輔の肩を叩《たた》いた。

「お疲れ。いつもながら、大したもんだ」

しかし光輔はクールに、

「さて、ここに何が入っているかですね」

と返してＵＳＢメモリーをケースに戻し、蓋を閉めた。

12

「事務所にパソコンがあります」

そう告げて、立石はバックヤードに向かおうとした。光輔はそれを、

「こちらで用意して来ました」

と止め、カウンターの端に置いたバッグを引き寄せた。ファスナーを開けて取り出したのは、タブレット端末。これも足の付かないものを手嶌に用意してもらった。

三人でカウンターを出て客席フロアに戻り、ソファの一つに座った。光輔はケースからＵＳＢメモリーを取り出し、キャップを外してタブレット端末のポートに差した。

その間に立石が、隣の客席との間に置かれたスタンドの明かりを点《とも》してくれた。

短い通知音が鳴ってタブレット端末の液晶ディスプレイにウィンドウが開き、USBメモリーに保存されたデータの一覧が表示された。タイトルから帳簿や契約書と思われる文書の他、写真や動画、音声と大量だ。架川と立石が両脇から覗《のぞ》き込む中、光輔は「当麻スマホ・アルバム」というタイトルのデータを選んでタップした。液晶ディスプレイにもう一つウィンドウが開き、複数の写真が表示された。被写体はどれも歌川チカと梶間優人。カフェやファミリーレストランなどで向かい合い、深刻な顔で話している。どの写真も距離とアングルからして、明らかに盗撮だ。中には、優人がチカのアパートの部屋に入って行くカットもあった。

「慎重に下調べして、チカの殺害と優人さんをホシに仕立て上げる計画を練ったんだろう。だが、やくざ者はそんな手の込んだことはしねえ」

写真を眺め、架川が言う。

「つまりこの写真を撮り、計画を練ったのは盗撮や尾行に慣れている者、たとえば警察官ということですね。それを証明するデータがあるといいんですが」

光輔も言い、チカと優人の写真のウィンドウを閉じ、再度データの一覧を見た。すると、架川の手が伸びてきてデータのタイトルの一つを指した。

「この『春の蘭』を見てみろ。この街の飲み屋街にある高級料亭だ。去年春蘭市に来て騒動に巻き込まれた時、この店の前で当麻と日星エステートの三田に会った。だろ？」

　最後は光輔越しに立石に問いかけ、立石は「はい」と答えた。光輔は言われた通りに「春の蘭」のデータを開いた。

　三《み》度《たび》液晶ディスプレイにウィンドウが開き、複数の写真が表示された。どれも夜に撮影されたもので、大きく古い日本家屋が写っている。「これが『春の蘭』だ」と架川が言う。だが、その玄関先に写り込んでいる人影はブレたりピントが甘かったりして、はっきりしない。

「三代子ママが自分で撮ったのかもしれません」

　フォローするように立石が言い、光輔は「ええ。だとしたら、重要な写真の可能性が高いですよ」と返し、写真の一枚の人影をアップにしたり縦横にスワイプしたりした。

「待て。こいつは」

　そう告げて光輔に手を止めさせ、架川はアップになった人影を指した。間髪を容《い》れずに光輔は頷き、

「ですね」

　と返した。身を乗り出し「えっ。誰ですか？」と訊いてきた立石には、架川が答え

た。

「有働弘樹。データが保存された日付からすると、この写真が撮影された当時は長野県警の警務部長だ。コフレにも何度か行っていただろう」

「ええ。確かにこんな風に背が高くて、がっしりした方でした」

写真を見直し、立石が頷く。写真は有働が数人の男と「春の蘭」に入るところで、前を行く男は顔をこちらに向けている。光輔はその男を指した。

「こっちは折原大悟ですね。この時期に有働と折原が密会するとしたら、相手は」

言いながら、さっきの人影がブレたりピントが甘かったりする写真を再度開き、アップにしたりスワイプしたりした。だがスーツ姿の男が三、四人ということ以外はわからない。「ダメだ」と呟《つぶや》き光輔が顔を上げると、「貸せ」と架川がタブレット端末を取った。

まずは琢己にいちゃんに連絡だな。USBメモリーのデータを送り、文書関係のデータを見てもらって――。頭を巡らせ、腕時計を覗くと既に午前二時近い。焦りを覚えタブレット端末を返して貰《もら》おうとした矢先、架川に、

「見てみろ」

とタブレット端末を渡された。液晶ディスプレイの写真を指し、架川は言った。

「この連中、顔は写ってねえが社章バッジが写ってるやつがいる。これは英都地所の

社章だ。数字8の両脇に羽根が生えてる特徴的なデザインだから、間違いねえ」

　そう続け、架川は指を写真の男の一人に向けた。驚きながら、架川が指した男のジャケットの襟をアップにした。確かにそこに取り付けられた社章バッジは、英都地所のものだ。

「やりましたね」

　驚きつつ感心し、光輔はまた頭を巡らせ始めた。その姿を見て、架川は満足げに顎《あご》を上げた。「私にも見せて下さい」と立石が言い、光輔からタブレット端末を受け取る。

「問題の土地の入札前に、この連中が会っていたっていうことは」

　光輔が呟くと、架川は勢い込んで畳みかけてきた。

「真相がわかったか？　有働たちを追い込めそうか？」

「これだけじゃ無理ですよ。とにかく、データを全部確認しないと」

　そう答えた直後、今度は反対側から肩を叩かれた。振り向くと、立石がうろたえた様子でタブレット端末を返してきた。

「すみません。弄《いじ》ってたら、変な風になってしまって」

　そう言われ、光輔は液晶ディスプレイを見た。データファイルの一覧のウィンドウが開かれ、上端に横長のバーが表示されている。笑って、光輔は応《こた》えた。

「大丈夫ですよ。これはリボンと言って、データの設定や管理用のメニューで――あれ？」

真顔に戻り、光輔は様々な項目が並んだリボンの一カ所に注目した。中ほどに「隠しファイル」という項目があり、左側のボックスにチェックマークは入っていない。

「どうした？」と訊《たず》ねる架川には答えず、光輔は素早くタブレット端末を操作した。すると、液晶ディスプレイに新たなウィンドウが開いた。そこにはデータが一つだけ保存されていて、タイトルは「告白」だ。

「おい。何がどうなってる？　説明しろ」

苛立《いらだ》ったように架川に問われ、立石の視線も感じる。光輔は答えた。

「ＵＳＢメモリーの中には、一覧に表示したくないデータを隠しファイルとして別に保存できるものがあるんです。立石さんがリボンを開いてくれたお陰で隠しファイルの存在と、三代子さんがそれを使っていたことがわかりました」

「やったな」と立石の肩を叩いてから、架川は光輔に視線を戻した。

「で、この隠しファイルとやらには何が入ってるんだ？　『告白』とは、穏やかじゃねえな」

無言で頷《うなず》き、光輔は「告白」のデータを開いた。

液晶ディスプレイにまたウィンドウが開き、長方形の枠が表示された。中央に矢印形の再生ボタンがあるので、動画のようだ。枠の中には、フルメイクで髪をアップに結った三代子の顔がアップで映っている。スマホで動画を撮影したらしく、三代子は何度か位置を調整した後、スマホをどこかに置いた。枠の両端に花瓶や額縁らしきものが映り込んでいるので、棚の上か。スマホを花瓶と額縁の後ろに隠し、何かを撮影するつもりか。

「ここはリニューアル前の事務所兼応接室です。三代子ママは自分の部屋は持たず、ホステスたちと一緒にロッカールームで化粧や着替えをしていました」

　そう立石が説明した時、枠の中からノックの音が聞こえた。「はい」と応え、三代子はスマホの前を離れた。視界が開け、棚の向かい側には楕円《だえん》形の大理石のテーブルを挟んで、黒革のソファが置かれているのがわかった。

「すみませんねえ。ご贔屓《ひいき》にしていただいたのに、こんなところにお通しして。今ちょっと、店の方がばたばたしていて」

　言い訳がましく話す声とともに、再び三代子が枠の中に現れた。後ろから一人、男も姿を現す。粗末な身なりと丸まった背中は十年前とは別人のようだが、光輔にはそれが誰かすぐにわかった。架川も同じだったようで、

「折原大悟か」

　と低い声で告げた。光輔は「ええ」と頷き、立石は驚いたように動画に見入ってい

る。

「どうせ当麻の言いつけだろ」

嫌みたらしく返し、折原は三代子が勧めた奥のソファに座った。横顔しか見えないが無精ヒゲを生やし、表情は暗い。脇に立つ着物姿の三代子は「いえ、そんな」と笑っているが、困惑気味だ。

その後、三代子は従業員が運んで来たお茶を折原に出し、さらに二、三分すると部屋の出入口の方でどやどやという気配があった。ドアの開く音がして、部屋に当麻秀和が入って来た。ボディガードらしき二人の男も一緒だ。架川が言う。

「この動画が撮影されたのは、最近だろ？　当麻の体形やハゲ具合が、去年俺が会った時と同じだ」

「ええ。割と最近ですね。ファイルにこの動画のデータが保存されたのは、一昨年《おととし》の八月だと表示されています」

二人がやり取りしている間に、枠の中では当麻が折原の向かいのソファに座り、奥の壁際にボディガードの男たちが立った。三代子は「失礼します」と会釈し、部屋を出て行く。

最初に口を開いたのは、当麻だった。

「用件は下の者から伺いましたが、無理ですね。これ以上の金は、用立てできません」

「そんな。頼みますよ。なんとか十万、いや、五万だけでも」

「無理なものは無理です。既に三百万円近くお貸ししていますし、そちらの返済の取り立てをしないだけでも、ありがたく思っていただかないと」

　次第にぞんざいな口調になり、当麻は告げた。と、折原がすっくと立ち上がった。反応して動こうとしたボディガードの男たちを、当麻が手を上げて止める。険しい顔で首を突き出し、折原はわめいた。

「ありがたく思えだと⁉　俺がこうなったのは、あんたらのせいじゃないか。『絶対儲《もう》かる』と言うから、未公開株やら海外通貨やらに金をつぎ込んだんだぞ。なのに今じゃ文無しどころか、人事第一課《ヒトイチ》の監査対象だ！」

　興奮し過ぎたのか、折原は背中を丸めて激しくむせた。落ち着いてから顔を上げてさらに何か言おうとしたが、言葉が出て来ないようだ。

「気が済んだか？」

　折原が口をつぐむと、当麻は言った。声は静かだが、全身から発される威圧感に折原は何も答えられない。すると、当麻はこう続けた。

「なら言ってやる。物事にはなんでも引き際ってものがある。あんたはそれを見誤ったんだ。もう手遅れだ」

　そう断言し、当麻は折原を見上げた。しかし折原はまた興奮し、言い返した。

「ふざけるな！　あんたらは、初めから俺も嵌《は》めるつもりで――いいか？　俺らは一《いち》蓮托生《れんたくしょう》なんだよ。十年前、俺らがしたことを忘れたとは言わせねえぞ。あれは」

　そして折原は語りだした。目を血走らせ、声を裏返し、一気に。しかし当麻はそれを遮ることなく、威圧感を保ちながら無言で聞いている。

　動画を見る光輔たちも、無言だった。折原の話の内容に惹《ひ》きつけられ、圧倒もされて聞き入る。

　十分ほどで語り終え、折原は金を用立てないと全てを警察に話すと迫った。しかし当麻は動じず、傍らに目配《めくば》せをした。するとボディガードの男たちが折原に歩み寄り、ソファから立たせた。折原は抵抗し騒いだが、あっという間に出入口の方に連れて行かれ、当麻も立ち上がった。間もなく部屋は無人となり、ややあって一人で戻って来た三代子がスマホを持ち上げたところで動画は終わった。

　驚きと、やはりそうだったかという手応え、折原たちに対する怒りが同時に胸に押し寄せ、光輔はタブレット端末を手にしたまま動けず、何も言えなかった。架川と立石も無言のままで、その場に沈黙が流れた。と、何かにはっとしたように架川が首を後ろに回そうとした矢先、

「動くな」

　と低く太い声が聞こえた。同時に光輔は、自分の後頭部に硬く小さなものを押しつ

けられるのを感じた。二十二、あるいは三十二口径の拳銃《けんじゅう》の銃口だろう。架川は動きを止め、立石は身を強《こわ》ばらせたので、同じように後ろから銃口を突き付けられているに違いない。

と、ダークスーツ姿の男たちがどやどやと客席フロアに入って来た。先頭の一人が言う。

「こいつらは腕っ節は強いが、頭の出来はいまいちでな。さっき『ビルに四人入って行ったのに、出て来たのは二人だった』と連絡があった時は、寝ぼけてるんだろうと思った。だが念のためガス会社に確認したら、出動したのは二名だと言われた。ガス漏れとは、いい手を思いついたな」

中肉中背で、歳は五十過ぎ。架川が愛用しているものに似た、レンズが薄紫色のサングラスをかけている。「こいつら」と言った時には後ろを指し、そこにはさっきこのビルに入った際、玄関前にいた二人の男がいた。

13

ダークスーツ姿の男たちは、架川と光輔、立石が座るソファの前で立ち止まった。サングラスをかけた男に向かい、架川は迷わずに言った。

「信濃一家若頭補佐《わかがしらほさ》、猪瀬宏孝《いのせひろたか》だな。当麻はねえとしても、若頭の寺戸純一《てらどじゅんいち》ぐらいは来るんじゃねえかと思ったが、甘く見られたもんだな。引き連れてる若中も、下っ端ばっかりじゃねえか」

「よく知ってるな。さすがは元マル暴と言ってやりたいが、ヤクの売人とセコい取引をしたのがバレて、逃げ回ってるんだろ？　こんなところで余計なことに首を突っ込んでる場合か？」

動じる様子は全く見せず、猪瀬はサングラスのレンズ越しに架川を見下ろして問うた。

「お前にとっちゃ、余計なことじゃねえだろ。歌川チカ殺しの真犯人《ホンボシ》の棚井則章は、盃《さかずき》も交わしたお前の舎弟だ」

「ホンボシ？　なんのことだ？　それに棚井は元舎弟だ。今じゃ立派なカタギだぞ」

「そうだったな。信濃一家のフロント企業を仕切る、立派なカタギだ」

やり取りを続けながら架川は五感をフルに働かせ、場の状況を把握した。向かいに立つ信濃一家の構成員は、猪瀬と玄関前に立っていた男たちの計三人。加えて、自分と光輔、立石の頭に拳銃を突き付けている者が一人ずつ。廊下やビルの玄関にも、数人の見張りがいるはずだ。

頭数《あたまかず》の差は話にならねえし、こっちは丸腰。交渉《かけあい》でしのいで、逃亡《ケツをわる》するしかねえな。

だが、どうすれば。判断するのと同時に、架川の胸に迷いと焦りが湧く。すると猪瀬は視線を光輔に移し、顎《あご》でタブレット端末を指した。

「そいつを寄《よ》こせ。無論、ＵＳＢメモリーごとだ」

「嫌だ」

光輔は即答した。その目はまっすぐに猪瀬を見返している。

「殺すぞ」

猪瀬はドスを利かせ、光輔の後頭部に銃口を突き付けた男が拳銃の撃鉄を起こしたのがわかった。それでも、光輔は平然と応《こた》えた。

「ウソだ。有働は当麻に、僕と架川さんには手を出すなと命じたはずだ。なぜなら、僕がどんな保険をかけているかわからないから。よく映画やドラマにあるでしょ。『俺が殺されたとわかったら、仲間がお前らの悪事の証拠をマスコミにばら撒《ま》く』みたいな」

「お前も、その保険とやらをかけてるというのか？　どうせハッタリだろ」

「ハッタリかどうかは、じきにわかるよ。このタブレット端末は電源を入れるとＧＰＳがＯＮになって、ある人に僕がどこにいるか通知されるんだ。で、一時間ごとの定期連絡がないと、居場所を警察に通報することになってる」

猪瀬を見たまま淡々と、光輔は説明した。

「ある人」は羽村か？　架川はさっき自分がタブレット端末を借りた際、光輔が腕時計を覗《のぞ》いていたのを思い出した。だが、真偽のほどは定かではない。猪瀬も一瞬戸惑うような様子を見せたが、すぐに余裕を取り戻して返した。

「その手に乗るか。お前も警察《サツ》に追われる身だろ。通報すりゃ、逮捕《パク》られるぞ」

「だからなに？　脅されて無理矢理連れ回されたとか、言い逃れる方法はいくらでもある。こういう時に、日頃の行いがものを言うんだよ」

最後のワンフレーズはしたり顔で言い、光輔は横目で架川を見た。状況を忘れ、ついむっときて言い返そうとした架川だったが、先に猪瀬が口を開いた。

「なるほど。だが、こいつはどうだ？」

そう言って顎で指したのは、立石。隣を振り向いた光輔に、猪瀬はさらに言った。

「タブレット端末とＵＳＢメモリーを渡さなきゃ、こいつを殺すと言ったら？」

その言葉を受け、今度は立石の後ろに立った男が拳銃の撃鉄を起こした。びくりと肩を揺らし、立石は目を見開いて体を強ばらせた。猪瀬を睨《にら》み、架川は声を上げた。

「ふざけるな！　この人は何の関係もねえだろ」

「だが、あんたらと一緒に見なくてもいいものを見ちまった」

勝ち誇ったように、猪瀬が返す。どうやら猪瀬たちはここに駆けつけた後、架川たちのやることを見張っていたようだ。

ぬかった。俺としたことが。後悔と自分に対する怒りで、架川の胸が熱くなる。すると、隣で光輔が頷《うなず》いた。

「確かにそうだね。でも、『その手に乗るか』『ハッタリだろ』はこっちの台詞《せりふ》だよ」

平然とした物言いは変わらないが、そこにはわずかな挑発のニュアンスが含まれている。

危機感を覚え、架川はテーブルの下で光輔の脚を蹴《け》った。が、猪瀬はみるみる顔を強ばらせて目を吊《つ》り上げ、光輔を睨んだ。そして、

「これでもハッタリか？」

と言うやいなや立石の後ろに立つ男に歩み寄り、その手から拳銃を奪った。そして片手で拳銃を握り、銃口を立石に向けた。立石は肩を揺らし、ひっ、と、短い悲鳴を漏らした。

「やめろ！」

叫びながら立ち上がろうとした架川の肩や腕は、猪瀬の後ろから飛び出した男たちに押さえ込まれた。次の瞬間、客席フロアにぱん、と乾いた銃声が響いた。

「立石さん！」

男たちに押さえ込まれたまま必死に首を回し、架川は光輔の隣を見た。そこには背中を丸めて前のめりに倒れ込んだ立石がいた。が、その後頭部に銃創や出血はない。

うめき声が聞こえたので視線を動かすと、立石は手のひらで片脚の太ももの脇を押さえていた。

「わかったろ？　次は頭を撃ち抜くぞ。タブレット端末を寄こせ」

拳銃《けんじゅう》を手に光輔を見下ろし、猪瀬は告げた。光輔は無言。身じろぎもしない。振り向き、架川は怒鳴った。

「言われた通りにしろ。早く！」

光輔も振り向き、架川を見た。しかしその目には、強い拒絶の色が浮かんでいる。架川が絶句したその時、架川を押さえ込んでいた男のうちの一人のスマホが鳴った。片手でジャケットのポケットを探り、男はスマホを出して耳に当てた。

「どうした？……何だと!?」

男はスマホを耳から浮かせ、猪瀬に告げた。

「外の見張りからで、パトカーが何台もこっちに向かってるそうです」

「なに!?」

猪瀬が声を上げると、光輔は平然とした態度に戻り言い放った。

「だから言ったでしょ。どうする？　当麻は春蘭署ともズブズブだろうけど、一般市民が銃撃されたとなれば、握りつぶせないよ。その上、こっちに向かってるパトカーには、県警本部の組織犯罪対策課の刑事も乗ってるはず。信濃一家を壊滅に追い込む、絶好のチャンスだからね」

　ぐっ、と猪瀬が黙り、その場には立石のうめき声だけが流れる。と、まだ遠いが架川たちの耳にパトカーのサイレンの音が聞こえてきた。追い立てられるように、猪瀬は言った。

「ずらかるぞ」

「はい」

　男たちは応え、拳銃をジャケットの内ポケットにしまい、架川の肩や腕から手を放した。

「このままで済むと思うなよ」

　ベタな捨て台詞《ぜりふ》とともに光輔を睨み、猪瀬は身を翻して元来た道を戻った。ばたばたと、他の男たちも続く。それを確認し、架川は身をかがめて立石に問いかけた。

「大丈夫か？　見せてみろ」

「ご心配なく。大したことありません」

　言葉とは裏腹に苦痛で歪《ゆが》んだ顔を上げ、立石は答えた。光輔も身をかがめ、立石が手を当てた太ももの脇を見る。黒いスラックスには出血によるシミができているが、そう大きくはない。

「僕らも逃げないと」

身を起こし、光輔は言った。サイレンの音は、どんどん大きくなり、複数の警察車両がこのビルに接近しているのがわかる。「ああ」と返し、架川は「立てるか？　俺につかまれ」と片腕を立石の背中に回した。が、首を横に振り、立石は答えた。

「私は残るので、二人で逃げて下さい。警察には、強盗が入ったとでも言います」

「バカ言うな。あんたは当麻たちが十年前にしたことを知っちまったんだぞ。このまま この街にいて、無事で済むと思うか？」

「だから一刻も早く当麻たちがしたことを暴いて下さい。そうすれば信濃一家は終わりで、私も殺されずに済む」

「しかし」

言いかけた架川を遮り、立石はさらに続けた。

「そのUSBメモリーは、三代子ママが命がけで遺《のこ》してくれたものです。それに全てが明らかになれば、三代子ママを殺したやつも捕まる。蓮見さんはさっき、必ず戻って来ると言ってくれた。私はそれを信じます」

額に脂汗を滲《にじ》ませ、荒く息をしながら訴える立石の姿に、架川の気持ちは決まった。

「わかった。必ず戻って来る。それまで無事でいろよ」

顔を覗き、目を見て告げると立石は「はい。架川さんたちも、どうぞご無事で」と頷いた。頷き返し、架川は体を起こして光輔に告げた。

「行くぞ」

「はい」

タブレット端末を胸に光輔は応《こた》え、二人で駆けだした。

店の出入口のドアから覗《のぞ》くと廊下に人影はなく、奥の非常口のドアが開け放たれているのが見えた。架川と光輔は非常口に向かい、鉄製の階段を駆け下りだした。と、五階の踊り場まで下りたところでサイレンの音が一際大きくなり、それに車の急ブレーキの音が重なった。足を止め、架川は前方を見た。隣のビルとの隙間越しに、通りに停まった数台のパトカーとルーフにパトランプを載せたセダンが見える。階下からは男たちの尖《とが》った声が聞こえ、非常階段を駆け上る複数の足音も聞こえた。

「コフレに戻って、他に逃げ道がないか立石さんに訊《き》きましょう」

後ろから切羽詰まった声で、光輔が言ってきた。しかし架川は、「そんな時間はねえ」と返し、周囲を見回した。と、隣のビルの側壁にもコンクリート造りの非常階段が取り付けられているのに気づいた。

「向こうに飛び移るぞ」

迷わず告げ、架川は非常階段の柵《さく》に歩み寄った。

「えっ⁉」

驚き、光輔は架川の隣から眼下を覗いた。隣のビルの非常階段までは一メートルほどだが、高さは十五メートル以上ある。落ちて打ち所が悪ければ、死ぬだろう。しかし架川に恐怖はなく、むしろどんどん近づいて来る足音に強い焦りを覚えた。

架川は片手で非常階段の柱に摑まり、安全靴を履いた足の片方を柵の上に載せた。柱で体を支えて柵の上に立つと、隣のビルの非常階段の柵と、その奥の非常口のドアが見えた。同時に視界の端に足下の深い闇も映り、架川は後ろの光輔に告げた。

「下を見るなよ。前だけ見て、一気に跳べ」

そして光輔の返事を待たず、一旦《いったん》上半身を後ろに反らして勢いを付けてから両足で柵の縁を強く蹴り、前に飛び出した。スーツではなく作業服を着ているせいか、いつもより体が軽く感じられ、あっという間に隣のビルとの隙間を飛び越え、非常階段の踊り場に着地した。ほっとする間もなく立ち上がってコフレのビルを見ると、刑事らしきスーツ姿の男の一団は、もう四階まで上って来ている。

架川はコンクリートの柵から身を乗り出し、潜めた声で光輔に訴えた。

「お前も来い。急げ」

顔を強《こわ》ばらせて突っ立っていた光輔だったが、意を決したように作業服のジャケットの裾《すそ》を捲《まく》り、スラックスとシャツの間にタブレット端末を押し込んだ。架川と同じように非常階段の柱に摑まり、柵の上によじ登る。

「よし、来い」

架川の声に小さく頷《うなず》き、光輔は上半身を後ろに反らした。が、ふいに動きを止め、上半身を起こした。

「バカ。何やってんだよ」

怖《お》じ気づいたのかと苛立《いらだ》ち、架川は小声で叱り飛ばした。一団は、五階に到着しようとしている。すると光輔は、空いた方の手をスラックスとシャツの間に差し込み、何かを取り出した。そして、

「念のため。頼みます」

と言うやいなや、何かを投げて寄《よ》こした。驚き、思わず手を伸ばして受け取った何かが三代子のＵＳＢメモリーだと架川が気づいた時、「うおっ！」と力んだかけ声が聞こえた。はっとして顔を上げると、光輔がすらりとした脚を前後に開き、闇を切り裂くようにしてこちらのビルに飛び移って来た。が、柵に飛びついた瞬間、足を踏み外した。バランスを崩し、光輔はビルの隙間に落ちそうになる。とっさに、架川はＵＳＢメモリーを放り出し、身を乗り出して腕を伸ばした。その手はかろうじて光輔の上半身を捕まえ、架川は光輔を柵の内側に引っ張り上げた。その瞬間、向かいから、

「ここだ！」

「あの店だ！」

という男たちの声が聞こえ、架川と光輔は慌ててかがみ込んで柵の陰に隠れた。一

団がコフレがある階の廊下に駆け込んで行くのを確認し、架川はほっと息をついた。一方光輔は顔をしかめ、「放り出すとか、あり得ませんよ。データが破損したらどうするんですか」とぼやき、床に転がっていたＵＳＢメモリーを拾った。誰のお陰で命拾いしたんだと言ってやりたかった架川だったがその余裕はなく、光輔を促し、頭を低くして非常階段を下りた。

一階まで下りると非常階段を出てビルの裏を抜け、さらに隣のビルの裏も抜けてコフレのビルから遠ざかった。そして裏道を走り、繁華街を脱出した。

二人が足を緩めたのは郊外の町を抜け、碧天山に通じる森に入った時だった。追っ手が来ないのを確認し、歩きながら額に浮いた汗を拭《ぬぐ》い、呼吸を整える。

「じきに朝の四時ですよ。山を登る前に、少し休みましょうか？」

片手でタブレット端末を抱き、もう片方の手でＵＳＢメモリーを入れた作業服のジャケットのポケットを押さえ、光輔が訊いてきた。スマホを懐中電灯モードにして足下を照らしながら、架川は返した。

「だから、年寄り扱いするなと何度言わせれば……お前、さっきのあれは何だ。わざと猪瀬を煽《あお》ったな？」

年寄りという言葉でさっきの立石の姿が蘇《よみがえ》り、架川は問うた。光輔が何も答えないので、架川はこう続けた。

『その手に乗るか』『ハッタリだろ』はこっちの台詞《せりふ》だと言っただろ。やくざ者ってのは、人に舐《な》められるのが何よりも許せねえんだ。ましてや子分の前で煽られりゃ、立石さんを撃たねえ訳にはいかねえ」

「知らなかった」あるいは「そんなつもりはなかった」ととぼけると予想し、架川は返す言葉を探した。が、光輔は、

「ええ。全部架川さんの言うとおりです」

と、無表情に答えた。架川は足を止め、スマホの明かりで隣の光輔を照らしてさらに問うた。

「じゃあお前は、立石さんを撃たせるつもりで猪瀬を煽ったのか？」

「はい。当然『なんでだ？』って訊かれるでしょうから、先に答えます」

光輔も立ち止まり、話しだした。

「十年前の七月五日の深夜。ラーメン店を出た立石庄司は、歌川チカのアパートがある脇道から飛び出して来た小浜三代子を目撃した。しかし立石は去年架川さんに打ち明けるまで、それを隠していた。三代子が取り乱していたのは、チカの部屋から出て来た血まみれの男、つまり棚井則章を目撃したからでしょう。涼牙と三代子はもちろんですが、立石も見たことを隠さず警察に伝えていれば、僕の親父は犯人に仕立て上げられずに済んだかもしれない」

「だから、立石さんが撃たれるように仕向けたのか？　ふざけるな。下手をすりゃ、あの人は――」

詰め寄ろうとした架川の足を、振り向いた光輔の眼差《まなざ》しの強さが止める。

「ハッタリじゃないと証明するためだけに、頭を撃ち抜いたりはしない。一般市民を殺害した暴力団の構成員は、ほぼ間違いなく無期懲役に処される。信濃一家の若頭補佐なら、それぐらい知っているでしょう」

そこまで計算した上でやったのか。ショックと驚きが怒りに勝り、架川は無言で光輔を見つめた。すると光輔は大きな目を冷たく光らせ、こう続けた。

「涼牙と同じように立石も、僕は絶対に許しません」

それは違うと返そうとして、架川はあることに気づいた。光輔は自分に「能面」を見せなくなった。どぶろく密造事件のあたりからだろうか。笑顔の下に潜ませていた本心を、そのままぶつけてくるようになった。しかしそこには本心以外の何かも感じられ、架川は混乱して不安も覚えた。と、光輔のポケットの中でスマホが振動した。

「琢己にいちゃん？　ありがとう。通報してくれて助かったよ……うん、ＵＳＢメモリーは手に入れた。この先も予定通りに頼む」

てきぱきと羽村との会話を終え、光輔は架川に告げた。

「さあ、東京に戻りましょう」

14

架川は手嶌に連絡し、車と運転手を手配してもらった。東京に着いたのは午前八時過ぎで、品川区大崎の目黒川にほど近いビルの前で車を降ろされた。光輔曰《いわ》く、「一昨日《おととい》羽村さんと会ったのもこの近く」らしい。

車が走り去るとビルからダークスーツ姿の男が出て来て、架川たちを地下の一室に案内した。ビルは古く他に人の気配は感じないが、案内された部屋にはトイレや風呂《ふろ》があり、生活用品も一通り揃っていた。

光輔からの連絡を受け、午後六時過ぎに羽村がやって来た。スーツ姿で片手にバッグとスーパーマーケットのレジ袋を提げている。羽村はまず架川に軽く会釈してから光輔に向き直り、

「無事でよかった。がんばったな」

とねぎらい、空いた方の手で光輔の腕の脇を叩《たた》いた。光輔は照れ臭そうに笑い、

「うん。いろいろヤバかったけどね」と応《こた》えた。すると羽村は手に提げたレジ袋の中を探った。食料品や着替えなどを買い込んできてくれたようだが、取り出したのは数紙の新聞だ。

「今日のコフレでの発砲事件。大きく報道されてるぞ。『逃走中の警視庁の刑事二名が関与している可能性も』と書いてるところもある」

「それなら、ネットニュースで読んだよ。でも正しくは僕は逃走中じゃなく、失踪《しっそう》中なんだけどね」

そう返し、光輔は作業服のスラックスのポケットからスマホを出して見せた。ネットニュースをチェックしたのは架川も同じで、病院に搬送された立石が重傷だが命に別状はないと知り、安堵《あんど》した。

「なあ。俺のスマホ、返してくれよ」

男の声がして、羽村は光輔と架川の肩越しに部屋の奥を覗《のぞ》いた。ここは八畳ほどのリビングダイニングキッチンで、奥には黒い合成皮革のソファが置かれている。声の主の男は、そのソファにふんぞり返るようにして座っていた。黒いジャージの上下を着た男を見て、羽村は言った。

「歌川涼牙か。よく連れて来られたな」

「ネットカフェから連れ出して、有無を言わせず車に押し込んだ」

そう応えた架川に、涼牙は恨めしげに反論した。

「拉致《らち》監禁じゃねえか。ホント、あんたら滅茶苦茶《めちゃくちゃ》やるな……スマホがダメなら、テレビを持って来てくれねえか？　ヒマで仕方がないんだよ」

最後はふて腐れたように言い放ち、涼牙はソファの前に置かれたローテーブルの上に脚を投げ出した。呆《あき》れて、架川は羽村から新聞を受け取り、ソファに歩み寄った。脛《すね》を引っぱたいて涼牙にテーブルから脚を下ろさせ、その眼前に新聞を突き付ける。

「自分の立場をわかってるのか？　ヒマなら新聞を読め。お前の頭でも、多少は世の中の仕組みが理解できるだろう」

「なんだ、それ。バカにしてんのかよ」

架川を睨《にら》み、涼牙は新聞を引ったくって床に投げ捨てた。が、架川に威圧感溢《あふ》れる眼差しで睨み返され、ぶつくさと言いながらも新聞を拾い集めた。と、架川の耳に後ろの光輔と羽村のやり取りが届いた。

「車の中から送ったＵＳＢメモリーのデータには、目を通してくれた？」

訊《たず》ねたのは光輔で、羽村は「ああ」と答えてこう続けた。

「折原大悟の告白には言葉を失った。まさか真相があんな——それはともかく、文書ファイルを片っ端から精査したよ。土地の売買契約書に、信濃一家のトンネル会社から有働、折原への金の流れを示す書類もあった。英都地所の連中との密会写真もあるし、やつらが土地の払下げに際してやったことは十分証明できる」

「そうか。よかった」

光輔は言ったが、羽村は「いや」と返した上でさらに続けた。

「問題は歌川チカ殺害事件だ。折原の告白動画はあるが、『逆恨みの戯言《たわごと》だ』と言われればそれまでだぞ。立石が事件の夜に目撃したことを証言しても、当の三代子は亡くなっているし」

「わかってる。だから涼牙を連れて来たんだよ」

そのあっけらかんとした口調に架川は光輔を振り向き、涼牙も「えっ？」と顔を上げた。架川の隣に来て、光輔は涼牙に告げた。

「きみには十年前の七月五日の夜、チカの部屋から血まみれの男が飛び出して来たこと、それが棚井則章であることを警察や裁判所で証言してもらう」

「はあ？　なんだそれ。俺は警察を信じてねえんだ。証言なんて絶対しねえ。地元に帰る」

新聞を放り出し、涼牙はソファから立ち上がった。動じる様子は見せず、光輔は返した。

「でも、僕はきみが見たことを警察に報《しら》せる。そうなれば、棚井は犯行を隠蔽《いんぺい》しようとするだろうし、信濃一家の上部組織である鷲見組も黙ってはいない。つまりいま春蘭市に戻ると、警察と暴力団の両方から追われる身になるって訳」

「脅すつもりか？……おい、どうなってんだよ。『俺たちが護《まも》ってやる』って言ったクセに、話が違うじゃねえか！」

後半は架川に向かい、涼牙はうろたえまくって訴えた。架川は、

「落ち着け」

と涼牙に告げ、隣を振り向こうとした。が、それより早く光輔は言った。

「脅しじゃなく、事実を伝えてるだけだよ。それに、事実はもう一つ。きみは窃盗の時効が成立したから春蘭市に戻ったんだよね？　でも、日本の民法には『不法行為に基づく損害請求権』って項目がある。犯罪の被害者が加害者に損害賠償を請求したり、訴訟を起こしたりできるんだ。もちろんこれにも『加害者及び被害を知ってから五年』って時効があるけど、きみは逮捕されず罪を認めていないから加害者じゃなく被疑者のまま。時効は成立していない」

すらすらと淀《よど》みなく語った光輔だったが、涼牙が唖然《あぜん》としているのに気づき、口調をざっくばらんなものに変えてこう続けた。

「つまり何が言いたいかっていうと、きみは窃盗事件の被害者に損害賠償、つまりお金を請求される可能性があるってこと。だからいま警察に捕まったら……どうする？　当時の被害者は、今でもきみを『許さない』と言っている人が多いと聞いているよ」

「黙れ」

その言葉に、光輔は口を閉じた。しかし言ったのは涼牙ではなく、架川だ。ゆっくりと自分を振り返った光輔に、架川は告げた。

「いい加減にしろ。追い込みすぎだ。取り調べじゃ、強制や脅迫はもちろん、供述の代償を匂わせちゃならねえってルールを忘れたのか？」

「それはひょっとして、国家公安委員会規則第二号の犯罪捜査規範のことですか？　でもこれは取り調べじゃないし、涼牙は被疑者じゃなく証人で——ていうか、今さらルールを持ち出すんですか？　自分はさんざんルールやらコンプライアンスやら無視して、やりたい放題やっておきながら？」

眼差《まなざ》しを尖《とが》らせつつも呆れたように、光輔が問いかける。その態度に腹立たしさを覚えたが自分を抑え、架川も問いかけた。

「お前、どうしちまったんだ？『らしくねえ』を通り越して、自分を見失ってるぞ」

「それが何なんですか？　この十年、命がけで追いかけてきた事件の真相を明らかにできるかどうかの瀬戸際なんですよ」

「わかってる。だから去年春蘭市から戻った時に、デカとしてのお前の気持ちは想像がつくと言ったんだ。だが、今のお前はデカじゃねえ。怒りと憎しみに囚《とら》われた、ただの復讐《ふくしゅう》者だ」

きっぱり告げると、光輔は口をつぐんだ。白く整った顔から、表情が消える。戸惑った様子の涼牙と羽村が、こちらを見ているのがわかった。

本当は自分が教えたやり方を勝手に定村に伝えて手柄を上げさせたり、生前の三代子を騙《だま》して事件の情報を得ようとしたりした頃から、光輔の変化には気づいていた。だからこそ刑務所で梶間優人と面会し、春蘭市を訪れてデカとしての光輔に同調することで、彼自身を信じようとしてきた。だがそれも、もう限界だ。

「……何も知らないクセに」

低く押し殺したような、これまでに聞いたことのない声で光輔が言った。顔は無表情なままだが、二つの大きな目には怒りの色がはっきりと浮かんでいる。その目を見つめ、架川は返した。

「いや、知ってる。平賀譲の事件が解決した時、俺を利用するつもりで『表と裏の相棒』になったのかと訊《き》いたな？　お前は何も答えなかったが、本当は最初からわかってた。俺を利用して、マル暴に近づこうとしたんだろ？」

心の内を言い当てられ、光輔が黙る。しかし、その目の怒りの色は薄まらない。架川は続けた。

「だが、俺は何も言わなかった。なぜだかわかるか？　俺も同じようにしてきたからだ。敵だろうが味方だろうが、利用できるものは何でも利用して自分のものにする。それを繰り返して、一人前のデカになるんだ。だが、今のお前はデカじゃねえ。だから何も見逃さねえし、許しもしねえ」

「じゃあ、僕を逮捕しますか？　でも架川さんだって、ただじゃすみませんよ。なぜなら、僕たちは――」

「ちょっと待った！」

羽村が叫び、架川と光輔の間に割り込んで来た。睨み合う二人を交互に見て言う。

「仲間割れしてる場合じゃないでしょう。いずれここも有働たちに見つかるし、残された時間はわずかですよ」

「わかってるよ」

と、まず光輔が冷静さを取り戻し、架川も我に返った。するとタイミングを測ったように、リビングダイニングキッチンにチャイムの音が響いた。光輔と羽村、涼牙がはっとし、架川は身を翻して玄関に向かった。

短い廊下を進んで玄関の三和土《たたき》に下り、白い金属製のドアの覗《のぞ》き穴に目を近づけた。外の廊下には、見慣れた顔があった。架川はチェーンを外して解錠し、ドアを開けた。

「架川さ～ん。勘弁して下さいよ。どんだけ心配させるんですか」

玄関に招き入れるなり、秋場圭市は声を上げてすがりついてきた。「悪い悪い」と笑顔で返し、架川は秋場の濃紺のフリースジャンパーの背中を叩《たた》いた。と、羽村とともに玄関に出て来た光輔が言った。

「圭市さん⁉ 架川さんが呼んだんですか？」

「ああ。手嶌さんに頼んで、連れて来てもらった。涼牙は俺らに預けてくれねえか？

考えがある」

リビングダイニングキッチンにいる涼牙に聞こえないように小声で問うと、光輔は何か言おうとした。それを遮り、羽村が答える。

「わかりました。とにかく時間がないし、お願いします……光輔。俺たちにも、呼び出さなきゃならない相手がいるだろう。場合によっては、そいつに有働と歌川チカ殺害事件との繋《つな》がりはもちろん、組対の連中との関係も自白《ゲロ》させられるかもしれない」

「そうか。あいつを忘れてたよ。すぐに手配する」

ぱっと顔を輝かせ、光輔はポケットからスマホを出して弄《いじ》り始めた。釈然としないものを感じつつ、架川は圭市に「奥に寝室があるから、そこで話そう」と告げ、廊下を戻った。

15

ステンレス製のコンロの上に、焼き鳥がずらりと並んでいる。焼き鳥からは香ばしい煙が立ち上り、鶏肉《とりにく》の脂がコンロの中に落ち、赤く燃える炭に当たってじゅっと音を立てる。コンロの前に立った圭市は両手で串《くし》をつまみ、数本の焼き鳥の裏表を入れ替えた。

「おい。焦げてるぞ」

傍らから声をかけられ、圭市ははっとして横長のコンロの上を見回した。確かに端に載せたねぎまのねぎが、真っ黒になっている。

「すみません」

謝りながら、圭市は急いでねぎまの串をつまみ上げて調理台の上の皿に置いた。

「今夜はこれで三本目だぞ。遅刻して来たと思ったらぼ〜っとしてるし、しっかりしろよ」

呆《あき》れたように告げ、傍らに立った男はコンロから焼き上がった焼き鳥の串を数本取り、皿に載せた。男は圭市と同じ黒いＴシャツにジーンズのユニフォーム姿だが五歳年上で、この店の副店長だ。

「はい。申し訳ありません」

背筋を伸ばし、圭市は頭を下げた。副店長が皿を手に厨房《ちゅうぼう》を出て行くと、圭市は後ろの業務用冷蔵庫を開け、アルミ製のトレイを出した。トレイには生の焼き鳥が入っていて、そこから新たなねぎまを取ってコンロに載せた。何やってんだと心の中で自分を叱りつつ、口からはため息が漏れる。

世田谷《せたがや》区の下北沢《しもきたざわ》にある自宅アパートで寝ていた圭市のスマホが鳴ったのは、今朝の九時過ぎだ。寝ぼけながら出たが、相手が架川とわかるといっぺんに目が覚めた。

慌てて喋《しゃべ》りだそうとした圭市を制し、架川は「頼みがある」と告げた。そして去年の夏から訳あって光輔と、十年前に長野で起きた事件を追ってきたこと、事件の被害者の息子で、事件の真犯人を目撃した涼牙という男を長野から連れて来たことを伝えた上で、「涼牙は恐らく証言を拒むから、お前に説得してもらいたい。暗くなったら迎えの車をやるから、張り込みのデカに気づかれないようにアパートを出て、こっちに来い」と言われた。訳がわからないまま承諾し、午後六時前に風呂場《ふろば》の窓から部屋を出て、アパートの裏手に停まっていた迎えの車に乗り込んだ。その後、大崎のビルの地下で架川たちと再会し、涼牙の説得を始めた。しかし一時間以上話しても涼牙は証言を拒否し、最後には「いっそ俺も死んでやる」と騒がれ、架川に促されて部屋を出た。その後また車に乗り、バイト先である新橋のこの居酒屋近くまで送ってもらった。

涼牙とはほぼ同い年で、どっちも元ヤンキー。でもそれだけじゃなく、役者としての力量にも期待して、架川さんは俺を呼んでくれたはずだ。俺はその期待に応《こた》えられなかった。

今度は失敗しないように、ねぎまのねぎと鶏肉の焼け具合のバランスを注視しつつ考え、圭市はまたため息をついた。自分が情けなく、悔しさも胸に湧いた。

そもそも、あの涼牙ってやつは何なんだよ。自分のおふくろを殺した犯人を見たんだろ？　相手がやくざ者だろうが警察《サツ》に恨みがあろうが、普通捕まえてやろうと思うだろ。しかも工事現場から工具を盗むとか、時効になるのを待って地元に戻るとか、やることがいちいちセコくてハンパなんだよ。

苛立《いらだ》ちを覚えた矢先、「でも架川さんは『訳あって』と言ってたけど、十年前の事件を調べ始めたきっかけは、絶対蓮見さんだよな」と胸に浮かんだ。

やっぱり、全部あいつ絡みか。そう悟り、頭に光輔の整った顔と、爽《さわ》やかな笑顔が浮かぶ。苛立ちは怒りに変わったが、一方で先月徳島で室屋宅に潜入中、電話で光輔について「あの人、信用できるんですか？」と訊《たず》ねた際の架川の反応が蘇《よみがえ》った。答えは返ってこなかったが、架川がひどく戸惑い、躊躇《ちゅうちょ》し、そして光輔を気遣っているのがわかった。

あの架川さんが、なぜそこまで？　蓮見光輔って、何者なんだ？　強い疑問を感じたその時、店の引き戸が開く音がした。店員たちが一斉に、

「いらっしゃいませ！」

と声を上げ、圭市もコンロに目を向けたまま倣った。店は今日もサラリーマンを中心とした客で賑《にぎ》わっている。入店した客は女らしく、出迎えた店員と何かやり取りしているのが聞こえた。

「はい。四番にお一人様です！」

出迎えた店員が告げる。四番はカウンターの、圭市が立っているコンロの向こうの席だ。客が歩み寄って来る気配があり、圭市は出迎えるために串を動かす手を止めて顔を上げた。

「こんばんは」

カウンターの前に立ち、そう言って会釈したのは黒く長い髪をダークグレーのパンツスーツの肩に下ろした若い女。

「若井さんじゃないですか。いらっしゃいませ。どうぞおかけ下さい」

一瞬言葉に詰まったもののすぐ笑顔をつくり、圭市は席を指して促した。若井美波は去年の秋頃から来店するようになった客で、職業は警視庁の警察官。架川や光輔とも知り合いだ。

「はい」と返し、若井は肩に掛けた黒革のバッグを隣の席に置き、椅子を引いて座った。

「ご注文は？」

カウンター越しに湯気の立つおしぼりを若井に差し出し、圭市は訊ねた。おしぼりを受け取り、若井は答えた。

「ビールを。それから、秋場さんにお話があります。架川さんと蓮見さんがどこにいるか、ご存じですね？」

「いや」

　圭市はとっさに首を横に振ろうとしたが、若井はこう続けた。

「安心して下さい。私は架川さんたちを逮捕するつもりはありません。むしろ、あの二人の力になるために来ました」

「そう言われても、俺は何も知らないんですよ。それに『力になる』なんて言っちゃっていいんですか？　若井さんは本庁の人事第一《ヒトイチ》課所属でしょう？　架川さんたちの追跡チームの中枢じゃないですか」

　警戒を強めつつ、笑顔はキープして圭市は訊ねた。カウンターの若井の前に割り箸《ばし》と箸置き、突き出しの小鉢を置き、背後の冷蔵ケースからビールの瓶を出した。圭市が瓶の栓を抜き、グラスとともにカウンターに置くのを待ち、若井は答えた。

「力になるのは、そうしなければならない理由があるからです。去年の夏、私が研修で桜町中央署に派遣されたという話はしましたよね？　その際に得た経験と情報から、私にはあの二人がしようとしていることが推測できます。とくに蓮見さんに関しては、動機やここに至るまでの経緯も明白です。その上で、私はあの二人の力になる義務があるのです」

　迷いなく言い切り、若井はまっすぐに圭市の目を見上げた。その眼差《まなざ》しは真剣で、切実さも感じられた。それでも戸惑いを覚え、圭市は返した。

「だけど、俺には尾行が付いてるし」

「でしたら、問題ありません。上司に『私は秋場圭市の勤務先の常連客です。その関係と女を使って彼に接近し、架川たちの情報を聞き出します』と申し出て許可を得ています」

「『女を使って』って、まさか色仕掛けって意味ですか？」

思わず訊ねると、若井は「ええ」と頷《うなず》いた。その平然とした態度と、自分が知っている「女を使って」とはほど遠い若井のキャラクターのギャップに、圭市はつい噴き出してしまう。すぐに「すみません」と謝ったが、若井は表情を動かさずに、

「お気になさらず。想定内の反応です」

と返した。そして瓶を摑《つか》んでグラスにビールを注ぎ、ごくごくと飲んだ。

16

ドアが開き、リビングダイニングキッチンに定村修斗が入って来た。後ろ手に縛られ、目はアイマスク、口は粘着テープで塞《ふさ》がれた上、両腕をダークスーツ姿の男の二人組に摑まれている。定村もダークスーツ姿だが恐怖で顔は青ざめ、体も強《こわ》ばっていた。

と、後ろで息を呑《の》む気配があった。光輔が振り向くと、わずかに開いた寝室のドアから羽村が驚いた顔を覗《のぞ》かせていた。

「端くれとは言え、こいつは組対のデカだからね。ここは一途会のアジトだろうし、場所を知られちゃまずいでしょ。大丈夫だから、そっちの見張りを頼むよ」

光輔に告げられ、羽村は「わかった」と言うように頷いてドアを閉めた。寝室の中には、羽村とともに涼牙もいる。架川は一時間ほど前、圭市が涼牙の説得に失敗すると「圭市を送りながら、次の手を考える」と言って出かけて行った。

男の二人組に向き直り、光輔は奥のソファを指した。男の二人組は定村を引っ張ってソファに座らせ、両手首と口から粘着テープを剥《は》がし、アイマスクも外した。光輔は「ありがとう」と告げ、ドアに向かう男の二人組と入れ替わりでソファに歩み寄った。定村は部屋の明かりに目を細め、激しく咳《せ》き込みながらも怯《おび》えた様子できょろきょろしている。

「手荒な真似をして、すみませんでした。他に手がなくて」

口先だけの詫《わ》びを言ってソファの脇に立つと、定村が振り返った。

「えっ、蓮見さん？」

「はい。定村さんに訊《き》きたいことがあって、来てもらいました」

片手で喉《のど》を押さえて無理に咳《せき》を止め、細めた目で自分を見上げる定村に、光輔は答えた。混乱した様子で何か言おうとした定村を遮り、光輔はさらに言う。

「時間もないし、単刀直入に訊きます。あなたは犬、つまりスパイですね？　飼い主は本庁警務部長の有働弘樹、組対部長の椛島寿夫、組対四課課長の船津成男。僕と架川さんに協力するふりをして動きを探り、やつらに報告していた」

「ス、スパイ⁉　とんでもない。違います。僕はそんなこと——」

「そういうの、もういいです。時間がないって言いましたよね？　それに、証拠もある」

冷ややかに言い渡すと、定村はかすれた声で「証拠？」と訊き返した。

「ええ」と頷き、光輔は小浜三代子が放火で死亡した件を持ち出し、自分が最初に三代子のスナックを訪れる前、圭市の店で定村と会っていたことを告げた。そして「店を出た僕を尾行し、三代子の居場所を有働たちに報《しら》せましたね？」と問うた。続けて定村に疑いを抱き、昨年末に架川が長野県警時代の有働の行いを嗅《か》ぎつけたようだと虚偽の情報を伝えたことも話した。加えて定村と有働の密会の噂も伝え、自らの正体を認めるように迫った。

「違います」

定村は言った。光輔が証拠を伝えている間も、定村は度々この台詞《せりふ》を口にし、首を横に振っていた。光輔は苛立《いらだ》ち、一旦《いったん》顔を背けて息をついてから改めて定村の顔を見下ろした。

「そもそも、あなたがさんざんグチっていた総務から組対への異動も、有働たちの犬になるという前提なら腑《ふ》に落ちるんです。やつらに対価を提示されたんでしょう？　金ですか？　じゃなきゃ出世かな」

再び冷ややかに告げ胸の前で腕を組むと歪《ゆが》んだ快感を覚え、優越感も湧いた。この感覚を知ったのは、去年の秋、定村と知り合った頃だろうか。初めは戸惑ったが、土地の払下げを巡る陰謀と歌川チカ殺害事件の真相に近づきつつあると確信するほどにこの感覚も強まって刺激を増していた。

「バカにするのもいい加減にしろ！」

と、隣ですっくと立ち上がる気配があり、定村が怒鳴った。

メガネのレンズ越しに光輔を見る目からは怯えや戸惑いは消え、本気で憤っているのがわかった。思わず光輔が黙ると、定村はこう続けた。

「僕はそんな安っぽい男じゃない。覚悟と信念があったからこそ、借金までして大学を出て警視庁に入庁したし、総務の仕事に誇りも持っていたんだ。だから異動はショックだったけど、少しずつ結果を出せるようになって、組対の仕事にやり甲斐《がい》を感じられるようになってきてたんだ。それなのに……信じようが信じまいが、僕は有働たちの犬なんかじゃない。むしろ僕を利用してたのは、あんただろ？　結果を出せるようになったのはあんたのお陰だって、心から感謝してたんだぞ」

最後は声を震わせて訴える。同時に定村の小さな目からは、ぶわっと涙が溢《あふ》れた。その姿に戸惑いを覚えた光輔だが、これも芝居だと思い直した。しかし口を開こうとした矢先に、後ろでドアが開いた。

「やめろ。そいつは本当のことを言ってる」

寝室でやり取りを聞いていたらしく、羽村がリビングダイニングキッチンに進み出て来た。涙を拭《ぬぐ》うために外したメガネを慌ててかけ直し、定村は言った。

「あなたは確か……警務部の羽村警部!?　なんでここに」

「お前たちが話している間に、改めて定村と有働の噂について考えてみたが、実際に密会を見たという者も、噂の出所も特定できていない。ひょっとして、これも有働の仕業なんじゃないか？　お前が定村が犬だと疑っていると知り、敢《あ》えて密会の噂を流してカムフラージュを謀ったんだ」

光輔に一気に語ってから、羽村は呆然《ぼうぜん》と自分を見続けている定村に細い目を向けた。

「定村さん。あんたじゃないとしても、有働たちに犬がいるのは確実なんだ。思い当たるやつはいないか？」

「そう言われても。蓮見さんに事件の資料を渡す時には誰にも知られないようにしていたし、そもそも、僕の話し相手になってくれる人なんて」

そこまで話し、定村は口をつぐんだ。妙にぼんやりした顔をしたかと思いきや、はっとして目を見開く。その姿を見た瞬間、光輔の頭の中でスパークが起き、眼前でも火花が散った。同時に、頭は猛スピードで回り始める。

まず蘇《よみがえ》ったのが、明かりが点《とも》ったスマホの画面とLINEのメッセージの着信音。スマホは定村のもので、圭市の店で架川とともに初めて会った時のことだ。定村はメッセージを送って来た相手について、「心配性で」と照れ臭そうに説明していた。続いて蘇った記憶は、その数ヵ月後。対面を果たしたその相手は、光輔が定村から噂を聞いていると告げると、恥ずかしそうにしながらも定村に「何の話をしたの？」と確認していた。さらに去年の秋、定村がその相手について「何でも話せる」と語っていたのも思い出した。

そして最後に光輔の頭に流れたのは、昨年末に聞いた定村の話。犬と断定するための手を下そうと圭市の店に呼び出し、三代子が亡くなった夜の行動について確認をした。すると定村は光輔が店を出た後、その相手を「二人で飲もうよ」と誘ったという。が、その相手は「買い物がしたい」と応《こた》え、姿を現さなかったという。

やられた。確信を得るとともにショックを受け、光輔は立ち尽くした。が、頭は勝手に回り続ける。羽村が何か語りかけているようだが、応えられない。

「おう。遅くなったな」

聞き慣れた低い声が耳元でして、がっしりとして温かな手が光輔の肩を摑《つか》んだ。たちまち我に返り、光輔の頭に新たな閃きがあった。声の主の架川を見上げ、言った。

「本当の犬の正体がわかりました。それと、全てを明らかにする作戦も！」

17

翌日の午前九時。光輔は千代田《ちよだ》区の霞《かすみ》が関《せき》にいた。

スーツの上に濃紺のジャンパーを着てキャップを目深にかぶり、リュックサックを抱えて晴海《はるみ》通りに停めた銀色のセダンの助手席に座っている。フロントガラスの向こうには、警視庁の本部庁舎が見える。

「蓮見さん。やっぱり考え直しませんか？　この作戦、あまりにリスクが高すぎます」

隣の運転席から、定村が訴えてきた。ダークスーツに身を包み、落ち着かない様子で車の外を見回している。と、後ろからどすんと運転席が蹴《け》られ、定村は短い悲鳴を漏らした。後部座席からにゅっと顔を出したのは、架川。定村を睨《にら》んで告げる。

「今さらビビってんじゃねえよ。リスクなんざ百も承知だし、昨夜お前も『やります』と言ったろ」

「言いましたよ。でも——」

「うるせえ。やると言ったらやるんだ……向こうの状況は確認したな？」

ドスを利かせて定村を黙らせた後、光輔に問うた。架川もダブルスーツの上に濃紺のジャンパーを着て、キャップをかぶっている。頷き、光輔は答えた。

「はい。連中は全員庁舎内にいると、さっき羽村さんから連絡がありました。涼牙の方は？」

「大丈夫だ。俺たちと入れ替わりで圭市があの部屋に行って、見張ってる」

そういう意味で訊いたんじゃないんだけどな。胸に不安がよぎるのを感じながらも、光輔は「そうですか」とだけ返した。

昨夜、部屋に戻って来た架川は光輔から本当の犬の正体と、全てを明らかにする作戦を聞いた。そして「よし。明日《あした》の朝、作戦を実行するぞ」と即答し、段取りを決めて必要なものの手配を始めた。しかし、今朝出かけるぎりぎりまで説得を試みたが、涼牙は証言を承諾しなかった。だが、ここまで来たら一か八かだ。光輔の決意に同調するように架川は、

「作戦開始だ。車を出せ」

と告げて定村の肩を叩《たた》いた。

セダンは通りを進み、本部庁舎の脇にある職員用の門から警視庁の敷地に入った。と、門の脇に立つ警備の警察官が歩み寄って来たので、定村はセダンを停めて窓ガラ

ス越しに警察手帳を見せた。警察官は「おはようございます」と会釈しながら、セダンの車内に視線を走らせた。光輔と架川はキャップを目深にかぶったまま無言で会釈を返したが、警察官は何も言わずに身を引いた。定村はほっと息をついてセダンを進めたが、光輔の緊張は高まる。

定村は、本部庁舎の地下二階の駐車場にセダンを停めた。ドアを開けリュックサックを背負った光輔と架川、定村は降車した。エレベーターではなく階段で一階に上った。

定村、光輔、架川の順で通路を進み、エントランスホールまで到達した。広々としたエントランスホールは二階まで吹き抜けで、奥に受付カウンターと正面玄関のガラスのドアが見えた。エントランスホール内には制服やスーツ姿の職員の他、首からIDカードを下げたプレスクラブの報道関係者、また受付カウンターの前には市民向けの見学コースに参加する学生や親子連れの姿もあった。

「止まれ」

架川が囁《ささや》き、定村は立ち止まった。エントランスホールのど真ん中だ。定村の斜め後ろに立ち、光輔と架川も足を止めた。

「いきますよ」

定村と架川、そして自分に向けて言い、光輔は右手を腰の後ろに回してジャンパー

の裾《すそ》を捲《まく》った。定村が前を向いたまま顔と体を強《こわ》ばらせて頷き、隣の架川は、

「おう。いっちょぶちかまそうぜ」

と応えた。その古臭い言い回しとテンションの高さに、光輔の緊張が緩みそうになる。しかしすぐに気持ちを立て直し、後ろに回した右手でスラックスとワイシャツの間に挿した拳銃《けんじゅう》のグリップを握り、引き抜いた。そしてもう片方の手でキャップを脱ぎ捨て、定村の脇に進み出た。拳銃の撃鉄を起こし、銃口を定村のこめかみに押しつけて叫んだ。

「僕は蓮見光輔！　これから言う要求を呑《の》まないと、この男を撃つ」

　ほんの数秒、エントランスホールは静まりかえり、全ての人が動きを止めて光輔たちを見た。そして次の瞬間、女と子どもの悲鳴と男の尖《とが》った声、足音とものが落ちる音が重なり合って響いた。受付の女の職員が何か叫びながら学生と親子連れをその場にうずくまらせ、記者と職員の何人かもそれに倣う。同時に四方から警備の警察官とスーツ姿の男たちが飛び出して来て、光輔たちを取り囲んだ。スーツ姿の男たちの中には、拳銃を収めた腰の帯革に手をやる者もいる。それを見て、架川も口を開いた。

「取りあえず、全員動くな。俺は……名乗るまでもねえか。いまや有名人だろ」

　眼光鋭く警察官とスーツ姿の男たちを見返しながら告げ、キャップを脱ぎ捨てた。架川の手にも拳銃が握られている。警察官とスーツ姿の男たちが、はっとするのがわ

かった。

と、スーツ姿の男たちの一人が目《め》配《くば》せし、他の男たちに帯革から手を下ろさせた。目配せをした男は四十代半ば。恐らく刑事部の刑事だ。刑事は両手を顔の脇に上げ、自分と五メートルほど間を空けて立つ架川に言った。

「桜町中央署の架川英児だな？　わかった。要求を聞かせてくれ」

「警務部長の有働弘樹と、組対部長の椛島寿夫、組対四課課長の船津成男と話をさせろ。場所は文書課の資料室。そこには必ず、ヒトイチの首席監察官・富塚《とみづか》雅孝《まさたか》警視正を同席させること」

答えたのは光輔だ。昨夜から何度も頭の中で繰り返したことを、冷静で淀《よど》みなく言葉にした。

有働たちと会う場所を決めたのは架川で、地下にある文書課の資料室には窓がなく、救出部隊に突入されるリスクを減らせるという。また富塚の同席を提案したのも架川で、「ヒトイチのトップの課長は警察庁キャリアで、有働と通じてる可能性が高い。その点、現場を仕切る首席監察官の富塚はエリートだが堅物で、相手が何者だろうが容赦しないと聞いている」そうだ。

「有働、椛島、船津に富塚だな。よし。まずは所在を確認するから――」

「必要はない。全員在庁してるのはわかってる。有働に伝えろ。時間稼ぎや悪あがきをするつもりなら、今この場でお前がしたことをぶちまける、と」

刑事を遮り、光輔は語気をやや強めて告げた。学生や記者の中には床にうずくまりながらもスマホを構え、光輔たちを撮影している者がいる。

「いっそ、それが一番手っ取り早いかもな。証拠はこの中にたんと入ってるし、こいつも立派な証人だ」

「この中」と言う時には光輔のリュックサック、「こいつ」と言う時には定村を顎《あご》で指し、架川も言った。記者の一人が定村にスマホのレンズを向けるのを確認し、架川は、

「取りあえず触りだけでも喋《しゃべ》るか？　有働に飼われ始めたのはいつかとか」

そう続け、架川は光輔が押しつけているのとは反対側の定村のこめかみに拳銃をつきつけた。定村はひっ、と短い悲鳴を漏らした後、

「た、助けてくれ！」

と叫んだ。と、その声に応えるように男たちの間から、人影が転がるように飛び出して来た。制服姿の女だ。

「待って！」

肩で息をしながら架川と光輔を交互に見て訴えたのは、秋吉玲未。「おい、下がれ！」と自分の腕を摑んで後ろに引き戻そうとした刑事の手を振り払い、玲未は言っ

た。

「蓮見さんたちは、定村さんが有働さんのスパイだと思ってるんでしょ？　違うんです。有働さんに情報を流していたのは私。本当です……ほら。これ」

　前のめりで訴えながら、玲未は制服のジャケットのポケットからスマホを出して操作し、画面を光輔たちに突き出した。ＬＩＮＥのトーク画面で、横長の吹き出しが並んでいる。

　本当の犬の正体は昨夜光輔から聞いていたが、その通りだったとわかるとやはりショックだ。そう思い架川が見ていると、玲未はさらに言った。

「窓口になってたのは船津さんだけど、有働さんや椛島さんの名前も出て来ます。これを見てもらえば」

「やめろ！」

　耐えきれなくなったように、定村が声を上げた。はっとして自分を見た玲未を見返し、定村は訊《たず》ねた。

「玲未、なんでだよ。なんでこんなこと」

「だって修《しゅう》ちゃん、『辛《つら》い』『苦しい』って言ってたじゃない。だから早く楽にしてあげたいと思ったの。船津さんは、自分の言うとおりにすれば——」

　と、ばたばたという足音が玲未の声を遮るように聞こえてきた。光輔と架川は定村に向けた拳銃を構え直し、振り向いた。四、五人の男が、後方の通路からエントランスホールに駆け込んで来る。全員本庁組対四課の刑事で、中には光輔とも知り合いの深山《みやま》もいた。

「有働さんたちはお前らと会うし、資料室も確保した。だから、ここでの話は終わりだ」

　駆け込んで来た刑事の中の一人が、進み出て告げた。歳は五十代後半。定村の直属の上司で、組対四課広域暴力団対策係の係長・蜂谷《はちや》芳樹《よしき》警部だ。

18

　光輔は架川とともに定村に拳銃を突き付けたまま、エントランスホールを出た。前後を刑事たちに挟まれながら通路を戻り、階段で地下一階に下りる。光輔はこちらを睨《にら》みながら後ろ歩きする刑事たちの肩越しに前方を窺《うかが》い、慎重に廊下を進んだ。既に避難させたのか、他の職員の姿はない。

　少しすると資料室のドアと、それを取り囲む人垣が見えた。防弾ベストを装着した刑事の他に、濃紺の制服に防弾シールド付きの黒いヘルメット、防弾ベスト姿の男たちの姿もあった。

「ＳＩＴのお出ましか。大捕物《おおとりもの》だな」

何を考えているのか、面白そうに架川が呟《つぶや》く。反して光輔はさらに緊張し、定村もごくりと唾《つば》を飲み込んだのがわかった。ＳＩＴとは警視庁刑事部捜査第一課特殊事件捜査班の通称で、人質救出のスペシャリストだ。班員たちは全員片手にアクリル製の防弾盾を構え、中にはもう片方の手に拳銃を握っている者もいた。

資料室の手前まで行き、架川が「どけ」と言うように顎を動かすと人垣は左右に避《よ》けた。刑事と班員たちの射るような視線を感じながら、光輔たちは廊下を進み、資料室の前に到着した。

「おい」

手前に立つ班員を見て、架川は再び顎を動かした。班員は進み出て資料室のドアを開け、光輔たちに室内を見せる。

スチール製の棚に囲まれた狭い部屋の中央に机が置かれ、そこに有働と桃島、船津、富塚が着いていた。班員が元の位置に戻り、光輔は身を乗り出して室内に他の班員などが潜んでいないか確認した。架川に「ＯＫ」の目配せをし、三人で資料室に入った。

架川がドアを施錠し、光輔は手前に三脚並んだ椅子の真ん中に定村を座らせた。続いて向かいを警戒しながらリュックサックを足下に下ろしてジャンパーを脱ぎ、自分も椅子に座った。架川もジャンパーを脱いで定村を挟んだ隣の席に着くのを待ち、光輔は銃口を押しつける先を定村のこめかみから脇腹に変えた。架川も倣い、光輔は改めて向かいを見た。

縁なしメガネをかけた小柄な船津と、中背の小太りで髪を七三分けにした椛島。スーツ姿の二人はこちらを睨み付けているが、制服姿の有働は平然。三人と相対するのは初めてだが、有働の余裕と存在感は別格だ。

「私に同席を求めたのは、内部告発をしたいからか？　秋吉玲未には、きみらがここに移動している間に話を聞いた」

最初に口を開いたのは、端の席に着いた富塚だった。小柄で細身だが背筋はぴんと伸び、四角い顔も相まっていかにも堅物といった風情だ。富塚を見て、光輔は問い返した。

「秋吉は何と？」

「去年の夏、船津課長に呼び出され、『言うとおりにすれば定村修斗を組対から総務に戻し、彼の奨学金も肩代わりしてやる』と言われたそうだ」

いかにもすぎて何の意外性もないな。どうせ「早く定村と結婚したいだろう？」と煽《あお》って、最後は決め台詞《ぜりふ》の「汚れ役を演じてくれ」で玲未を堕《お》としたんだろう。光輔は醒《さ》めた気持ちで考え、架川も鼻を鳴らした。しかし定村は俯《うつむ》いて嗚咽《おえつ》を漏らしだした。光輔たちがエントランスホールを出るのと同時に、刑事たちは玲未をどこかに連れて行った。

「事実無根です。秋吉が見せたというLINEのやり取りも、ねつ造されたものです」

すかさず、船津が反論する。さあ、いよいよだ。光輔は緊張と興奮、そして強い闘争心を感じて返した。

「その真偽はすぐに明らかになるでしょう。それより富塚さん、これを見て下さい」

そう語りかけ、片手で足下のリュックサックを開けて一冊のファイルを出して差し出した。受け取った富塚はファイルを開き、中に収められた書類に目を通し始めた。冷静そのものだったその顔はファイルを捲《めく》り、書類を読み進めるうちに青ざめ、眼差《まなざ》しは鋭くなっていった。

「十年前。長野県春蘭市郊外の長野県警の土地を、一般競争入札で民間に払下げることになりました。それに目を付けたのが、春蘭市に本部を置く鷲見組系暴力団の信濃一家です。組長の当麻秀和は払下げの担当者で当時の長野県警の会計係長・折原大悟に接近し、自らが経営するクラブ『コフレ』で飲み食いさせ、歌川チカというホステスを愛人としてあてがった。さらに春蘭市のリゾート開発や不動産業者を束ねていた中屋敷篤宏という男を使い、払下げられる土地を中屋敷が経営する暁リゾートという会社が落札するように仕向けた。つまり入札談合です。それだけでも犯罪ですが、この計画にはさらに先があった」

「先って何ですか？」

鼻声でそう問いかけてきたのは、定村だ。いつの間にか泣き止み、呆気《あっけ》に取られたように光輔を見ている。富塚はさらに青く厳しい顔で、ファイルを捲り続けている。船津と椛島も呆然《ぼうぜん》としているが、有働は無表情のまま。架川はその三人をじっと見据えている。

「暁リゾートは土地を四千万円ほどで落札しましたが、間もなく廃業しています。その後土地は三つの会社を経て、八年前に英都地所が購入しました。しかも、八千五百万円という落札時の倍以上の金額で。なぜだと思います？　英都地所は購入した土地をキャンプ場にしましたが、その時点でそこは『Ｅｃｓｔｉｃ　ＪＡＰＡＮ』という音楽フェスの会場になると決まっていたからです。フェスの来場者は、毎年約一万人。八千五百万円で手に入れれば、安いものです。そしてその金の中から二千万円が折原、三千万円が有働に支払われた。ファイルの中に、金の流れを示す書類があります」

「えっ!?」

船津、椛島、定村が同時に声を上げ、有働を見た。しかし有働は動じない。「確かに」と頷《うなず》いて席を立ち、富塚はファイルの一ページを開いて有働の前に置いた。

「折原に二千万円、あなたに三千万円が支払われていますね。しかも振込元や名目を偽装した形跡もある。有働警視監。当時あなたは、長野県警の警務部長でしたね。どういうことか、ご説明いただけますか?」

「説明して欲しいのは、俺だ。長野県警時代に折原と面識はあったかもしれないが、記憶にない。それにやつは監察課の調査対象になった挙げ句、失踪《しっそう》して死んだと聞いている。十年前から信濃一家と癒着関係にあり、俺を巻き込もうとしたんだろう」

　ファイルには目もくれず、有働は答えた。代わりに隣の船津と椛島が首を突き出し、ファイルに見入る。

「死人に口なし」って訳か。だけど、三代子が遺《のこ》したものはそれだけじゃないよ。光輔の心の声が聞こえたように、富塚は「では、こちらの説明ならお願いできますか?」と続け、ファイルの別のページを開いた。そこに収められているのは、有働と折原が英都地所の社員と料亭「春の蘭」で密会する写真だ。

「添えられたデータによると、これらの写真が撮影されたのは土地の入札が行われる半年前です。いかがでしょう。折原との関係も思い出されたのでは?」

　さすがは「警察の中の警察」と称されるヒトイチの監察官のトップ。相手が警務部長でも、追及に容赦はない。それでも、有働はこう突っぱねた。

「身に覚えがないし、こんなものいくらでも合成できるだろう」

　確かにその通り。でも、目が動揺してるよ。また心の中で語りかけると、胸に歪《ゆが》んだ優越感が湧いた。その気持ちに押され、光輔は切り札を切った。

「本題に入りましょう。僕らがここに来た目的は、談合と贈収賄の告発だけじゃない。もっと凄惨《せいさん》で、冷酷極まりない事件の真相を伝えるためです」

そう言ってリュックサックからタブレット端末を取り出し、操作した。富塚が自分の席に戻るのを待ち、タブレット端末の液晶ディスプレイが向かいの四人に見える位置に構えて動画の再生ボタンを押した。

「『ふざけるな！　あんたらは、初めから俺も嵌《は》めるつもりで——いいか？　俺らは一蓮托生《いちれんたくしょう》なんだよ。十年前、俺らがしたことを忘れたとは言わせねえぞ。あれは』」

タブレット端末のスピーカーから、折原の声が流れ始めた。液晶ディスプレイにはコフレの事務所兼応接室で向かい合う折原と当麻の姿が映し出されている。

折原の話によると、歌川チカは自分が信濃一家の関係者と電話で話すのを聞いたり、バッグの中の書類を盗み見たりして、入札談合と贈収賄に気づいたという。当麻に命じられ、いやいや折原の愛人になったチカは、気づいたことを息子・涼牙の素行の件で相談に乗ってくれていた春蘭署生活安全課の刑事・梶間優人に打ち明けようと考えた。しかし折原はそれを察知し、当麻に伝えた。すると当麻は信濃一家の構成員・棚井則章にチカを殺害させ、その罪を梶間に被《かぶ》せようと考えた。

そして十年前の七月五日。チカが梶間と会うと嗅《か》ぎつけた棚井はアパートの部屋に押し入ってチカを刺殺。その後現れた梶間はチカの蘇生《そせい》を試みたが、その際に凶器の包丁に指紋が付着した。さらに当麻は折原に事件前にチカと梶間が言い争うのを見た、またコフレのホステスたちにはチカと梶間は愛人関係にあって揉《も》めていたと証言させ、梶間を犯人に仕立て上げることに成功した。

　上ずり気味の声で一気に捲し立てたあと、折原は口をつぐんだ。当麻も黙ったままなので、タブレット端末のスピーカーからの音声は途絶えた。しかし動画を何度も見た光輔には、折原が事務所兼応接室のローテーブルに置かれた湯飲み茶碗《ぢゃわん》を摑《つか》み、お茶を一気飲みしているとわかる。その姿を有働たちは凝視し、それを架川が鋭い目で見据えている。さらに定村も、唖然《あぜん》としたまま先ほどの折原の話に聞き入っていた。

　湯飲み茶碗をテーブルに戻す気配があり、再びスピーカーから折原の声が流れ始めた。

「『だが本当の悪人は、俺でもあんたでもねえ。鑑識係や捜査員、さらにはマスコミにまで根回しをして梶間を追い込んだ有働だ。同じ警察官、しかも何の罪もない男を殺人犯に仕立て上げ、自分はさっさと本庁に戻って、今や未来の警視総監だ。呆《あき》れるのを通り越して、寒気がするぜ』」

　吐き捨てるように言い、折原は話を終えた。その後、折原は当麻を脅して金を無心しボディガードに連れ去られるのだが、向かいの四人はもはや液晶ディスプレイを見ていない。光輔が動画を止めるのと同時に、椛島が言った。

「梶間優人の事件なら覚えているし、確かにお前の長野県警時代に起きたことだ。今の折原の話は本当なのか？」

口調と表情から組対部長と警務部長ではなく、同郷の元同級生として訊《たず》ねているとわかった。すると有働も口調を崩し、答えた。

「おいおい、こんなものを真に受けてどうする。動画の折原は、明らかにまともな状態じゃない。言いがかり、いや、妄想の域だ」

それから視線を滑らせて光輔を見て、こう告げた。

「これがきみらの本題か？　俺が歌川チカ殺害事件の黒幕だと言うのか？　ならば、証拠を提示しろ」

「今の動画やファイルの書類は、全て当麻の元愛人でコフレのママだった故・小浜三代子がこのUSBメモリーに記録したものです。さらに小浜は、歌川チカが殺害された日時に、血まみれの男がチカの部屋から飛び出して来たのをある人物とともに目撃しています。ある人物によると、それは元信濃一家の構成員で現在はリゾーツ春蘭と言う会社の社長・棚井則章です」

「死んだ人間の遺した証拠など、信用できるか。それにある人物とは誰だ？」

今度は船津が問うてきたが無視し、光輔はさらに言った。

「他にもコフレのバーテンダーの立石庄司という男が、歌川チカが殺害された直後と思《おぼ》しき時刻に、チカのアパートがある脇道から小浜が飛び出して来たのを見ています」

　しかし有働は光輔を見返し、冷ややかに告げた。

「そういうものを何と呼ぶか知ってるか？　状況証拠。つまり、事実認定にはほど遠い。架川はともかく、きみは優秀な捜査員だと聞いていたが、買いかぶりだったな」

「おい。『架川はともかく』とはどういう意味だ」

　ほとんど反射的に首を突き出し、架川がわめく。それを船津が「黙れ！」と一喝した。

「分《ぶ》をわきまえろ。しかもお前は、情報漏洩《ろうえい》とコフレの発砲事件への関与で指名手配寸前の身だぞ」

「それとこれとは話が別です。やくざ者がメンツや筋にこだわるなら、マル暴デカもこだわるべきってのが俺のモットーで」

「何がモットーだ。そもそも、お前はもうマル暴デカじゃないだろう」

　本題とは無関係の言い合いが始まりかけたその時、ノックの音がした。室内にいる男七人の目が、一斉に資料室のドアに向く。

「誰だ？」

　架川が問い、女の声が答えた。

「人事第一課監察係の若井美波です。入室を求めます」

「若井さん？」

光輔は驚いたが架川は、

「おう。来たか」

と軽いノリで返し、拳銃《けんじゅう》を下ろして席を立った。光輔が止める間もなくドアに歩み寄り、解錠して開ける。

パンプスの靴音を響かせ、資料室に入って来たのは黒いスカートスーツ姿の若井。そして、その後ろには歌川涼牙の姿もあった。ドアを閉めて施錠し、架川が席に戻った。

状況が飲み込めず、光輔は自分の脇を抜けて富塚に歩み寄る若井と涼牙を目で追った。一礼し、若井は告げた。

「富塚首席監察官。こちらは歌川チカさんの長男の涼牙さんです。十年前の七月五日の深夜、チカさんの部屋から血まみれの棚井則章が飛び出して来たのを、小浜三代子さんとともに目撃したそうです」

報告を受け、富塚は目を見開いて若井の斜め後ろに立つ涼牙を見た。しかしすぐに真顔に戻り、問うた。

「いま若井巡査部長が言ったことは事実ですか？　あなたは歌川涼牙さんで、棚井則章を目撃したんですか？」

「……はい」

黒いジャージ姿の涼牙は居心地悪そうに俯《うつむ》きながらも、はっきりと答えた。

ますます状況が飲み込めず、声を上げかけた光輔を遮り、若井は話を続けた。

「立石庄司も春蘭署の聴取に対し、脇道から飛び出して来た小浜三代子を見たと証言しています。加えて、立石の銃撃事件への関与の疑いで当麻を始め、信濃一家の構成員約十名が逮捕されました。また、このＵＳＢデータのコピーは春蘭署にも共有済みです。これらを受け、一部の信濃一家関係者が銃撃事件及び歌川チカ殺害事件について、証言を始めたそうです」

「これで文句ねえだろ。いま動かなかったら、あんたもこいつらと同類ってことになるぞ」

若井が話し終えるなり、架川は富塚に迫った。「こいつら」と言う時には、顎《あご》で有働たち三人を指す。すると富塚は迷わず席を立ち、有働の傍らに行って告げた。

「取りあえず収賄の容疑で聴取します。船津さんと椛島さんも、コンプライアンス違反の容疑で監査の対象です」

そして三人に何か言う隙を与えず、若井に目《め》配《くば》せをした。「はい」と返し、若井はドアに駆け寄って開けた。はっとして、定村の脇腹に押しつけた拳銃を握り直した光輔だったが、資料室に入って来たのはＳＩＴの班員でも刑事でもなく、制服姿の男たち。富塚の部下の監察官だろう。監察官たちは有働と船津、椛島を立たせ、ドアに向かおうとした。

作戦は成功したってことか？　そう浮かび拳銃を下ろした光輔だったが、強い衝動が胸に押し寄せ、立ち上がった。

「有働」

声をかけると有働は足を止めて振り返った。その目を見て、光輔は訊ねた。

「なぜこんなことをしたんだ？　そんなに金が欲しかったのか？」

すると有働はぽかんとし、次の瞬間、上を向いて高らかに笑った。予想外の反応に戸惑う光輔に視線を戻し、有働は笑いながらこう答えた。

「三千万程度の金で、俺が動くと思うか？　そんな単純な理由ではない。そうだな……強いて言えば、俺は自分の力を試しただけだ。自分にどれだけの影響力があり、思い通りに人を動かせるかを確認したかったのかもしれない」

「じゃあ梶間優人も、その確認の対象の一人だったってことか？」

「ああ、そうだ……お前こそ、なぜあの事件に固執する？　まさか梶間の――」

「の」の形に口を開いたまま、有働は黙った。立ち上がった光輔が、自分の顔に拳銃の銃口を向けたからだ。

「やめろ！」

傍らで架川が叫び、定村は机の下に身を伏せる。

「そんな理由で。よくも」

怒鳴りつけてやりたいのに、上手《うま》く声が出ない。歪《ゆが》んだ怒りも優越感も吹っ飛び、ただただ有働が憎かった。こいつが何かを感じたり考えたりするのが許せない。この世から消し去りたい。これが殺意なのだと、光輔は悟った。右手が勝手に動き、人差し指が拳銃の引き金に伸びる。

「光輔、俺を見ろ！」

その声に光輔の手は止まり、傍らを振り返った。架川は自分の拳銃を机に置き、光輔の眼差《まなざ》しを真正面から受け止めて言った。

「そいつを撃っても起きたことは元に戻らないし、傷ついたり悲しんだりする人が増えるだけだ。言っただろ？　憎しみが生むのは、さらなる憎しみと苦しみだけだ」

ああ。確かに言ったな。平賀譲殺害事件の時、相手は犯人の柳沢美佳子だ。光輔は思った。胸は憎しみで破裂しそうなのに、頭は妙に冴《さ》え冴《ざ》えとしている。

と、「憎しみが生むのは、さらなる憎しみと苦しみだけだ」の後、架川が美佳子に告げた言葉も思い出した。「あんたがしたことを理人くんは望んだと思うか？」だ。

とたんに、光輔の頭に父親の優人の顔が浮かんだ。続いて母親・小百合の顔も。二人とも笑みを浮かべ、光輔を見ている。そこには憎悪も悲しみも感じられず、ただ静かで優しく、光輔を慈《いつく》しむような温かさに満ちていた。

気がつくと、光輔も拳銃を下ろし机に置いていた。監察官の一人が駆け寄り、拳銃を摑《つか》み上げる。すると、架川は言った。

「慌てるな。俺のもそいつのも、中は空《から》だ」

その言葉を受け、監察官は光輔が置いたリボルバー式の拳銃のシリンダーを振り出した。六つある穴に、弾は一つも装塡《そうてん》されていない。別の監察官が架川の拳銃のシリンダーも空だと確認し、その場に安堵《あんど》と呆気《あっけ》に取られたような空気が流れた。

「定村のビビり芝居の賜《たまもの》だな。大したもんだ」

能天気に笑い架川は言い放ったが、定村はむっとした様子で「弾のあるなしに関係なく、架川さんたちが怖かったんですよ。二人とも、絶対どうかしてますよ」と訴え、机の下から出て来た。

富塚を含む監察官に囲まれて有働と船津、椛島が資料室を出て行き、替わりに刑事が五、六人入って来た。まず二人が涼牙を連れ出し、別の一人が光輔と架川、定村に告げた。

「事情は考慮しますが、聴取させてもらいます」

そして残りの数人が三人をドアに誘導する。光輔と定村は殊勝に「はい」、架川は面倒臭そうに「わかったよ」と応《こた》え、従った。

「弾が入ってないって知ってるのに、なんで僕が有働に銃を向けた時に止めたんですか？」

刑事たちに囲まれて歩きながら、光輔は前を行く架川に訊《たず》ねた。ＳＩＴの班員と他の刑事たちは去り、地下一階の廊下はがらんとしている。時刻はそろそろ正午だろうか。

前を向いて歩きながら両手を黒いダブルスーツのスラックスのポケットに入れ、架川は答えた。

「弾が入っていようがいまいが関係ねえ。引き金に指をかけた時点で、お前はデカに戻れなくなる」

「じゃあ、僕は復讐《ふくしゅう》者からデカに戻れたってことですか？」

「さあな。それはお前が決めることだ」

突き放すように返され、光輔は「はい」と呟《つぶや》いた。と、新たな疑問が湧いて首を後ろに回した。

「ひょっとして、若井さんが涼牙を証言するように説得してくれたんですか？」

「はい。正しくは秋場圭市さんと二人で、ですが。今朝蓮見さんたちが出かけた後、二人で大崎のビルの地下室に行きました」

廊下を歩く一団の最後尾で若井は答えた。「どうやって？」と光輔が続けて問うと足を速め、隣に来た。

「蓮見さんは絶対に人の命をないがしろにしない。どんなことをして何を言ったとしても、最終的には『正しいことをしたい』『間違いを正したい』という自分の中のルールに従う、誠実で正義感に溢《あふ》れる警察官だと説明しただけです」

「本当にそれで？　僕があの手この手で迫ってもダメだったのに」

光輔が首を捻《ひね》ると、前から架川の声が聞こえた。

「そんなもん、相手が若井だからに決まってるじゃねえか。美人に言われりゃ、しょうもねえ話でも『はい』と答えちまうのが、男の性《さが》ってもんだ。だから昨夜《ゆうべ》圭市から『必ず若井さんと涼牙を説得して本庁に連れて行く』って連絡を受けて、作戦の実行を決めたんだ」

「その意見には賛同しかねます。私は自分の誠意が涼牙さんの気持ちを動かしたと思っていますし、『美人に言われりゃ』には性差別的な意味が――」

「とにかく、ありがとうございました。涼牙の証言がなければ、有働を告発できませんでしたから」

架川に抗議しようとした若井を止め、光輔は頭を下げた。すると、若井は言った。

「いえ。私は借りを返しただけです」

「借り？　何の？」

そう訊《き》かれるのを待っていたように、若井は手を伸ばして光輔の右手を摑み、手のひらを上に向けた。そこに残った傷痕《きずあと》を見て、若井はこう続けた。

「去年の夏。一緒に捜査した事件で私が犯人に刺されそうになった時、蓮見さんは身代わりになってくれました。あの時私は警察官としての己の未熟さを自覚し、蓮見さんが窮地《きゅうち》に陥《おちい》った際には力になろうと決めたんです」

「そうだったんですか。でも、あんなの当たり前のことで」

「それだけではありません。蓮見さんと架川さんは問題行動と発言こそあれ、たぐいまれな能力を持つ捜査員で、私の理想のカップルでもあります」

若井は目を輝かせ、とくに最後のワンフレーズは熱を帯びた口調で告げた。光輔は、

「理想のカップルって……前から言わなきゃと思ってたんですけど、若井さんはものすごい誤解を」

と困惑しながら話しだそうとしたが、振り返った架川に邪魔された。

「カップルじゃなく、バディかコンビだろ。気色《きしょく》の悪い間違いをするな」

顔をしかめ苦情を呈したが、若井は平然。「大丈夫。秘密は守りますよ」とでも言いたげな目を光輔に向け、頷《うなず》いて見せた。

「いや。だから」

言いかけて、周囲の刑事たちの不審げな眼差しに気づき、口をつぐんだ。体の力が抜け、どっと疲れを覚えた。

「あの、すみません。何の話ですか？」

後ろを歩く定村に問いかけられ、光輔はさらに疲れを覚えてため息をついた。

19

午前十時少し前。重く鈍い音が聞こえ、架川は前方の建物に目を向けた。鉄製の大きなドアが開き、刑務官に伴われて男が一人、建物を出て来た。ブルゾンにスラックスの軽装で小さなバッグを提げた男は、刑務官に深々と頭を下げた。刑務官は男に短く何か言い、建物の中に戻って行った。その背中に再度頭を下げて身を翻し、男は上《じょう》越《えっ》刑務所の裏門に向かって歩きだした。

「梶間さん」

架川がかけた声に、梶間優人ははっとして顔を上げた。架川が裏門の門扉の端にある扉を開けると、小走りに駆け寄って来た。

「迎えに来て下さったんですか。わざわざすみません」

扉から外の通りに出て、優人はまた頭を下げた。去年の冬に面会に来た時より少し髪が伸び、ふっくらしたようだ。架川はまず、「お疲れ様でした。お帰りなさい」と一礼し、体を起こしてこう続けた。

「本当は僕ではなく」

すると優人は片手を上げて架川を止め、言った。

「いえ、いいんです。それより大丈夫ですか？　私をここから出すために、かなり無茶をされたと聞きましたが」

「ここ」と言う時には後ろの刑務所を指し、優人は心配そうに訊ねた。笑って、架川は返した。

「本庁のお偉いさんはもちろん、桜町中央署の署長やら刑事課長やらから、蓮見ともどもこってり絞られました。しかし事情を汲《く》んでもらい、内規《ないき》の訓告《くんこく》で済みました」

警察には国家公務員法または地方公務員法に基づいた懲戒処分の他に、各警察署独自の内部規定、通称・内規がある。内規違反の処分には「訓告」「本部長注意」「厳重注意」「所属長注意」の四ランクがあるが、異動や昇進にはほとんど影響しない。

「そうですか。それはよかった」

心からほっとしたように言い、優人は顔を上に向けた。塀で囲まれていない広い空は十年近く見ていなかったはずで、感慨深いものがあるのだろう。空は晴れて雲一つなく、刑務所を囲む木立の枝にも新芽が芽吹き始めている。三月も半ばに入り、北国のこの町にも春が近づいていた。

架川と光輔が定村を連れて乗り込んだ直後から、本庁では富塚を中心とした監察官たちが有働と船津、椛島の監査に着手した。有働は入札談合と英都地所から金を受け取ったことは認めたが歌川チカ殺害事件への関与は否認し、その身柄は刑事部に移された。刑事部は組対、長野県警と協力してチカの事件を洗い直しており、当麻秀和は殺人教唆《きょうさ》、棚井は殺人容疑で逮捕された。涼牙と立石の証言に加え、三代子が遺《のこ》したデータもあり、まず棚井が自供し、それを知った当麻も犯行を認めたという。そして優人の無実は証明され、今日の釈放を迎えた。

　と、優人は真顔に戻り、架川に向き直った。

「架川さんたちには、心から感謝しています。しかし、事件はまだ終わっていない。むしろ今回の騒動がきっかけで、新たな事件が始まったと言えるでしょう」

「去年僕が二度目に面会に来た時に話していた、警視庁が奥多摩《おくたま》の土地を民間に払下げる件ですね。恐らく有働は船津と椛島を取り込み、十年前と同じやり方で奥多摩の土地を転売して裏金を得るつもりだったんでしょう。しかも、この計画はまだ生きている。その証拠に、有働は間もなく逮捕されますが、船津と椛島は懲戒処分どころか内規、しかも僕らより軽い厳重注意です。秋吉玲未とのＬＩＮＥのやり取りは、アカウントを乗っ取られたとうやむやにされました。その上、僕らはあれだけ派手なことをしでかして、それを撮影していた記者もいたのに、報道されたのは有働の談合と収賄、歌川チカ殺害事件への関与の疑いだけです」

　憤りを覚えつつ架川が捲《まく》し立てると、優人も表情を厳しくして頷いた。

「つまり、とかげの尻尾《しっぽ》切《き》りですよ。有働を切り捨てることで世間の目をくらまし、新たな計画への影響を回避した。これができるのは、大きな権力を持つ人間です。架川さん。それでもあなた方は、新たな計画に挑みますか？」

「もちろん。僕は敵がデカくて強いほど、やる気になるたちなんです」

　そう断言した架川に優人は「そうですか」と応《こた》え、小さく笑った。

「では、蓮見光輔はこの先も警視庁の刑事《デカ》でいつづけるんですね」

「はい。僕は『お前は自分の人生を取り戻せ』と言ったんですが、あいつは『これが僕の人生です。それに父が同じ立場なら、僕と同じように、事件に立ち向かうという選択をすると思います』と聞かなくて」

「ええ、その通りです。間違ったことをしているやつも、困っている人も放っておけない。それが私たち親子ですから」

　最後のワンフレーズは照れ笑いをしながらも誇らしげに、優人は言った。それを聞いて架川も覚悟を決めた矢先、通りを深緑色のコンパクトカーが走って来て架川たちの脇で停まった。

「遅くなってすみません」

と運転席の窓から顔を出したのは、立石庄司。後部座席には歌川涼牙の姿もある。

二人を見て驚く優人に、架川は告げた。

「この車で、春蘭市に戻って下さい。今後のことも、彼らに任せて。当麻の逮捕でコフレは閉店しましたが、立石さんは他のバーから誘いがあって働き始めました。涼牙もその店で雑用係をしながら、この先の生き方を考えるそうです……だよな？」

圧をかけつつ問いかけると、ジャージ姿の涼牙は「はい！」と即答し、優人に向かい気まずそうに、

「なんかいろいろ、すみませんでした」

と頭を下げた。架川は開いた窓から手を入れてその頭を引っぱたき、「バカ野郎。そんな謝り方があるか」と叱り飛ばしたが、「まあまあ」と立石が割って入ってきた。

「梶間さんへのお詫《わ》びは、改めて私も一緒にさせてもらいます。今後の暮らしのお力になることで少しでも罪滅ぼしをしたいと、私も涼牙くんも考えていますので」

「いや、そんな」と戸惑う優人の肩を架川が「まあまあ」と叩《たた》いている間に立石は運転席を降り、助手席のドアを開けた。一月に撃たれた方の脚は少し引きずっているが、「運転には支障はありません」と先日光輔と春蘭市を訊《たず》ねた際に話していた。

「とにかく一度、地元に戻ってゆっくりして下さい。奥さんの墓参りにも――そうだ。

大事なことを忘れてた。梶間さんに一つお願いがあるんです」

架川は言い、足下に置いたドラムバッグを持ち上げた。

「犬のムギは覚えていますよね？　実はまだ生きていて、以前梶間さんたちが住んでいた家の向かいの橋詰《はしづめ》さんが飼っています。梶間さんが戻ると伝えたら、橋詰さんは喜んで『ムギを返す』と言ってくれました。なので、さっそく今日からムギの世話を頼みたいんです。年寄りなんであれこれ大変そうですが、僕が橋詰さんから話を聞いて、あいつがエサとかシャンプーとか、用意しました。それに、『今も好きなはず』と言って、昔よく遊んだおもちゃと同じものも。『ムギを頼みます』という伝言も預かりました」

そう告げてドラムバッグを差し出すと、優人は胸を突かれたように言葉に詰まり、目を潤ませた。しかしすぐに「私の荷物より多いな」と笑い、ずっしりと重いドラムバッグを受け取った。「どうぞ」と立石に促され、優人はコンパクトカーに向かいかけた。が、足を止めて架川に向き直り、

「あいつ——蓮見光輔刑事に、『ご武運《ぶうん》をお祈りします』とお伝え下さい」

と言い、深々と一礼した。

「わかりました。必ず伝えます」

架川が力強く返すと、優人は安心したようにコンパクトカーの助手席に乗り込んだ。

車中の三人と架川は別れの挨拶《あいさつ》を交わし、コンパクトカーは走りだした。その姿が通りの先に消えるのを待ち、架川は言った。

「おい。行ったぞ」

「わかってますよ」

そう声がして、通りの手前に停まったトラックの陰から光輔が出て来た。手にしたスマホを見せ、言う。

「タクシーを呼ぼうとしたんですけど、二、三十分かかるそうですよ」

「なら、歩きゃいい」

「はい？　駅まで五キロ近くありますけど」

眉《まゆ》をひそめた光輔だったが、架川が「真冬の春蘭市を追っ手から逃げながら歩き回ったのに比べりゃ、楽なもんじゃねえか」と返して歩きだすと、「それはそうですけど」と言い、渋々ながらも付いて来た。光輔はパーカーにジーンズ姿だが、架川は淡いグレーに深緑色のストライプのダブルスーツに黒いワイシャツとネクタイ、黒いエナメルの靴という格好だ。歩きながらスラックスのポケットに両手を入れ、架川は言った。

「ひと目ぐらい親父さんに会ってもよかったんじゃねえか？　なりすましを続けるなら、今度いつ会えるかわからねえぞ」

「いいんです。ムギを託せただけで、十分ですよ」

「なら、涼牙と立石は？　『絶対に許しません』と言ってただろう」

「今も許してはいませんよ。でも二人とも『罪滅ぼしをしたい』と考えているようだし、チャンスをやってもいいかなと」

　光輔の口調には少し迷いが感じられたが、架川はスラックスのポケットから片手を出して光輔の頭をぐしゃぐしゃと撫でた。

「よく言った。罪を犯した人間を罰するだけじゃなく、どう立ち直らせるかを考えるのがデカだ。お前も少しは成長したんじゃねえか？」

　光輔は「ちょっと。やめて下さいよ」と顔をしかめて身を引き、こう続けた。

「それにまだ、僕たちは本当の敵を倒していません。有働が敵のボスだと思ってたけど、そうじゃない。裏に本当のボスがいて、そいつが有働を操り、切り捨てたんでしょう。親父は新たな計画と言ってましたけど全ては一つに繫《つな》がっていて、しかもそれには鷲見組が関わっている」

「鷲見組か。そうだろうな」

　架川が同意すると光輔は「ええ」と頷き、さらに言った。

「さっき羽村さんから連絡があって、日星エステートの三田雅暢の正体がわかりました。少し前に三田が神戸出身らしいのは突き止めたので、現地の不動産業者の情報を集めたけど、やつは浮かんで来なかった。ところが別件で『ハミングバードグループ』を調べることになって、『そういやここも本社は神戸だな』と思って、ダメ元で探ってみたらしいんです。そうしたら、大当たり」

「ハミングバードグループって、大手のファミリーレストランチェーンだろ？　不動産業者と関係ねえじゃねえか」

「と思うでしょ？　でも、一見無関係に思える業種の企業が、不動産で大儲《おおもう》けしていたりするんですよ。鉄道会社に出版社、運送会社。中でも外食業は取得した土地をフランチャイズのオーナーに貸すっていうシステムで、利益の半分近くを不動産事業が占めてるところもあるぐらいです。三田もハミングバードグループの不動産事業部門にいて、やり手で知られていたそうなんですけど、二年前に解雇されています。表沙《おもてざ》汰《た》にはなってませんが、会社の金を使い込んだようです。で、その三田を拾ったのが鷲見組組長の鷲見利一《りいち》。初めは個人資産の管理と運用をやらせてたみたいですけど、手腕を認めて会社を立ち上げる金を出してやった」

「それが日星エステートって訳か……待てよ。前に羽村が日星エステートは大手町にあると話してたな？　まさか、奥多摩の土地の払下げに絡むつもりじゃ——裏にいる本当のボスって、鷲見利一か？」

思わず声を潜めて立ち止まり、架川は周囲を見回した。しかし傍らには刑務所の高い塀、通りを挟んだ向かい側には雑木林が広がっていて人の姿はない。「いや」と首を横に振り、光輔は答えた。

「さすがにそれはないでしょう。九千人近い構成員がいる日本一有名な指定暴力団の組長じゃ、『裏』にはなり得ないし」

「でもまあ、とにかく新たな計画にも鷲見組、しかも傘下組織じゃなく本部が関わってるのは間違いねえな。だとすりゃ、お前には朗報だ」

「なんでですか？」

怪訝《けげん》そうに光輔が問い、架川は再び歩きだしながら答えた。

「手嶌さんだよ。今夜東京に戻ったら、挨拶に行かなきゃならねえ。今回の一件でも鷲見組にダメージは与えられたが、新たな事件の話をして『組長の利一ごと、鷲見組をぶっ潰《つぶ》すチャンスですよ』とかなんとか話せば、また力を貸してもらえるし、お前とあの孫娘の結婚を引き延ばせる」

「引き延ばせるって、結婚話自体はチャラになってないじゃないですか。冗談じゃないですよ。なんで」

顔をしかめて光輔が訴えだした時、ＬＩＮＥのメッセージ音が流れた。仕方なく話をやめて立ち止まり、光輔は片手に持っていたスマホの画面を見た。

「矢上課長と仁科素子さんからです。課長は『ちゃんと明日《あした》から出勤するよね？』っていう、これで十回目ぐらいの確認ですけど。僕と架川さんが同時に休暇を取ったのを、また二人で消えるんじゃないかと心配してるみたいです」

　架川はまず「勝手に心配させとけ」と鼻を鳴らし、「で、仁科は？」と問うた。画面を見て、光輔が言う。

「『例の取引はどうなってんの？』って催促です。実は小浜三代子の放火現場の記録を手に入れるために、仁科さんと取引したんです。架川さんが持ってるスマホ三台を交代で持ち出して、渡して欲しいと言われました」

「なんだそりゃ。また勝手に人を出汁《だし》にしやがって」

「いやでも、スマホを持ち出す前に情報漏洩《ろうえい》疑惑事件が起きて、架川さんが逃げちゃったから。結局、スマホはどこに棄てたんですか？　みんなでさんざん捜したけど見つからなかったんですよ」

「棄てる訳ねえだろ。スマホは俺の命綱だぞ。三台合わせて二千件近いエスと檀家《だんか》の連絡先が入ってるんだ」

　再度鼻を鳴らして返し、架川はジャケットとスラックスのポケットから黒、白、銀色のスマホを取り出して見せた。驚いてそれを見返し、光輔はさらに訊ねた。

「ひょっとして、逃亡中も持ち歩いていたんですか？　普通居場所がバレるとか、心配しませんか？」

「普通じゃなくて悪かったな。俺にはアルミホイルって秘密兵器があったんだよ」

「アルミホイル？」

「ああ。アルミホイルでスマホを包むと、電波を遮断できるんだ。理屈は忘れたが、前に愛理にせがまれて行った映画で見た。『ウソだろ』と思って後で試したら、本当に電波が入らなかった。だから何かの拍子に電源が入っちまっても、居所はバレねえなと思って三台ともアルミホイルで包んでポケットに入れてたんだ」

「はあ……まさか、そんなベタな手を使う人がいるとは。しかも、現職の警察官って」

　後半は呆然《ぼうぜん》とした様子で、光輔が呟《つぶや》く。それを横目で睨《にら》み、架川は返した。

「仁科には、『そんなにあの写真を消したきゃ、正々堂々と自分で言いに来い。事と次第によっちゃ、消してやる』と言っておけ」

「『事と次第』って、結局また無茶な仕事を頼むって意味でしょ？……とにかく、桜町中央署で僕はなりすまし、架川さんは点数稼ぎを続けつつ、『表と裏の相棒』として新たな事件を追いましょう。そうそう。定村さんも、『できることがあれば何でもします』と言ってくれているんですよ」

「定村？　玲未とも別れたって言うし、俺たちが『力になってくれた』と富塚に訴えてもダメだったじゃねえか。そっとしておいてやれよ」

　玲未は本庁での騒動の直後に依願退職したが定村は退職せず、懲戒処分にも内規にもならなかった。しかし玲未に捜査情報を漏らしていた責任を問われ、足立《あだち》区の外れにある署の倉庫の管理室に異動になった。これは警察独特の「罰棒転勤《ばっぼうてんきん》」という左遷で、今後定村は何度昇進試験を受けても出世できず、定年まで窓際部署を渡り歩くことになる。

「僕もそう思いましたけど、定村さんは『僕は諦《あきら》めていません。蓮見さんたちみたいな活躍を見せれば、本庁に返り咲けると信じています』と至って前向きですよ。組織の末端にいるからこそ目立たずに動けるってこともあるし、今後も力になってもらいましょうよ」

「末端って、お前な」

呆《あき》れて苛立《いらだ》ちも覚えつつ振り向いた架川だったが、光輔の顔を見て黙った。光輔は口元には爽《さわ》やかそのものの笑みを浮かべているが、目は笑っていない。久々に見る「能面」で、光輔が表情とは裏腹なことを考えているのは明らかだ。それでも架川はその笑顔に安堵《あんど》を覚え、懐かしさすら感じた。

「なんですか？」

自分を凝視する架川に、光輔は怪訝そうに訊《たず》ねてきた。

白々しいとぼけ方も含め、これが蓮見光輔って男だ。俺も指名手配犯になりかけた、悪名高い元マル暴デカ。ある意味、これ以上ねえ名コンビかもしれねえな。

そう思うと気分がよくなり、架川は頬が緩むのを感じた。するとまた光輔が、「だから、なんなんですか？」と訊ねてきた。

「うるせえな。さっさと駅に行って、東京に帰るぞ。明日から、新たな計画の捜査だ」

顔を引き締めて返し、架川は歩きながら光輔の脚を軽く蹴《け》った。

「痛っ！　暴力反対。パワハラで訴えますよ」

「おう、上等だ。やれるもんなら、やってみろ」

睨み合い、言い合いもしながら二人は肩を並べ、目指す方向に進んで行った。

20

その男の前ではもう三十分近く、スーツ姿の男が土下座をしていた。一人は船津成男、もう一人は椛島寿夫だ。どちらも身を硬くし、ベージュのカーペット敷きの床に額を押しつけんばかりにして頭を下げている。

二人の姿を眺めるのに飽き、男は自分が着いた机の傍らに立つ三田雅暢に目で合図した。一礼し、三田は横並びになった船津と椛島の前に進み出て告げた。

「もういい。やめろ」

船津たちが頭を上げる気配があり、男は黒い革張りの椅子を回転させて二人に背中を向けた。床に正座したまま、椛島が言う。

「この度の不始末、お詫《わ》びの申し上げようもございません。有働については、十年前の入札談合と収賄はもちろん、ホステス殺害事件に関与しているなどはつゆ知らず——」

「言い訳はうんざりだ。お前たちを呼んだのは、今後の話をするためだ。奥多摩の土地の払下げは予定通り行われるが、その全権を握っていた有働は消えた。空いた椅子には誰が座るのか。椛島。お前の警察庁キャリア人脈を活《い》かす最後のチャンスだぞ」

「はい。それはもう、重々承知しております。必ずや、この計画にふさわしい人物をポストに就かせます」

「いいだろう。それから船津。引き続き、架川英児と蓮見光輔から目を離すな。とくに蓮見。再採用の所轄のデカが、なぜここまで我々に固執するのか。やつが兵庫出身ということもあって、あの方も『引っかかる』とおっしゃっている」

「承知致しました」

　緊張と恐怖で声を上ずらせ、船津は再び頭を下げた。眼前のガラス張りの壁に映った三田が、ちらりとこちらを窺《うかが》ったのがわかった。男が無言のままガラス越しに地上三十二階からの光景を眺めていると、三田は船津たちに向き直った。

「帰っていい。ただし、覚えておけよ。昨日連絡があった時、あの方は『警察《サツ》が有働と信濃一家の関係について洗い直してる真っ最中のいま、椛島と船津が消えたら真っ先に疑われるのは鷲見組《うち》だからな』と笑われていた。あの方は、冗談めかしてものを言う時ほど本気だ。いいな？」

「はい！」

椛島は即答したが、船津は恐怖で言葉が出て来ない様子だ。その船津を椛島が立たせ、二人は部屋を出て行った。

「やれやれ」

芝居がかった様子で息をつき、三田は広々とした部屋の中央に置かれたソファに腰かけた。ダークスーツの腕を伸ばし、さっき男の秘書が出していったコーヒーのカップを取って口に運ぶ。

「じきに四月だな」

低くやや籠《こ》もり気味の声で男が言うと、三田はカップをソーサーに戻し立ち上がった。「はい」と返し、ウォールナットがふんだんに使われた男の机の脇に立った。

「次の人事で、事態は大きく動く。楽しみだな」

そう続け、男はスラックスの脚を組んだ。

「ええ。椛島も次はないと承知しているはずですし、全力で有働に替わる者を探しますよ」

話の内容から、三田は男が奥多摩の土地の払下げを担当する者に言及したのだと思ったようだ。しかし「楽しみだな」と言った後、めったに笑顔を見せない男がかすかに微笑んだことに戸惑っている様子だ。

構わず、男はわずかに霞《かす》んだ東京のビル群を眺め続けた。脳裏には奥多摩の土地と、その未来図、そしてある人物の顔が浮かぶ。

同時にその人物を巡り、自ら仕掛けた企《たくら》みが動きだすのを感じ、醒《さ》めた快感も覚えた。

知らず、男の喉《のど》の奥からはわずかな笑い声が漏れ、三田はますます戸惑ったように男を見た。それでも構わず、男はガラス越しの光景に目をやり、自らの思考に酔いしれた。

本書は書き下ろしです。

警《けい》視《し》庁《ちょう》アウトサイダー3

加《か》藤《とう》実《み》秋《あき》

令和4年 3月25日　初版発行

発行者●堀内大示

発行●株式会社KADOKAWA
〒102-8177　東京都千代田区富士見2-13-3
電話　0570-002-301（ナビダイヤル）

角川文庫 23089

印刷所●株式会社暁印刷
製本所●本間製本株式会社

表紙画●和田三造

●お問い合わせ
https://www.kadokawa.co.jp/（「お問い合わせ」へお進みください）
※内容によっては、お答えできない場合があります。
※サポートは日本国内のみとさせていただきます。
※Japanese text only

ISBN 978-4-04-111246-5　C0193

◇◇◇

角川文庫発刊に際して

角川源義

第二次世界大戦の敗北は、軍事力の敗北であった以上に、私たちの若い文化力の敗退であった。私たちの文化が戦争に対して如何に無力であり、単なるあだ花に過ぎなかったかを、私たちは身を以て体験し痛感した。西洋近代文化の摂取にとって、明治以後八十年の歳月は決して短かすぎたとは言えない。にもかかわらず、近代文化の伝統を確立し、自由な批判と柔軟な良識に富む文化層として自らを形成することに私たちは失敗して来た。そしてこれは、各層への文化の普及滲透を任務とする出版人の責任でもあった。

一九四五年以来、私たちは再び振出しに戻り、第一歩から踏み出すことを余儀なくされた。これは大きな不幸ではあるが、反面、これまでの混沌・未熟・歪曲の中にあった我が国の文化に秩序と確たる基礎を齎らすためには絶好の機会でもある。角川書店は、このような祖国の文化的危機にあたり、微力をも顧みず再建の礎石たるべき抱負と決意とをもって出発したが、ここに創立以来の念願を果すべく角川文庫を発刊する。これまで刊行されたあらゆる全集叢書文庫類の長所と短所とを検討し、古今東西の不朽の典籍を、良心的編集のもとに、廉価に、そして書架にふさわしい美本として、多くのひとびとに提供しようとする。しかし私たちは徒らに百科全書的な知識のジレッタントを作ることを目的とせず、あくまで祖国の文化に秩序と再建への道を示し、この文庫を角川書店の栄ある事業として、今後永久に継続発展せしめ、学芸と教養との殿堂として大成せんことを期したい。多くの読書子の愛情ある忠言と支持とによって、この希望と抱負とを完遂せしめられんことを願う。

一九四九年五月三日